Gisela

Ruthie Knox

Bis ans Ende der Welt und zurück

RUTHIE KNOX

Bis ans Ende der Welt und zurück

Roman

Ins Deutsche übertragen von
Antje Althans

LYX
EGMONT

Die Originalausgabe erschien 2012
unter dem Titel *Ride With Me* bei Loveswept,
an imprint of The Random House Publishing Group,
a division of Random House, Inc., New York.

Deutschsprachige Erstausgabe Januar 2015 bei LYX
verlegt durch EGMONT Verlagsgesellschaften mbH,
Gertrudenstraße 30–36, 50667 Köln

1. Auflage
Redaktion: Christiane Wirtz
Satz: KCS GmbH, Stelle/Hamburg
Printed in Germany (670421)
ISBN 978-3-8025-9304-8

www.egmont-lyx.de

MIX
Papier
FSC FSC® C083411

1

MITFAHRER GESUCHT. TransAmerica Trail. Start: 1. Juni in Astoria, Oregon. Ankunft: Ende August in Yorktown, Virginia. Übernachtung vorwiegend im Zelt, gelegentlich Hotel. Bin unkompliziert und gespannt auf das große Abenteuer! Mail an TransAmAlex@gmail.com.

Tom wischte sich das Fahrradöl von den Händen und nahm den Hörer des klingelnden Ladentelefons ab. »Salem Cycles.«

»Ich hab jemanden für dich gefunden«, verkündete seine Schwester stolz.

»Wovon sprichst du?«

»Für morgen. Ich hab jemanden gefunden, mit dem du quer durchs Land fahren kannst.«

Schon seit Monaten war das ein Streitthema zwischen ihnen beiden, seit er sie in seinen Plan eingeweiht hatte, im Sommer den TransAm Trail zu radeln. Aber er hatte geglaubt, die Sache wäre erledigt. Er hätte wissen müssen, dass sein Schwesterherz nur einen strategischen Rückzug angetreten hatte.

»Taryn …«

»Lass mich doch mal ausreden. Ich hab über eine Anzeige bei der Adventure Cycling Association einen Typen namens Alex aufgetan. Er will dieselbe Route fahren wie du und sucht einen Begleiter. Du musst nicht mal mit ihm reden, wenn du nicht willst. Er kocht und zahlt die Hälfte der Campingplatzgebühren. Wie schlimm kann es schon werden?«

Es könnte ein Albtraum werden. Tom wollte ein paar Monate allein unterwegs sein, seine Reifen über den Asphalt rollen hören und auf einer Strecke von rund sechstausendachthundert Kilometern die unterschiedlichsten Eindrücke genießen. Er wollte keinen Partner. Dafür war er einfach nicht der Typ.

»Ich brauch keinen Babysitter.«

»Tom, bitte. Du kannst nicht allein quer durchs Land radeln. Das ist verrückt. Du wirst noch von einem Serienkiller abgeschlachtet.«

»Taryn, ich bin fünfunddreißig, alleinstehend, tätowiert und unsozial. Ich *bin* der Serienkiller.«

»Na schön, schon verstanden. Aber du könntest von einem Auto erfasst werden und am Straßenrand verbluten.«

»Und wie sollte ein Mitfahrer das verhindern?«

»Gar nicht, aber er könnte mich per Handy verständigen, damit du mir noch sagen kannst, dass du mich lieb hast, wenn du deinen letzten Atem aushauchst.«

Tom tigerte durch die kleine Werkstatt, schlängelte sich zwischen den Fahrradständern durch und massierte sich die Schläfe. Er hörte es Taryn an. Sie verschwieg ihm etwas, und was es auch war, es würde ihm nicht gefallen. »Ich bin schon öfter allein auf Tour gewesen. Südamerika, Australien, Death Valley im letzten Winter. Warum sorgst du dich jetzt auf einmal um mich?«

»Ich sorge mich immer um dich. Mich um dich zu sorgen, ist meine Aufgabe. Aber bei den Touren davor hast du mir nicht genug Vorlaufzeit gegeben. Du hast mich von unterwegs angerufen und gesagt: ›Tada, Taryn! Ich radele wie ein Bekloppter durchs Outback! Du brauchst nachts nicht wach liegen und dir vorstellen, wie meine Leiche von Dingos aufgefressen wird!«

Tom zog eine Grimasse. Das stimmte. Er hatte mit voller Absicht zuerst das Land verlassen, bevor er Taryn von seinem Plan erzählt hatte, die Canning Stock Route in Western Australia zu befahren, aber es war nur zu ihrem Besten gewesen. Dadurch hatte er ihr monatelanges Bangen erspart – und sich selbst eine Menge Diskussionen. Und wenn sie ihn nicht eines Nachmittags beim Studieren der TransAm-Landkarten ertappt und es geschafft hätte, ihm seine Pläne zu entlocken, hätte er diesmal dasselbe getan.

Tom hatte nicht vor, sich durch die irrationalen Ängste seiner Schwester von seiner Reise abhalten zu lassen, doch da sie die Einzige in seiner Familie war, von der er sich nicht entfremdet hatte, und so ziemlich seine einzige Freundin, wollte er nicht der Grund dafür sein, dass sie unglücklich war. Da Taryn während des Prozesses zu ihm gehalten hatte, war er ihr etwas schuldig. Sie war so ziemlich der einzige Grund, warum er nicht in einer ungeheizten Hütte im Wald wohnte, paranoide Manifeste über geheime Regierungskomplotte verfasste und sie an die *New York Times* schickte.

Aber selbst ihr war es nicht gelungen, ihn zu einem Sunnyboy zu machen. Der Besitzer des Fahrradladens bat Tom nicht ohne Grund, sich nur dann hinter die Ladentheke zu stellen, wenn es unbedingt sein musste. Tom wäre der Erste, der zugäbe, dass seine sozialen Kompetenzen eingerostet waren und er die Kunden eher vergraulte. Er werkelte allein vor sich hin, wurde fürs Reparieren der Räder bezahlt, durfte sie zudem gratis fahren, und es gefiel ihm so. Aber Taryn sorgte zumindest dafür, dass er gelegentlich eine warme Mahlzeit zu sich nahm, und organisierte sogar ab und zu ein Rendezvous für ihn. Er wusste es zu schätzen, dass sie sich darum bemühte, seine Verbindung zur Welt der Lebenden – egal, wie fadenscheinig sie auch war – aufrechtzuerhalten.

»Bodenstation an Major Tom«, rief sie jetzt. »Wir führen hier gerade eine Unterhaltung, weißt du noch?«

»Ach ja.« Das war nur eins von vielen Problemen, die man hatte, wenn man ein Eigenbrötler war: Man verlernte die Kunst der höflichen Konversation. »Auf dem TransAm braucht man sich keine Sorgen zu machen wegen Dingos. Die Route ist durch und durch zivilisiert. Sogar asphaltiert.« Er überdachte seine Möglichkeiten und kam ihr entgegen. »Wenn du willst, rufe ich dich alle paar Tage an. Aber ich fahre nicht mit einer Begleitung. Wenn ich mit jemandem reden muss, ist es keine Erholung für mich.«

»Nun ja, da ist noch was. Da ich wusste, dass du das sagen würdest, hab ich nicht auf deine Erlaubnis gewartet.«

Tom lehnte sich mit der Hüfte an die unaufgeräumte Werkbank und widerstand dem Drang, das Telefon so lange und fest auf die Station zu knallen, bis es zerbrechen würde. Niemand mischte sich kreativer ein als seine Schwester, und ihr selbstgefälliger Ton verriet ihm, dass sie diesmal etwas ganz Besonderes ausgeheckt hatte.

»Was hast du gemacht?«

»Wie gesagt, ich hab einen Typen für dich gefunden. Alex Marshall. Du hast ihm seit April hin und wieder E-Mails geschrieben, um die Tour zu planen, und er freut sich total, dass es morgen losgeht. Er hat dir heute Morgen eine Nachricht geschickt und bestätigt, dass er dich morgen früh um sechs in Seaside am Strand trifft.«

»Du hast für mich ein Blind Date mit einem anderen Radfahrer organisiert?«

»Na ja, ich würde sagen, du bist zu ein wenig mehr verpflichtet. Alex zählt darauf, dass du die komplette Tour mit ihm gemeinsam fährst, also bis nach Virginia.« Er konnte praktisch hören, wie sie ihm übers Telefon zuzwinkerte. Taryn war sehr zufrieden mit sich.

»Dann blas es ab.«

Das war absolut nicht sein Problem. Trotzdem beschlich ihn das ungute Gefühl, dass er die Angelegenheit selbst klären musste.

»Auf keinen Fall. Alex ist just in diesem Moment in einem Motel in Astoria, packt seine Ausrüstung zusammen und ist total aufgeregt, dich morgen früh kennenzulernen. *Ich* werde nicht diejenige sein, die ihn enttäuscht.«

Ach Scheiße. *Die* Masche zog sie also ab. Jetzt sah er den guten alten Alex Marshall vor seinem geistigen Auge, wie er in seinem besten Trikot am Strand auf ihn wartete, mit gezückter Karte, gepackten Fahrradtaschen und hochgeschraubten Erwartungen, und sich nach einem Mitfahrer umsah, der nicht aufkreuzen würde – es sei denn, Tom nahm einen Umweg von hundertsechzig Kilometern in Kauf, um sich mit ihm zu treffen. Taryn würde ihm bestimmt nicht aus der Patsche helfen. Wenn seine Schwester sich etwas in den Kopf gesetzt hatte, war sie stur wie ein Esel. Sie hätte kein Problem damit, Alex als Köder für Toms Helfersyndrom am Strand zappeln zu lassen.

Frustriert trat er mit der Stiefelspitze gegen die Werkbank, woraufhin ein paar Kartons mit Schläuchen zu Boden fielen.

Taryn kannte seine Schwäche für hoffnungslose Fälle. Achill hatte seine lausige Ferse gehabt, und Tom war mit einem unerschütterlichen Beschützerkomplex geschlagen und meinte, ständig für Benachteiligte eintreten zu müssen. Leider brachte ihm das genauso wenig Gutes ein wie einst die Ferse dem berühmten Griechen. Wenn Tom nicht darauf bestanden hätte, den Helden zu spielen, hätte er nicht vor Gericht gegen seinen eigenen Vater aussagen müssen und mit einem einzigen verheerenden Schlag seine Familie und seine Ehe zerstört. Er wäre noch immer ein Anzugträger statt eines Typen, dem die Schmiere so tief unter den Fingernägeln saß, dass sie sich nicht mehr abwaschen ließ.

Es war nicht so, dass er sich sein altes Leben zurückwünschte. Aber es wäre schön gewesen, zumindest die Wahl zu haben.

Er seufzte ins Telefon. »Warum treibst du mich immer in die Enge?«

»Weil ich dich nur so dazu bringen kann, zu tun, was ich will«, konterte sie und klang amüsiert.

»Du bist echt eine Nervensäge!«

»Ha! Ich wusste, dass es funktioniert. Du fährst nach Seaside, stimmt's?«

»Ja«, gab er zu. »Und du wirst mich dort absetzen. Aber ich schwör dir, ich fahre nicht den ganzen Weg mit dem Typen. Ich treffe mich mit ihm und leiste ihm Gesellschaft, bis wir einen anderen Mitfahrer für ihn gefunden haben, und dann verdrücke ich mich.«

»Du könntest deine Meinung ändern«, sagte sie fröhlich. »Vielleicht magst du ihn ja.«

Tom hasste Alex Marshall jetzt schon. Es war sechs Uhr morgens, und er stand in Seaside am Strand rum und wartete auf den Typen, statt noch gemütlich in seinem Bett zu schlummern.

Taryn zufolge hatte Marshall darauf bestanden, die Tour damit zu beginnen, die Räder ihrer Drahtesel in den Pazifik zu tauchen. Dieser Schwachkopf wollte tatsächlich von Astoria hierherradeln, um keinen einzigen Kilometer auszulassen, der auf der offiziellen Karte eingezeichnet war. Doch das war im Grunde nur ganz besonders dämlich, weil es gerade erst hell wurde. Alex musste fast noch bei Dunkelheit in Astoria losgefahren sein. Tom hoffte, dass der Typ zumindest über Sicherheitslichter und ein Frontlicht verfügte.

Er hätte sich viel lieber bei sich zu Hause in Salem mit Marshall getroffen. Das lag nur wenige Kilometer abseits der Route. Welchen Unterschied machte es schon, wenn man sich die ersten hundert Kilometer schenkte, wenn der ganze Trail rund sechstausendachthundert Kilometer lang war? Überhaupt keinen, außer für Menschen, die völlig unflexibel oder unentschuldbar gefühlsduselig waren. Er wusste nicht, was davon auf Alex zutraf, aber beides würde den Typen nicht gerade sympathischer machen.

Zu allem Überfluss verspätete er sich auch noch. So früh war niemand am Strand außer Tom und einer Frau, die vor wenigen Minuten am anderen Ende des Parkplatzes eingerollt war. Offensichtlich wollte auch sie die TransAm-Tour beginnen, denn sie hatte ein cooles Tourenfahrrad mit Stahlrahmen und einen Anhänger für die Ausrüstung. Sie sah aus, als wartete sie auf jemanden, was einen Sinn ergab, da Frauen die Strecke selten allein fuhren.

Er war versucht, auf Marshall zu pfeifen und ohne ihn loszufahren. Taryn hatte sich längst vom Acker gemacht. Eine kurze Umarmung, ein Kuss auf die Wange, und sie war wieder losgefahren, nur ein paar Minuten nachdem er seine Sachen aus ihrem SUV geladen hatte. Sie hatte ihren Plan zwar in die Wege geleitet, wollte aber auf keinen Fall hierbleiben und zusehen, wie er sich weiter entwickelte – zumal die Wahrscheinlichkeit hoch war, dass Tom Alex alles über ihre Einmischung erzählen würde und sie so manipulativ dastehen ließe, wie sie war.

Jetzt, wo Taryn weg war, hielt ihn nur die Erkenntnis hier, wie schuldig er sich fühlen würde, wenn er einen Wildfremden an seinem ersten Tag auf dem TransAm mit voller Absicht versetzen würde. Aber würde sich das nicht irgendwann legen? Wie viele Kilometer würden seine Schuldgefühle ihn quer durchs Land verfolgen?

Er kannte die Antwort. *Tausende von Kilometern. Dutzende von Monaten.* Schuldgefühle gaben niemals Ruhe.

Die Frau schob ihr Fahrrad langsam auf ihn zu. Na, fantastisch. Jetzt musste er auch noch mit einer Fremden darüber plaudern, wie aufgeregt er vor dem Beginn seiner Tour war, was er von herrschenden Windverhältnissen hielt, bla bla bla.

Er fällte eine Entscheidung. Marshall hatte fünf Minuten, und dann wäre Tom weg.

»Entschuldigung, aber bist du Tom Geiger?« Sie lächelte unsicher.

Es war schon eine Weile her, seit ihn jemand erkannt hatte, doch seine reflexartige Antwort kam so schnell wie immer. »Kein Kommentar.«

Sie blinzelte und schüttelte verwirrt den Kopf. »Heißt das Ja oder Nein?«

»Das heißt: ›Das geht dich nichts an.‹«

Jetzt kniff sie ihre bernsteinfarbenen Augen zusammen und warf ihm einen stechenden Blick zu, der bei einem Neunzig-Kilo-Mann bedrohlich gewirkt hätte. Bei ihr wirkte er irgendwie … süß. Das war wahrscheinlich nicht der Effekt, den sie anstrebte.

»Ist deine Identität eine Art Staatsgeheimnis?«, fragte sie. »Ich will doch nur wissen, ob du Tom Geiger bist. Das ist eine ganz einfache Frage.«

Und dann fiel es ihm auf. Er hätte es schon hören müssen, als sie den Mund aufgemacht hatte. Sie wollte wissen, ob er Tom *Geiger* war. Nicht Tom Vargas. Tom Geiger. Also hatte sie ihn nicht erkannt. Die Frau suchte nach dem Mann, der er heute war, und nicht nach dem, der er einmal gewesen war.

Während dieser Gedanke noch in sein Bewusstsein drang, fügte sie hinzu: »Ich bin Alex Marshall.«

Scheiße.

»Du solltest eigentlich ein Mann sein.«

Sie zog eine Augenbraue hoch. »Ich habe nie behauptet, ein Mann zu sein. Alex kann auch ein Frauenname sein.«

Als Tom nicht antwortete, zuckte sie mit den Schultern, als wollte sie sagen: *Shit happens.* »Es ist die Abkürzung von Alexandra. Du kannst mich auch Lexie nennen, wenn dir das besser gefällt. Das machen viele meiner Freunde.«

»Tja, ich bin aber nicht dein Freund.«

»Noch nicht, aber du legst einen Superstart hin.« Sie stemmte die Hände in die Hüften und starrte ihn wütend an. Wenn sie Feuer hätte speien können, wäre er jetzt erledigt, doch in Anbetracht ihrer Größe und generellen Anbetungswürdigkeit kam es ihm vor, als lieferte er sich ein Blickduell mit Tinker Bell.

»Das wird nicht funktionieren«, sagte er schließlich.

»Weil ich Brüste habe?«

Nicht unbedingt, weil sie Brüste hatte, auch wenn sie im Moment nicht gerade für sie sprachen. Ihre Brüste würden es ihm viel schwerer machen, den richtigen Tourenpartner für sie zu finden, weil er dafür sorgen musste, dass derjenige ein vernünftiger Kerl war. Folglich würde er sie wahrscheinlich noch viel länger am Hals haben, als ihm lieb war.

Das war das Problem. Die Frau war attraktiv, aber darüber hinaus verriet ihm ein einziger Blick auf ihr Fahrrad alles, was er wissen musste. Es war teuer, tadellos in Schuss und mit einigen Extras der Spitzenklasse ausgestattet. Die schmalen Lenkstangen waren mit Zubehör beladen, samt einer Signalhupe, um Hunde zu verscheuchen, einem blinkenden LED-Sicherheitslicht, einem Fahrradcomputer und einer Lenkertasche mit einer Landkartenhülle aus Plastik. In der Hülle steckte eine TransAm-Trail-Karte – mit Anmerkungen auf (wenn seine Augen ihn nicht täuschten) winzigen Wimpelaufklebern.

Von seiner generellen Abneigung gegen die Menschheit einmal abgesehen mochte Tom Frauen genauso sehr wie jeder andere Mann. Aber hyperorganisierte Kontrollfreaks wie diese hier erinnerten ihn an seine Exfrau, und darauf konnte er gut verzichten.

Und wenn er noch ein Argument gegen sie brauchte, war es das zwanzig Zentimeter große, reflektierende orangefarbene Dreieck, das hinten an ihrem Sattel baumelte: In großen schwarzen Lettern hatte sie darauf geschrieben: »Lexie – TransAm – OR bis VA«. Genauso gut hätte darauf stehen können: *Hallo! Ich quatsche gern mit Fremden übers Radfahren! Bitte verwickle mich auf der Stelle in ein sinnloses Gespräch!*

Echt nicht sein Fall.

Tom war so schlau, das alles für sich zu behalten. Stattdessen begnügte er sich mit: »Das ist keine gute Idee.«

»Was denn genau?«, fragte sie mit einem verständnislosen Kopfschütteln. Sie hatte welliges rotbraunes Haar, das sie sich zu einem festen Pferdeschwanz zurückgebunden hatte. Sehr hübsch.

Ganz unübersehbar kein Mann.

»Zusammen zu fahren«, stellte er klar.

»Aber war das nicht *deine* Idee? Du hast doch auf meine Anzeige geantwortet.« Sie wirkte verärgert, ein bisschen durcheinander. Verletzlich. Er hätte ihr am liebsten geholfen, dabei war *er* ihr Problem.

Genau aus diesem Grund hielt er sich von Menschen fern. Man war ihnen behilflich, und ehe man sich's versah, steckte man bis zum Hals im Treibsand und versuchte vergeblich, einen Weg aus dem Schlamassel herauszufinden.

»Meine Schwester«, sagte er.

»Was ist mit deiner Schwester?«

»Sie hat darauf geantwortet.«

»Ich kann dir nicht ganz folgen.«

»Klar.« Er verschränkte die Arme vor der Brust und starrte sie wütend an. Wenn er sich unverschämt genug aufführte, würde sie vielleicht aufgeben und wieder nach Hause fahren. Zwar bestand das Risiko, dass sie zuerst weinen würde, und das wäre echt unangenehm, aber das könnte er überstehen, wenn es sein musste.

Doch sie verschränkte ihrerseits die Arme, ahmte seine Pose nach und starrte wütend zurück. »Klar.«

2

Wie um alles in der Welt hatte sie Tom Geiger so völlig falsch einschätzen können?

Lexie hatte sich auf dieses Treffen genauso sorgsam vorbereitet wie auf die gesamte Radtour. Heute Morgen hatte sie sich auf der ganzen Strecke von Astoria hierher überlegt, wie sie reagieren sollte, wenn ihm schließlich klar wurde, dass sie eine Frau war. Für jede mögliche Reaktion – Überraschung, Verwirrung, Empörung – hatte sie sich überlegt, wie sie damit umgehen konnte, wie sie die Wogen wieder glätten und eine gute Basis für eine Kameradschaft zwischen ihnen schaffen konnte.

Aber offenbar hatte sie sich nicht gründlich genug vorbereitet, denn sie hatte keine Ahnung, wie sie mit dem Typen umgehen sollte, der nun vor ihr stand. Sie hätte nicht erwartet, dass er so feindselig sein würde. Oder derart merkwürdig. Oder so … jung.

In ihrer Vorstellung war Tom Geiger ein jovialer, zur Glatze neigender Fünfundfünfzigjähriger gewesen. Der reale Tom ähnelte diesem Bild nicht im Geringsten.

Sie hatte nicht die leiseste Ahnung, was sie nun tun sollte.

Er handelte in dieser Pattsituation als Erster. Er fuhr sich durch sein kurz geschnittenes schwarzes Haar, trat ein paar Schritte von ihr weg und richtete seine Aufmerksamkeit auf den Strand. Er gab zwar nicht klein bei, stellte sich aber neu auf. Dennoch machte die Möglichkeit seines Rückzugs sie nervös.

Egal was passierte, sie durfte ihn nicht entwischen lassen.

»Deine Schwester?«, fragte sie in der Hoffnung, ihm eine umfassendere Erklärung zu entlocken.

»Ja.«

Das war alles, nur diese eine Silbe. Himmelherrgott. Sie hatte eine Radtour quer durch das Land mit dem wortkargsten Mann in ganz Oregon geplant.

Du kannst mit diesem Typen fahren oder allein.

Eine Alternative, aber keine gute. Lexie hatte oft genug allein gezeltet, um ihre Grenzen zu kennen. Es war eine Sache, auf den Straßen von Portland eine starke, unabhängige Frau zu sein, und eine ganz andere, am Ende der Welt allein in einem Zelt zu schlafen, ohne sich vor einem Axtmörder zu gruseln. Sie konnte es zwar – sie hatte es schon getan –, würde es aber am liebsten vermeiden.

Natürlich war auch Tom ein Fremder mit genauso viel Axtmörderpotenzial wie jeder andere Mann. Aber man musste versuchen, das Risiko zu minimieren. Selbst in seinem sichtlich gereizten Zustand erschien er ihr nicht gefährlich zu sein, und zumindest war er Sportler. Sie kannte seinen Namen und seine Adresse. Er machte ihr eindeutig weniger Angst als die Alternative.

Lexie konnte sich den Luxus nicht leisten, Tom zu vergraulen. Sie musste rausfinden, was sein Problem war, damit sie es lösen konnte.

»Sie hat dich … ausgetrickst?« Das hatte er zwar nicht

gesagt, doch er stand mit verschränkten Armen da, blickte finster auf den Pazifik und wirkte wie ein Mann, den man ausgetrickst hatte.

»Hm-hm.«

Zwei Silben. Volltreffer!

Es war nicht lustig – obwohl sie zugeben musste, dass diese Geschichte mit Tom Stand-up-Comedy-Potenzial hatte. Monatelang hatte sie schuldbewusst vorsichtige E-Mails mit ihm ausgetauscht und jede Andeutung von persönlichen Details vermieden, damit er ihr keine Frage stellte, die sie dazu zwang, ihr Geschlecht preiszugeben. Jetzt hatte sie den Eindruck, als hätte sie sich die vielen Gewissensbisse sparen können, da der »Tom«, mit dem sie die Tour geplant hatte, genauso wenig real war wie der »Alex«, den seine Schwester sich unter Lexie vorgestellt haben musste.

Das bedeutete, dass dieser Tom – der echte – von *zwei* Frauen an der Nase herumgeführt worden war. Kein Wunder, dass er sauer war.

Vielleicht sollte sie sich für ihren Anteil an dieser Situation bei ihm entschuldigen, auch wenn sie bezweifelte, dass es etwas bringen würde. Und außerdem war es ja nicht so, als hätte sie den Mann angelogen. *Bin unkompliziert und gespannt auf das große Abenteuer! Mail an TransAmAlex@gmail.com.* Daran war nichts gelogen. Sie hatte nur ein einziges, wenn auch entscheidendes Detail ausgelassen.

Dabei hatte sie es nicht mal mit Absicht getan. Jedenfalls nicht am Anfang. Bis die E-Mail-Antworten eintrudelten, war ihr nicht mal klar gewesen, dass sie ihren Namen in der Anzeige nicht angegeben hatte. Leider waren ihre Mailpartner wieder abgesprungen, sobald sie herausfanden, dass »TransAmAlex« eine neunundzwanzigjährige Frau war. Insgesamt vier, einer nach dem anderen. Allem Anschein nach duldeten die Ehefrauen und Freundinnen der furchtlosen Abenteurer der Nation nicht, dass ihre Mannsbilder das Land mit einer fremden Frau durchquerten. Deshalb hatte sie ihr Geschlecht, das alles so verkomplizierte, gar nicht mehr erwähnt und war davon ausgegangen, dass sie ihren Tourenpartner gnädig stimmen könnte, wenn sie ihm erst einmal gegenüberstehen würde.

In der Theorie hatte das alles besser geklungen. Der reale Tom jedoch war ziemlich entmutigend.

»Und was machen wir jetzt?«, fragte sie.

Er zuckte mit den Achseln.

»Es wäre sehr hilfreich, wenn du den Mund aufmachen könntest.« *Und mehr als drei Worte auf einmal sagen würdest.*

Mit einem Seufzer sagte er: »Ich will die TransAm-Tour allein machen, aber meine Schwester fand, dass ich einen Partner brauche. Deshalb hat sie mich mit Alex Marshall zusammengebracht, der allem Anschein nach du bist.«

»Warum fand sie, dass du einen Partner brauchst?«

»Sie will nicht, dass ich im Straßengraben verrecke und unbeweint verwese.«

War das ein Scherz? Sie konnte es nicht sagen. Toms Miene ließ nicht gerade den Schluss zu, dass er zu Scherzen aufgelegt war.

»Klingt nach einer netten Schwester.« Ihre Eltern und ihr

Bruder James hatten so ziemlich dasselbe Argument vorgebracht, damit sie sich eine Begleitung suchte.

»Ja. Aber sie ist eine penetrante Nervensäge.«

Das muss sie wohl auch sein, um gegen dich anzukommen. Lexie übte sich in Diplomatie und behielt den Gedanken für sich. »Okay, aber ich bin mir noch nicht sicher, ob ich alles kapiert habe. Du hast es dir nicht ausgesucht, hier zu sein, bist aber trotzdem da. Aber du willst nicht mit mir fahren, weil …«

»Weil ich den Sommer nicht damit verbringen will, deine Beziehungsprobleme zu analysieren, deine Platten im Reifen zu reparieren und dich aufzuheitern, wenn es auf den Pässen ein bisschen anstrengender wird.«

Seine beiläufige Frauenfeindlichkeit verschlug ihr die Sprache. »Wow«, sagte sie, nachdem sie sich wieder erholt hatte. »Nimm auf mich bloß keine Rücksicht, Tom.«

»Ich nehme auf niemanden Rücksicht.«

Lexie blickte aufs Meer, atmete tief ein und stieß die Luft langsam wieder aus. So funktionierte das hier nicht. Nicht mal annähernd.

Aber das Problem war, dass es funktionieren musste, denn sie hatte keinen Plan B. Dabei war Tom nicht mal ihre erste Wahl gewesen. Bis letzten Sommer hatte sie noch vorgehabt, die Tour mit ihrem Bruder zu machen. Doch dann war er so dämlich gewesen, eine Frau zu heiraten, die nicht Fahrrad fuhr, und Lexie hatte beschlossen, die TransAm-Tour allein durchzuziehen.

Allerdings hatte ihre Familie die Idee schrecklich gefunden, und ihr selbst waren auch Zweifel gekommen. Sie hatte gehofft, eine weibliche Begleitung zu finden, doch es hatte sowieso nur wenige Inserate gegeben, und in diesem Sommer hatte keine Frau nach einer Partnerin gesucht. Und auf Lexies Inserat hatte sich auch keine Frau gemeldet, mit der sie den TransAm von Westen nach Osten zurücklegen konnte.

Im Grunde war Tom sogar ihre vierte Wahl. Was für ein jämmerlicher Gedanke, sich schon am Tag eins der TransAm an ihre viertbeste Hoffnung auf Gesellschaft klammern zu müssen.

»Wir machen es so«, schlug sie vor. »Du brauchst nicht mit mir zu reden und du musst nicht mit mir zusammen fahren. Nur weil ich per Inserat eine Begleitung gesucht habe, heißt das noch lange nicht, dass ich Hilfe brauche, wenn ich einen Platten habe. Ich bewältige jeden Pass, ohne dass du mir die Hand halten musst, und mein Frauengejammer kann ich mir für jemanden aufsparen, der Verständnis dafür hat. Alles, was ich von dir will, ist ein warmer Körper, neben dem ich nachts mein Zelt aufschlagen kann.«

»Mit dir schlafen werde ich auch nicht«, antwortete Tom missbilligend.

Verdammt, wieso ging jeder davon aus, dass man verzweifelt einen Mann suchte, nur weil man neunundzwanzig war und über Eierstöcke verfügte? Ihre Freunde verkuppelten sie ständig mit gesetzten Apothekertypen, die mit ihr über die Vereinbarkeit ihrer Lebensziele diskutieren wollten, was sie nicht die Bohne interessierte, und jetzt hatte sie Tom am Hals, der unter »Mach mit mir eine Radtour« anscheinend »Reparier meine Platten und warte meine störungsanfälligen weiblichen Teile« verstand.

Sie konnte einfach nicht gewinnen.

Das Schlimmste daran war, dass er unerträglich attraktiv war. Der Tom Geiger in ihrer Vorstellung hatte genauso ausgesehen wie ihr Vater. Okay, das war vielleicht nicht sehr realistisch gewesen, aber wer hätte mit einem Typen mit Latino-Teint, schwarzen Haaren und schokoladenbraunen Augen rechnen können? Wer hätte ahnen können, dass er ein so markantes Kinn haben würde oder derart lange, dichte Wimpern, die in einem weniger maskulinen Gesicht mädchenhaft gewirkt hätten?

Ganz zu schweigen von seinem Körper. Der Mann war durchtrainiert wie Lance Armstrong. Allein schon seine muskulösen Unterarme waren zum Dahinschmelzen, und die breiten Bänder, die um seine Bizepse tätowiert waren, ließen ihn gefährlich und interessant wirken, als würde er dunkle Geheimnisse verbergen.

Jammerschade, dass in der Dunkelheit nur Piranhas lauerten.

Tom Geiger war ohne Zweifel ein Traumtyp, aber nicht für sie. Nach zwei geplatzten Verlobungen hatte sich Lexie schon vor Jahren von Traumtypen verabschiedet. Heutzutage dominierten Räder ihre Träume.

»Wirst du die ganze Zeit über so sein?«, fragte sie.

»Ich meinte nur …«

»Ja, ich hab schon verstanden. Mein Mann wird sehr erleichtert sein, wenn ich es ihm ausrichte.«

Für diese brillante Improvisation klopfte sie sich im Geiste auf die Schulter. Das Problem Sex war gelöst.

Die Stirnfalte zwischen Toms Augenbrauen vertiefte sich,

und sein Blick suchte ihre rechte Hand. »Du hast keinen Ring«, bemerkte er.

»Und du keinen Funken Takt.«

Seine Mundwinkel zuckten. »Stimmt.«

Wenigstens wusste er es. Das machte ihn ein bisschen weniger schrecklich. »Legen wir die Karten auf den Tisch?«

Ein brüskes Nicken.

»Du scheinst genauso wenig erpicht darauf zu sein, mit mir zu fahren, wie ich mit dir.«

»Trifft so weit zu.«

»Aber in meinem Fall ist es keine gute Idee, die Tour allein zu machen.«

Noch ein Nicken, mit dem sie nicht gerechnet hatte. Sie hatte geglaubt, sie müsste es ihm vielleicht erklären. Andererseits hatte Tom eine Schwester. Vielleicht verstand er es.

»Alles, was ich von dir will, ist, dass du an den gleichen Orten zeltest wie ich und meine Familie anrufst, wenn ich einen schrecklichen Unfall erleide.«

Die Pause, bevor er antwortete, konnte nicht länger als ein paar Sekunden gedauert haben, doch sie war lang genug, dass Lexie fast aufgab. Sie würde schon klarkommen, bis sie einen Ersatz für Tom finden würde. Sie war von Natur aus ein geselliger Mensch und hätte eindeutig lieber Gesellschaft, aber sie konnte ihr Bedürfnis nach Unterhaltung stillen, indem sie mit Leuten sprach, die sie unterwegs traf. Und für die Nächte im Zelt hatte sie ein Buch dabei und konnte so lange lesen, bis sie müde genug wurde, dass …

»Na schön«, unterbrach er ihre innerlichen Aufmunterungsversuche. »Aber sobald ich einen Ersatz für dich finde, bin ich weg.«

Ihr fiel ein Stein vom Herzen. Seltsam, dass sie sich so über seine Gesellschaft freute, wenn man bedachte, wie wenig sie ihn mochte. Andererseits war es ihr Plan gewesen, mit Tom Geiger zu fahren, und sie hasste es, von ihren Plänen abzuweichen. »Das ist für mich in Ordnung. Können wir dann jetzt die Räder eintauchen und losfahren? Ich will heute noch bis Garibaldi kommen.«

Mit der tiefen Falte zwischen den Augenbrauen schüttelte Tom den Kopf und sagte: »Tu dir keinen Zwang an.«

Lexie schob ihr Rad durch den Sand und wünschte, sie hätte vorher den Anhänger abgekoppelt. Es war nicht das Leichteste auf der Welt, ein voll beladenes Tourenrad durch den weichen Sand zu schieben. Es war sogar überraschend schwierig. Aber sie würde ihr Rad in den Pazifik tauchen, und in drei Monaten in den Atlantik. Das war alles.

Tom verzichtete darauf. Was sollte das? *Alle* tauchten ihr Rad ins Wasser. Wenn der Beginn dieser Tour irgendein Anhaltspunkt war, dann würde er eine echte Spaßbremse sein.

Aber es spielte keine Rolle. Das war *ihr* Abenteuer, und sie würde es machen, wie sie wollte. Sie hatte sich schon auf diesen Tag gefreut, noch bevor die Stützräder von ihrem ersten Fahrrad abmontiert worden waren. Sie und James waren mit den Geschichten der TransAm-Abenteuer ihrer Eltern aufgewachsen. Im Sommer 1976 hatten Mom und Dad und Tausende andere Amerikaner ihre Zehngangfahrräder aus der Versenkung geholt, sich Kniestrümpfe angezogen und an einer Party auf Rädern quer durchs Land teilgenommen, die als Bikecentennial bekannt wurde. Irgendwo in Kansas hatten sich die Marshalls im Sattel kennengelernt und waren seitdem unzertrennlich.

Solange sie zurückdenken konnte, hatte Lexie sich gewünscht, dieselbe Tour zu machen: das Land zu sehen, neue Leute kennenzulernen und sich zu beweisen, dass sie das Zeug dazu hatte, die vielen Kilometer im Sattel zurückzulegen. Und wenn eine Herausforderung des TransAm darin bestand, es mit Tom Geiger auszuhalten, dann sei es so. Es gab Schlimmeres.

Sie erreichte die Brandung und tauchte ihr Rad hinein, bevor sie sich wieder umdrehte. Der Moment war weit weniger symbolisch, als sie es sich erhofft hatte. In ihren Tagträumen vom Tourstart hatte es weder den Gestank abgestorbener Meeresalgen noch die heiseren Schreie der Möwen gegeben, die am Himmel kreisten, und sie musste sich große Mühe geben, um nicht Tom die Schuld dafür in die Schuhe zu schieben. Immerhin verdarb er ihr nicht *aktiv* die ganze Freude an den ersten Augenblicken ihrer Tour. Er stand einfach nur reglos da, und seine Silhouette zeichnete sich gegen die dramatische Kulisse aus Orange-, Rot- und Lilatönen ab. Mit gesenktem Kopf und verschränkten Armen ignorierte er den Sonnenaufgang und die Schönheit des Ozeans, sondern stierte nur finster zum Parkplatz und wartete auf sie.

Lexie gab es auf, den Moment genießen zu wollen. Sie schlug mit ihrem widerspenstigen Fahrrad einen großen Bogen und schob es zum zornigen Tom zurück.

»Fertig?« Sie schnallte sich ihren Helm fest.

Er setzte seinen ebenfalls auf und schwang sich auf sein Rad.

»Auf geht's.«

Schon zehn Minuten später kam die aufregendste Reise ihres Lebens mit einem flatternden Geräusch, das stets nur eins bedeutete, zum Erliegen.

Sie hatte einen Platten. Der erste Tag auf der TransAm, und sie hatte einen Scheißplatten. Sie fuhr rechts ran.

»Tut mir leid, ich muss mir am Strand einen Glassplitter eingefangen haben. Du kannst schon mal vorfahren, ich komme dann später nach.«

Ohne ein Wort stieg er ab und klappte den Fahrradständer herunter. Jeder ernst zu nehmende Radfahrer hätte ihn vor der Tour abmontiert – zu viel zusätzliches Gewicht. Wer hatte schon einen Fahrradständer? Wenn sie es sich recht überlegte: Wer hatte schon ein Rad, das aussah wie Toms? Es schien bereits mehrere Kriege überlebt zu haben und ähnelte in keiner Weise den raffinierten, teuren Geräten, mit denen die Leute normalerweise tourten. Auch seine Klamotten waren völlig daneben. Sie hatte jemanden mit Radlerhosen und Trikot erwartet, vielleicht mit einem neongelben Regenmantel zum Schutz gegen den Nebel. Er hingegen trug ein verblichenes Nirvana-T-Shirt und Cargo-Shorts.

Trotzdem war er echt heiß, was sie irgendwie zu ignorieren lernen musste. Sie musste sich einfach auf seinen Charakter konzentrieren. Das sollte seinen Zweck erfüllen.

Während sie den Anhänger abhakte und ihr Fahrrad auf den Sattel stellte, stand er da und beobachtete sie, wodurch sie so nervös wurde wie eine Jungfrau auf dem Rücksitz einer Limousine nach dem Abschlussball. Es half sogar ein bisschen, dass er ein totales Arschloch war. Mit Arschlöchern kam sie klar. Als Highschool-Lehrerin hatte sie tagtäglich mit ihnen zu tun.

Unter Toms kritischen Blicken zog sie ihr Vorderrad ab, sie fühlte sich unwohl. Das war also ein Test. Wenigstens wusste sie, dass sie ihn bestehen konnte. Sie hatte im Lauf der Jahre massenhaft platte Reifen gewechselt. Sie zog den beschädigten Schlauch aus dem Reifen, inspizierte ihn, konnte aber kein Loch entdecken. Bei einer eingehenden Untersuchung des Reifens selbst stieß sie schließlich auf den Übeltäter: eine kleine spitze Glasscherbe.

Erst als sie in ihrer Hecktasche nach einem neuen Schlauch wühlte, beschlich sie ein ungutes Gefühl. Denn dies war nicht das Rad, mit dem sie die Tour ursprünglich machen wollte. Sie hatte sich im letzten Moment umentschieden und die Salsa genommen, die zwar weniger Handhaltungen bot, aber bequemer war als ihr eigentlich vorgesehenes Tourenrad. Die Hecktasche hingegen hatte sie schon vor Wochen gepackt, was bedeutete, dass sie nun Schläuche in der falschen Größe dabeihatte. Folglich konnte sie den Reifen nicht wechseln.

Noch bevor sie auch nur drei Kilometer gefahren waren, stand sie vor Tom also wie der letzte Depp da.

»Schlechte Nachrichten. Ich, ähm, hab die falschen Schläuche dabei. Ich brauche 29er, und die habe ich nicht. Aber fahr doch ruhig vor, und ich suche in der Zeit einen Fahrradladen. Und wenn er öffnet« – *in drei oder vier Stun-*

den – »kaufe ich mir einen neuen Schlauch und treffe dich heute Nachmittag wieder.«

»Du kannst den Reifen auch flicken.«

Noch ein katastrophales Versäumnis in ihrer Planung. Lexie hatte kein Flickzeug dabei. Sie hatte lange hin und her überlegt, ob sie es brauchen würde, und war zu dem Schluss gekommen, dass es keinen Sinn ergab, auch noch Flickzeug mit sich rumzuschleppen, wo sie doch massenweise Ersatzschläuche einpackte. Hinzu kam, dass sie noch nie einen Reifen geflickt hatte. Das ganze Verfahren war ihr schon immer ziemlich antiquiert vorgekommen, und sie hatte keinen Grund gesehen, sich die Mühe zu machen, es zu lernen, weil Schläuche schließlich so billig waren.

»Ich weiß aber nicht, wie das geht«, gab sie zu, obwohl sie wusste, dass er die Stirn runzeln, sie böse anschauen und sich in seinen Vorurteilen bestätigt sehen würde.

Er blickte sie wirklich stirnrunzelnd an. Doch dann nahm er ihr den Schlauch ab und fing an, nach dem Loch zu fahnden.

»Das hab ich schon gemacht.«

Tom ignorierte sie. Er pumpte Luft in den Schlauch, hielt ihn sich ans Ohr und drehte ihn langsam, während er nach dem Zischen der ausströmenden Luft lauschte. Zwei volle Umdrehungen später pumpte er noch ein bisschen mehr Luft in den Schlauch. Dann streckte er die Zunge heraus und leckte daran.

»Was *machst* du da?«

Statt zu antworten fuhr er weiter mit der Zungenspitze an dem Gummischlauch entlang und starrte sie mit seinen durchdringenden dunklen Augen an.

Und Gott stehe ihr bei, es machte sie an.

Sie spürte, wie ihre Wangen heiß wurden, und wandte beschämt den Blick ab. Sie war nun beinahe dreißig Jahre alt, und es machte sie an, wenn ein Typ an einem Schlauch leckte. Ein *heißer* Typ wohlgemerkt, aber trotzdem. Sie musste öfter unter Menschen gehen.

Als sie ihn wieder ansah, hatte er sein Flickzeug herausgeholt und raute das Gummi mithilfe von Sandpapier auf. Anscheinend hatte er das Loch gefunden. Mit seiner Zunge. Herrgott.

Gott sei Dank war das Thema Sex vom Tisch. Wenn man bedachte, wie scharf sie gerade auf ihren Tourenpartner war, würde sich der fiktive Mr Marshall als Segen erweisen. Seit ihrer letzten gescheiterten Beziehung war sie umso vorsichtiger, nicht mit den falschen Typen ins Bett zu steigen, und Tom Geiger hätte gar nicht falscher sein können.

Auch wenn er ihren Reifen flickte.

Tom trug Klebstoff auf, drückt einen Flicken darauf und reichte ihr den Schlauch.

»Halt das fünf Minuten fest. Dann kannst du den Schlauch wieder in den Reifen spannen und ihn aufpumpen.«

»Danke.«

»Gern geschehen.«

Da sie nicht wusste, was sie sonst sagen sollte, drückte sie auf den Flicken und wartete schweigend. Sie fühlte sich unwohl in ihrer Haut. Ihr großes Abenteuer entwickelte sich nicht nach ihren Vorstellungen. Bisher war es irgendwie Scheiße.

Er zog die Wasserflasche von seinem Rad, nahm einen

Schluck, spülte sich den Mund und spuckte aus. »Beim nächsten Mal leckst *du* am Schlauch«, brummte er. »Es schmeckt zum Kotzen.«

Lexie lachte. Als sie aus dem Augenwinkel einen Blick auf Tom riskierte, ertappte sie ihn dabei, wie er sie anlächelte – und es hätte sie fast umgehauen.

Ein breites Lächeln hatte seine schönen Lippen verwandelt, jede Spur vom zornigen Tom getilgt und ihn durch einen Tom ersetzt, den sie noch nicht kannte – aber kennenlernen wollte. Oh Mann, und wie sie es wollte. Er hatte ein fantastisches, gewinnendes Lächeln. Seine Augen funkelten vor Belustigung, und in den Augenwinkeln bildeten sich tiefe Lachfalten. Er hatte ein Grübchen im Kinn, das ihr zuvor noch nicht aufgefallen war. Seine Zähne strahlten weiß und bildeten einen attraktiven Kontrast zu seiner dunklen Haut. Dieser Tom war absolut zum Anbeißen.

Wunder über Wunder, er wirkte plötzlich so, als könnte man mit ihm viel Spaß haben.

Sie lächelten sich ein paar Sekunden länger an als nötig, bevor Tom leicht die Stirn runzelte und sich abwandte, um seine Wasserflasche zurück in den Getränkehalter zu klemmen.

Lexie stieß die Luft aus, die sie unbewusst angehalten hatte. Vielleicht war er doch gar nicht so übel.

3

Von Seaside, Oregon, nach Corvallis, Oregon
275 zurückgelegte Kilometer

Tom war furchtbar.

Sechzehn Kilometer hinter Seaside auf dem Pacific Coast Scenic Highway bot sich ihnen am Ende eines langen Anstiegs nach einer Kurve eine unglaubliche Aussicht: tiefblaues Meer, zerklüftete Felsen, ein winziges Dorf, das sich an die Küste schmiegte, und darüber ein strahlend blauer klarer Himmel. Genau das hier hatte sie sich von der Tour erhofft. Und es war nicht nur der Ausblick – es war alles. Die saubere, frische Luft an der Küste. Der glatte Asphalt, breit und beeindruckend frei von Schlaglöchern. Das gute Gefühl ihrer behandschuhten Handflächen am Lenker. Am liebsten hätte sie sich diesen wunderbaren Moment eingepackt, um ihn später noch einmal in Ruhe genießen zu können.

Doch stattdessen sprudelte aus ihr heraus: »Wow! Das ist spektakulär.«

»Ich dachte, wir müssten nicht reden«, antwortete er.

So viel zum Thema Spaßbremse. Sie hatte nur eine Sekunde lang vergessen, mit wem sie unterwegs war, und der zornige Tom ließ es sie prompt büßen.

Sie klappte den Mund zu und beschloss, von nun an zu

schweigen. Er wollte nicht mit ihr reden? Sie ging ihm auf die Nerven? Na schön. Er konnte mit ihr bis nach Kansas und noch weiter fahren, ohne dass sie ein einziges Wort zu ihm sagte, es sei denn, er begann das Gespräch.

Kein. Einziges. Wort.

Warum fuhr er überhaupt mit ihr im Schlepptau? Sie hatte gedacht, dass er sie weit hinter sich lassen würde, sobald sie aus Seaside herausrollten. Doch sie waren entweder völlig synchron – ha! –, oder er passte sich bewusst ihrem Tempo an, denn sie war den ganzen Vormittag sechzig Zentimeter hinter ihm gefahren und hatte auf seine breiten Schultern und steinharten Waden gestarrt.

Es wäre ein schöner Anblick gewesen, wenn er nicht so ein Arsch wäre.

Okay, eigentlich war es trotzdem ein schöner Anblick. Aber das hieß nicht, dass er ihr gefallen musste.

Es hätte ein perfekter Vormittag sein können. Es herrschte nur wenig Verkehr, und mit knapp unter zwanzig Grad war die Temperatur für das hügelige Gelände ideal. Aber sie war sich Toms Gegenwart viel zu bewusst, um die Fahrt genießen zu können. Alles, was er tat, nervte sie. Er war offenkundig in Topform und kam kaum ins Schnaufen, wenn er die Berge hochsprintete. Aber musste er wirklich derart Gas geben? Eigentlich sollte man einen Gang herunterschalten und sich seine Energie einteilen. Ihr Salsa-Fahrrad verfügte über siebenundzwanzig Gänge, und an diesem Vormittag hatte sie die meisten davon schon gebraucht. Tom hingegen fuhr ein Zwölfgangrad. Wer fuhr schon ein Zwölfgangrad?

Und die zwölf Gänge benutzte er kaum. Lexie schaltete jedes Mal, wenn ihr Fahrradcomputer ihr anzeigte, dass ihre Trittfrequenz unter siebzig Umdrehungen in der Minute gesunken oder über neunzig gestiegen war. Das hielt ihre Beine länger frisch. Wenigstens stand das in allen Artikeln, die sie gelesen hatte. Tom besaß nicht mal einen Fahrradcomputer, und sie hatte ihn nur wenige Male schalten gehört. Wenn sie bergauf fuhren, trat er fester in die Pedale und stellte sich manchmal auf. Wenn sie bergab fuhren, hörte er auf zu strampeln. Er hatte überhaupt keine Technik.

Er trank auch nicht genug. Man sollte etwa alle fünfzehn Minuten einen Schluck Wasser trinken, auch wenn man keinen Durst hatte. Lexie hatte sich extra einen Rucksack mit einem speziellen Schlauch für ihren Zweiliterbeutel angeschafft und achtete streng darauf, nicht zu dehydrieren. Tom hatte ein paar Flaschen in Haltern am Rad, doch sie wagte zu bezweifeln, dass er seit der Reparatur ihres Platten eine davon angerührt hatte. Es war zwar nicht heiß, und sie war eigentlich auch nicht durstig, aber es gab Regeln, und er brach sie.

Lexie konnte Menschen, die Regeln brachen, nicht ausstehen. Sie verdarben allen anderen immer nur alles.

Ab und zu setzte er sich aufrecht hin, nahm die Hände vom Lenker und dehnte träge seine Schultern, was Lexie einen erstklassigen Blick auf seinen breiten Rücken und seine muskulösen Arme ermöglichte. Einmal rutschte dabei sein T-Shirt hoch und entblößte ein paar Zentimeter makellose olivfarbene Haut und einen schwarzen Gummibund, der aus seiner Shorts herauslugte. Danach fragte sie sich ständig: Boxershorts? Slips? Boxer-Slips?

Und während er sich streckte, radelte er ohne das geringste Wackeln weiter, als wäre es völlig egal, ob man sich am Lenker festhielt.

Es trieb sie in den Wahnsinn.

Wie sollte sie wissen, wann er eine Pause machen wollte, wenn er nicht mit ihr redete? Sollte sie ihm Bescheid sagen, wenn sie mal musste, oder sich stillschweigend eine Stelle suchen? Und wie konnten sie das Abendessen planen oder sich einen Campingplatz aussuchen, ohne miteinander zu reden?

Je mehr sie über Tom nachdachte, desto gereizter wurde sie, und dann überschritt sie langsam die Grenze von Gereiztheit zu Wut. Tom verdarb ihr den ersten Tag auf dem TransAm, der der wunderbare Beginn des größten Abenteuers ihres Lebens hatte sein sollen.

Sie atmete ein paarmal tief durch und versuchte, sich neu zu konzentrieren. Sie würde sich von ihm nicht verunsichern lassen. Das war ihre Tour, nicht seine. Sie würde anhalten, wo sie wollte. Er konnte ihretwegen in den Pazifik springen.

Als sie das nächste hübsche Küstenstädtchen auf der Strecke erreichten, hielt sie an einem kleinen Geschäft an, um sich einen Snack zu besorgen. Tom konnte derweil sonst was machen. Er war nicht ihr Problem.

Doch auch er stoppte und folgte ihr hinein. In dem Laden, der in ein winziges Gebäude gezwängt war, das einst ein Wohnhaus gewesen sein musste, roch es nach reifem

Käse und frischem Fisch – eine unliebsame Reizüberflutung nach einem Vormittag an der frischen Luft. Da sie den Besitzer nicht kränken wollte, widerstand sie dem Bedürfnis, die Nase zu rümpfen, und suchte sich einen Energieriegel und eine Banane aus. Tom kaufte eine Tüte Chips und eine Limo, was für einen 95-Kilometer-Tag wirklich minderwertiger Brennstoff war. Sie hatte fast Mitleid mit ihm. Der Typ wusste offensichtlich nicht, was er tat.

Als sie sah, dass er einen Viererpack Flaschenbier und zerstoßenes Eis in eine kleine Kühlbox auf seinem Hinterradgepäckträger packte, hätte sie fast ihr Schweigegelübde gebrochen und ihren Senf dazugegeben – irgendwas über zusätzliches Gewicht bei Steigungen, und dass er sich schon am ersten Tag verausgaben würde –, aber sie verkniff es sich im letzten Moment. Sollte er doch seine eigenen blöden Fehler machen und daraus lernen.

Als sie wieder auf ihr Rad stieg und aus der Stadt fuhr, ließ er sich zurückfallen und blieb so weit hinter ihr, dass er fast außer Sichtweite war. Lexie seufzte erleichtert, glücklich darüber, dass sie ihn nicht den Rest des Tages beobachten musste. Es lenkte sie nur ab, seine Fehler aufzulisten und sich zu fragen, wann sie ihn einholen würden. *Er* lenkte sie ab.

Doch selbst als er außer Sichtweite war, konnte sie sich nicht entspannen.

Als sie den Stadtrand von Corvallis erreichten, warf Tom, der inzwischen wieder vorne fuhr, einen Blick über die Schulter und entdeckte Lexie, die wie immer wie eine Klette an ihm klebte, wenige Meter hinter sich. Eins musste er ihr lassen, sie war stur. Es war jetzt drei Tage her, seit er sie mit einer achtlosen Bemerkung auf die Palme gebracht hatte, die viel fieser geklungen hatte als beabsichtigt, und sie sprach immer noch nicht mit ihm.

Da er ans Alleinsein gewöhnt war, hatte er eine Weile gebraucht, bis er überhaupt kapiert hatte, dass er mit Schweigen bestraft wurde. Wie alt waren sie eigentlich, neun? Aber Schweigen passte ihm gut in den Kram, weshalb er beschlossen hatte, herauszufinden, wie lange sie das durchziehen würde. Er hätte gewettet, dass sie es nicht bis nach dem Abendessen aushielte.

Aber sie war sturer, als er gedacht hatte. Sie waren zweihundertvierzig Kilometer gefahren, hatten sich sechs Mahlzeiten geteilt, bei einem halben Dutzend Pausen nebeneinandergesessen und einen weiteren Platten (diesmal Toms) repariert und sich dabei die ganze Zeit per Handzeichen und Mimik verständigt. Am ersten Abend hatte Lexie ein Notizbuch gezückt und eine Frage hingekritzelt, die zu lesen er sich jedoch aus Prinzip geweigert hatte. Er machte mit, um zu gewinnen. Er würde es ihr nicht leichter machen.

Gegen Ende des zweiten Tages hatte er sich langsam gefragt, ob Lexie tatsächlich noch nachtragender sein konnte als er selbst. Zudem hatte er sich widerwillig eingestehen müssen, dass sie nicht übertrieben hatte, als sie behauptet hatte, Fahrrad fahren zu können. Vor dem Frühstück hatten sie einen knapp fünf Kilometer langen Berg mit einer neunprozentigen Steigung bewältigt, und sie war kaum ins

Schwitzen geraten. Tom hatte noch nie eine Frau getroffen, die auf dem Rad mit ihm mithalten konnte. Es war beeindruckend.

Leider endete die Liste mit Lexies guten Eigenschaften damit auch schon.

Na schön, wenn man körperliche Attribute mitzählen wollte … Sie hatte einen Wahnsinnskörper, der durch häufiges Training muskulös und fit war und trotzdem an den richtigen Stellen Rundungen besaß. Ihr Hintern sah in den schwarzen Radlerhosen so heiß aus, dass es geradezu schmerzhaft war, hinter ihr zu fahren. Dann waren da noch ihre Lippen, die rotbraunen Haare … und ihre Augen. Er fragte sich, ob sie wusste, dass sie jede einzelne ihrer Empfindung verrieten. Durch ihre Augen konnte er wie durch eine Glasscheibe auf ihre Gefühle blicken.

Aber oh Mann, sie war so verkrampft. Statt die herrliche Umgebung zu genießen, hielt sie den Kopf über den blöden Computer gebeugt, um streng nach Vorschrift zu schalten, trank in den empfohlenen Abständen Wasser, nahm vernünftige Snacks zu sich und studierte zwei Dutzend Mal am Tag die Landkarte und die Höhenkarte. Sie hatte ein Notizbuch, das Richtlinien für jede einzelne Übernachtung auf der Strecke zu enthalten schien, alle davon schon im Vorfeld ausgewählt.

Noch schlimmer, sie kamen durch einige der schönsten Gegenden von Oregon, und sie hielt niemals an, außer um zu essen. Sie war nicht ein einziges Mal von der vorgegebenen Route abgewichen. Besaß die Frau denn gar keinen Abenteuergeist? Was hatte es für einen Sinn, durchs Land zu fahren, wenn man nicht anhalten und sich alles ansehen wollte? Er hatte geglaubt, die berühmte Eiscreme in Tillamook würde sie in Versuchung führen, aber sie hatte keinerlei Interesse an einer Besichtigung der Molkerei erkennen lassen.

In den letzten Tagen hatte Tom sich das gefallen lassen, aber er hatte nicht vor, auch Corvallis nur einen Blitzbesuch abzustatten. Er kannte das Universitätsstädtchen recht gut, und bei Reynaldo's gab es einen Burrito, der schon nach ihm rief. Als er die Querstraße entdeckte, die er suchte, achtete er auf den Verkehr hinter sich, bevor er den linken Arm ausstreckte und langsam zur Mitte der Straße ausscherte.

Nachdem er abgebogen war, rollte er die Straße hinab und warf einen Blick zurück zu Lexie, um zu sehen, ob sie ihm folgen und damit von der Route abweichen würde. Sie hatte an der Kreuzung gehalten, stand jetzt mit beiden Füßen auf dem Boden und warf ihm ihren schönsten wütenden Blick zu. Er spürte eine unliebsame Hitze in den Lenden. Irgendwas an dem Anblick dieser Frau mit dem Fahrrad zwischen den Schenkeln machte ihn wirklich an.

Sein Rad schwankte und zwang ihn dazu, wieder auf die Straße zu achten und ein paarmal in die Pedale zu treten, um nicht umzukippen. Als er wieder zurückblickte, hatte sie sich immer noch nicht vom Fleck gerührt. Ihre Miene war unbezahlbar, als wollte er sie in Versuchung führen, von einer verbotenen Frucht zu probieren, statt sie nur zu einem kleinen Abstecher zu bewegen. Tom deutete mit dem Kopf in die Richtung, in die sie fahren sollte, und konnte sich ein Lächeln nicht verkneifen.

Komm schon, Süße. Ich spendier dir einen Burrito.

Sie stieg wieder aufs Rad und überquerte die Straße in seine Richtung.

»Braves Mädchen«, sagte er halblaut.

»Sie und Ihr Mann haben sicher viel Spaß!«

Die Frau hinter dem Empfangspult, auf deren Namensschild Rosalie stand, strahlte sie an.

Das erste Mal, als jemand diesem Irrtum aufgesessen war, war Lexie überrascht gewesen. Nachdem die vierte oder fünfte Person davon ausgegangen war, dass Tom und sie verheiratet waren, hatte sie aufgehört, denjenigen zu korrigieren. Es war im Grunde nicht wichtig, ob ein Haufen Wildfremder sie und Tom für ein Paar hielt – obwohl es ziemlich traurig für die Institution Ehe war, wenn Eheleute aussahen wie sie.

Aber vielleicht stimmte das sogar. Beide Male, als sie ihre Hoffnungen in einen Mann gesetzt hatte, war sie unsanft wieder auf dem Boden der Tatsachen gelandet, statt zum Altar geführt zu werden. Wenn man bedachte, dass einer der Männer, deren Heiratsantrag sie angenommen hatte, sie betrogen hatte, und der andere so krankhaft besitzergreifend gewesen war, dass sie ihren Arbeitsplatz hatte wechseln und ein Kontaktverbot hatte erwirken müssen, nachdem sie mit ihm Schluss gemacht hatte, ergab es wahrscheinlich einen Sinn, dass sie einen spröden, wortkargen Typen wie Tom heiraten würde. Es war nicht gerade ihre Stärke, sich ihren Märchenprinzen auszusuchen.

»Ja, bisher war die Tour fantastisch«, antwortete sie mit

einer Stimme, die hoffentlich angemessen fröhlich klang. Es bestand keinerlei Anlass, die Illusionen der Frau zu zerstören, selbst wenn sie Lexie ein Gespräch aufgedrängt hatte, nachdem sie mit dem Arm im Restaurant herumgewedelt und sie ermutigt hatte, sich einen Tisch auszusuchen. Tom hatte der Aufforderung prompt Folge geleistet, sodass Lexie allein mit Rosalie fertigwerden musste.

»Solche Sachen muss man machen, solange man noch jung ist«, meinte Rosalie plötzlich ernst und packte Lexie am Arm. »Mein Herbert und ich haben immer gesagt, dass wir eines Tages die Welt bereisen würden, und dann ist er sechs Wochen, bevor wir seine Pensionierung feiern wollten, gestorben, und wir sind nie irgendwo hingekommen. Bis auf das eine Mal, als wir in Reno waren, und Herbert fünfhundert Dollar beim Blackjack gewonnen hat …«

Höflich lächelnd nickte Lexie, ließ ihre Gedanken schweifen und hörte der Geschichte von Rosalies Abenteuern nur noch mit halbem Ohr zu.

In Wahrheit hatte die Tour bisher so viel Spaß gemacht wie die Notenvergabe für die Zeugnisse. Die Landschaft war unglaublich, das Wetter ausgezeichnet, der Verkehr nur schwach, die Menschen, die sie traf, interessant, aber wegen Tom war sie angespannt wie ein Flitzebogen.

Dabei lag es gar nicht mehr so sehr an seinem Fahrstil. Während der drei gemeinsamen Tage war ihr allmählich klar geworden, dass er kein so blutiger Anfänger war, wie sie gedacht hatte. Und wenn er es doch war, verfügte er über eine so gute Kondition, dass er es sich leisten konnte. An ihrem zweiten und dritten gemeinsamen Tag schien er noch genauso ausgeruht zu sein und sich im Sattel genauso wohlzufühlen wie am ersten Tag. Bei dem langen, steilen Anstieg nach Cape Lookout war Tom unbeeindruckt, sogar dynamisch gewesen. Sie hingegen hatte in ihren Omagang zurückschalten müssen und danach zitternde Beine gehabt.

Nein, das Problem war nicht sein Fahrstil. Sondern er. Irgendwas an Tom ging ihr unter die Haut. Wenn sie nachmittags ihr Lager aufschlugen, stellte er sein Zelt auf, das so geräumig war, dass ihre leichte Ein-Mann-Vorrichtung im Vergleich dazu wie ein Sarkophag aussah, duschte und machte es sich mit einem kalten Bier und einem Buch gemütlich. Er war sich selbst völlig genug, und sie konnte sich nur mit Mühe beherrschen, nicht seine Kreise zu stören. Sie wollte ihn ansprechen, ihn provozieren – irgendwas tun, damit er sie zur Kenntnis nahm.

Er las ein zerfleddertes Exemplar von *Walden oder Leben in den Wäldern*, Henry David Thoreaus berühmten Bericht über das Jahr, in dem er autark im Wald gelebt hatte. Sie selbst fand *Walden* super. Das Buch war eines der wenigen Highlights im Schuljahr, wenn man Englisch für die elfte Klasse unterrichtete. Doch da sie nicht mit Tom sprach, konnte sie ihm das nicht erzählen. Nicht mit ihm reden zu können, machte sie ganz kribbelig. Daher hatte sie in ihrem Tourentagebuch eine Liste von Fragen angelegt, die sie ihm stellen würde, wenn sie könnte. Was hielt er von dem Buch? Hatte er vorher schon Touren gemacht? Was hatte er gegen die Menschheit? Warum trug er keine richtigen Radlerhosen? Welche Geschichte steckte hinter den Tattoos? Und das waren nur die Einträge eins bis fünf – die Liste ging bis achtundzwanzig. Lexie war völlig fasziniert von dem Geheimnis, das den zornigen Tom umgab.

Es reizte sie maßlos.

Und jetzt hatte er sich doch tatsächlich zu einem halben Lächeln herabgelassen – der erste freundliche Ausdruck, den sie seit Seaside auf seinem Gesicht gesehen hatte –, und sie ließ sich vom Weg weglocken, als wäre er der Rattenfänger von Hameln. Er wollte in einem Restaurant zu Mittag essen, das er ganz offensichtlich kannte, was jede Menge neuer Fragen aufwarf, die sie ihm ebenfalls nicht stellen durfte. Wenn sie auch nur ein Fünkchen Verstand hatte, würde sie einfach aufgeben und mit dem Typen reden. Aber sie konnte nicht. Als sie und James noch Kinder waren, hatte sich Lexie viel darauf eingebildet, nie diejenige zu sein, die als Erste klein beigab, und sie hatte nicht vor, Tom die Genugtuung zu gönnen, als Sieger aus ihrem kleinen Spiel hervorzugehen.

Nein, sie musste sich etwas einfallen lassen, wie sie ihn dazu bringen konnte, mit ihr zu sprechen. Als sie einen Blick zu Tom in die Nische warf, ertappte sie ihn wieder dabei, wie er sie mit teilnahmsloser Miene anstarrte, während er mit seinen langen Fingern gedankenverloren an einer Flasche mit scharfer Chilisoße herumspielte. Scharfe Soßen waren hier ganz offensichtlich eine Spezialität – jeder Tisch hatte seinen eigenen Ständer mit vielen verschiedenen Sorten.

Hmm. Na, *das* war doch eine Idee mit Potenzial.

»Finden Sie nicht, meine Liebe?«

Rosalie sah sie erwartungsvoll an, und Lexie rief hastig ihre Erinnerung an den Monolog der Frau ab und suchte nach der richtigen Antwort. Sie erinnerte sich dunkel daran, dass Rosalie darüber gesprochen hatte, wie wichtig es war, seine Träume zu leben.

»Oh, sie haben ganz recht«, antwortete Lexie. »Wenn man etwas will, muss man es mit aller Kraft verfolgen und darf nicht aufgeben, bevor man es bekommen hat.« Sie setzte ein strahlendes Lächeln auf und ignorierte das schockierte Gesicht der Frau. »War schön, mit Ihnen zu plaudern. Ich hoffe, Sie nehmen es mir nicht übel, aber ich will meinen Mann nicht länger warten lassen.«

Im Weggehen hörte sie noch die Antwort der Frau: »Glauben Sie mir, Herzchen, wenn ich *den* Mann in meinem Bett hätte, würde ich ihn auch nicht warten lassen.«

Lexie rutschte mit einem Lächeln in die Nische und nahm die Speisekarte zur Hand, was Tom dazu veranlasste, sich zu fragen, worüber sie und die Frau geredet hatten, das sie so beflügelt hatte. Vielleicht hätte er dableiben sollen, um das Gespräch mitanzuhören, aber er hatte die Spannerversion genossen. Aus der Nische hatte er uneingeschränkte Sicht auf Lexies Hintern, und dennoch saß er weit genug weg, um nicht zuhören zu müssen, wenn die Frau sie fragte, wohin sie wollten, wie lange sie bis dorthin brauchen würden, und warum in Gottes Namen irgendwer den Wunsch verspüren sollte, das Land mit dem Fahrrad zu durchqueren. Da er an die Neugier gewöhnt war, die Fahrradreisende überall hervorriefen, war Tom die Fragen schon leid gewesen, bevor sie überhaupt losgefahren waren, doch Lexies Ausdauer, was höfliche Konversation betraf, schien einfach unerschöpflich zu sein. Sie konnte nicht einmal ein paar Pancakes bestellen, ohne den Namen und die Heimatstadt der Bedienung zu erfragen, und ob ihr Sternzeichen Fisch oder Steinbock war. Als sie gestern Abend am Campingplatz angekommen waren und einen Stellplatz zugewiesen bekommen hatten, hatte Tom ein Stück Wiese ausfindig gemacht, sein Zelt aufgebaut und geduscht, während Lexie ein Schwätzchen mit dem diensthabenden Manager gehalten hatte.

Wenn sie mit anderen Radfahrern sprach, war es sogar noch schlimmer. Anekdoten über Abenteuer und Pannen fesselten sie, und sie lauschte mit großen Augen, die Wangen gerötet, den Oberkörper leicht zum Gesprächspartner vorgebeugt, die Hände zwischen die Schenkel geklemmt. Wenn sie je von ihrem hohen Ross heruntersteigen und wieder mit ihm sprechen würde, würde er ihr vielleicht von dem Bullen erzählen, der ihn auf dem Great Divide Trail von der Straße gedrängt hatte. Oder davon, wie er bei der Überquerung eines Flusses in Costa Rica kopfüber ins Wasser gefallen war und dabei eine seiner Radtaschen verloren hatte, sodass er drei Tage lang ohne Zelt, ohne Kleider zum Wechseln und ohne Zahnbürste dastand. Allein zu fahren brachte in der Regel einen ordentlichen Anteil Katastrophen mit sich, die erst im Nachhinein amüsant waren.

Als die Bedienung ihnen einen Korb mit Nachos und unterschiedlichen Salsasoßen brachte, bestellte Tom ein Bier.

»Für mich auch«, sagte Lexie zu seiner Überraschung.

Auf den Campingplätzen hatte sie bisher kein Interesse daran gezeigt, mit ihm ein Bier zu trinken, obwohl er immer ein paar übrig hatte. Er hatte vermutet, dass sie keinen Alkohol trank. Frauen wie sie ertrugen es nicht, die Kontrolle zu verlieren. Auch wenn ein Bier noch keinen umgebracht hatte.

Als die Kellnerin abzog, fing Lexie seinen Blick auf und fesselte seine Aufmerksamkeit mit einem verschmitzten Lächeln. Lexie ließ ihre Hand dramatisch über die Auswahl an Soßen auf ihrem Tisch kreisen, um sich dann abrupt eine winzige Flasche herauszugreifen. Sie rollte sie in ihrer Handfläche, studierte das Etikett mit großem Interesse und stellte sie dann in die Mitte zwischen sie.

Diese Darbietung war eindeutig für ihn bestimmt, aber Tom wurde nicht schlau daraus. Er lehnte sich in der gepolsterten Nische zurück, verschränkte die Hände hinter dem Kopf und sah zu.

Lexie wiederholte das Ritual noch einmal und achtete darauf, dass sie seine ungeteilte Aufmerksamkeit hatte, während sie eine weitere Soße aussuchte, alle Versprechungen auf dem Etikett las und wenige Zentimeter links von der ersten Flasche auf der Tischplatte platzierte.

Was immer sie auch vorhatte, sie fand es höchst amüsant. Ihre Lippen verzogen sich immer wieder zu einem leichten Lächeln, während sie die Flaschen neu arrangierte und ihm ab und zu einen verschmitzten Blick aus ihren whiskeyfarbenen Augen zuwarf. Sie machte so lange weiter, bis sie alle Flaschen begutachtet und mit Bedacht aufgereiht hatte – sieben kleine Soldaten in einer Reihe, die seine Tischseite von ihrer trennte.

Dann sah sie ihm in die Augen und zog eine Augenbraue hoch. *Bereit?*

Er zuckte mit den Schultern. *Tu dir keinen Zwang an.*

Lexie nahm die Flasche am hinteren Ende der Reihe und präsentierte sie ihm in ihrer Handfläche. Die Soße kannte er. Es war eine ziemlich fade West Indian Picante, eigentlich eher eine Salsa. Sie machte viel Aufhebens darum, den Verschluss aufzuschrauben, den perfekten Nacho aus dem Korb auszuwählen, ihn mit Soße zu beträufeln und zu essen. Als sie damit fertig war, kniff sie die Augen zu und presste die Lippen zusammen, sodass sie Clint Eastwoods unbeugsame Miene in den Italowestern bemerkenswert imitierte, zielte mit dem Zeigefinger auf die Flasche und schoss darauf. *Peng.*

Von der spielerischen Geste überrumpelt, lächelte Tom. Diese Seite von ihr kannte er noch gar nicht. Wer hätte gedacht, dass Ms Kommentierte Streckenkarte lustig sein konnte?

Die Bedienung servierte ihre Getränke, und während Tom sein Essen bestellte, lehnte sich Lexie in der Nische zurück, presste die Limone in ihr Corona und trank einen großen Schluck. Als sie an der Reihe war, bestellte sie einen Burrito mit allem Drum und Dran und gab der Bedienung die Speisekarte zurück, ausnahmsweise ohne sie in ein Gespräch zu verwickeln.

Sobald die Frau weg war, konzentrierte sich Lexie wieder auf Tom. Sie beugte sich vor und schob ihm die Flasche, auf die sie gerade geschossen hatte, hin. Dabei zog sie herausfordernd beide Augenbrauen hoch. *Bist du dafür Manns genug?*

Jetzt hatte er es kapiert. Lexie forderte ihn zum Duell heraus.

4

Das Leuchten in Toms Augen und der entschlossene Zug um seinen Mund sagten: Die Wette gilt. Lexie konnte sich nur mit Mühe davon abhalten, einen kleinen Siegestanz aufzuführen. Er wusste es noch nicht, aber er war geliefert. Ihr war noch nie eine scharfe Soße untergekommen, mit der sie nicht fertiggeworden war. Früher oder später würde eine zu scharf für ihn sein, ihm würde ein Kommentar herausrutschen, und sie hätte gewonnen.

Grinsend suchte sich Tom einen Nacho, gab Soße drauf und biss ein Stückchen ab. Er schätzte seine Siegeschancen offenbar viel höher ein, als Lexie es tat. Sie konnte keinerlei Anzeichen von Unbehagen an ihm ausmachen, während er kaute, doch die erste Soße war auch noch nichts Besonderes gewesen. Sie brannte ein bisschen, aber so wenig, dass sie es kaum wert war, in die Auswahl auf dem Tisch aufgenommen zu werden. Aber wahrscheinlich verdienten auch Weicheier eine Würzsoße.

Tom beugte sich vor, schnipste die Flasche um und sah Lexie mit einem großspurigen Lächeln an.

Lexie verstand, was er ihr damit sagen wollte. *Du hast darauf geschossen, aber ich habe sie zur Strecke gebracht.*

Die Nächste.

Die zweite Flasche in der Reihe war eine neuartige Chipotle-Knoblauch-Soße namens »Bite Me«. Sie war gerade scharf genug, um ihr den Mund wässrig zu machen, und hatte einen leckeren Beigeschmack von geröstetem Knoblauch. Sie würde sich später etwas davon auf ihren Burrito tun. Nachdem sie runtergeschluckt und einen imaginären Schuss auf die Flasche abgegeben hatte, war Tom an der Reihe und gab ihr den Rest.

Die Nächste.

Nummer drei, die von sich behauptete, einen »schier umzubringen«, war eine Riesenenttäuschung. Sie hatte versucht, die Soßen der Reihe nach von der harmlosesten bis zur schärfsten aufzustellen, aber das war schwierig. Hersteller von scharfen Soßen waren ein Haufen Aufschneider. Da die letzte ihren Erwartungen nicht entsprochen hatte, schoss Lexie beidhändig darauf und pustete den Rauch von ihren Zeigefingern, bevor sie ihre Waffen wieder in die Halfter an ihren Hüften steckte.

Das entlockte Tom ein breites Grinsen, was wiederum ihr viel mehr zusetzte als die ersten drei scharfen Soßen. Das Lächeln dieses Mannes war so ansteckend, dass sie unwillkürlich zurückstrahlte und die Spannung in ihrer Brust sich langsam löste. Es war ein wunderbares, berauschendes Gefühl.

Doch dann kam sie wieder zur Besinnung und ertappte sich dabei, wie sie Tom angrinste wie ein Knirps mit einem Eishörnchen in der Hand. Ups. Das hier war eine ernste Angelegenheit. Sie durfte sich nicht von seinen weißen Zähnen und den funkelnden Augen ablenken lassen, wenn es darum ging, diese Schlacht zu gewinnen.

Gib dem Mann Feuer.

Tom grinste noch ein wenig breiter, schüttelte den Kopf über ihre Mätzchen und bereitete seinen nächsten Nacho vor. Während er ihn aß, versuchte sie, ihm nicht auf den Mund zu starren. Sie scheiterte. Dann legte er den Kopf in den Nacken und trank aus seiner Bierflasche, und sie zwang sich, nicht auf seinen Hals zu starren. Sie scheiterte erneut. Am liebsten wäre sie mit der Fingerspitze über seine Kieferpartie gefahren, um zu fühlen, wie seine mittäglichen Bartstoppeln kratzten. Er war der faszinierendste und attraktivste Mann, den sie je getroffen hatte.

Reiß dich zusammen, Lexie. Konzentrier dich.

Nummer drei schlug dumpf auf der Tischplatte auf und eierte sekundenlang im Kreis herum. Offensichtlich hatte Tom auch nicht viel davon gehalten.

Die vierte Soße katapultierte sie aus dem Amateurteam direkt in die Profiliga. Die Flasche versprach ein »Schlangengiftextrakt«, und als sie lange genug gekaut hatte, um den Geschmack in Kontakt mit ihren Geschmacksnerven zu bringen, fühlte es sich tatsächlich an, als wäre sie von einer Giftschlange gebissen worden. Ihr Mund wurde wässrig, was keine große Sache war, aber ihr schossen auch die Tränen in die Augen. Tom bekam das natürlich mit und grinste wieder.

Lexie atmete tief ein, ihre Nebenhöhlen so frei wie nie zuvor, und schluckte den schmackhaften, feurigen Klumpen runter. Sie zielte mit dem Finger auf die Flasche und erledigte sie mit einem stummen *Bam*. Es gelang ihr sogar, bis zehn zu zählen, bevor sie ihr Bier in die Hand nahm und es mit fünf großen Schlucken austrank.

Du bist dran, Cowboy.

Als der Schlangenbiss-Nacho seine Lippen passiert hatte und in seinem Mundwinkel etwas Salz hängen geblieben war, wartete sie darauf, dass Tom ohnmächtig werden, mit der Hand vor seinem Gesicht wedeln, rot anlaufen oder *irgendwas* tun würde, doch er aß ihn so teilnahmslos, als hätte er ihn in Käse getunkt. Nicht einmal seine Augen tränten. Vielleicht blähten sich seine Nasenlöcher ganz leicht, aber das konnte genauso gut Einbildung sein. Und nachdem er den Nacho runtergeschluckt hatte, kratzte er sich nachdenklich am Kinn und nahm sich noch einen. Wenn sie miteinander reden würden, hätte er genüsslich »Mmm« gesagt, als der zweite Nacho mit Schlangensoße den Weg in seinen Mund fand. Stattdessen sagte er es mit den Augen. *Mmm.*

Er machte sich über sie lustig. Er warf die Flasche um.

Nummer fünf versprach, so scharf zu sein, dass sie die Farbe von einem Sherman-Panzer beizen könnte. Die ersten vier Soßen hatten ihre Sinne geweckt, und während Lexie jetzt ihren Nacho präparierte, fühlte sie sich seltsam wach. Sie war sich der Gespräche an den Nebentischen übermäßig bewusst, spürte die außergewöhnlich kühle, glatte Glasflasche unter ihren Fingerspitzen und roch den intensiven Duft der Zwiebeln vom Grill hinten in der Küche. Selbst Toms Geruch nahm sie über den Tisch hinweg überdeutlich wahr. Er bestand aus sauberem Schweiß und Seife mit einer hölzernen Note und weckte in ihr den Wunsch, sich vorzubeugen und ihn tief einzuatmen, während sie ihm das vereinzelte Salzkorn aus dem Mundwinkel leckte. Waren Chilischoten nicht ein Aphrodisiakum? War das der Grund, warum sie das ganze Hin und Her absolut erregend fand?

Schwer zu sagen. Ist auch egal. Konzentrier dich auf den Nacho!

Die Abbeizsoße war ein Brandbeschleuniger. Sobald sie auf ihre Zunge traf, brach ihr der Schweiß aus, sie schnappte nach Luft und wand sich beim Kauen auf ihrem Sitz, aber die Genugtuung, *Oh mein Gott, oh mein Gott* zu kreischen, würde sie ihm nicht geben, auch wenn sie es am liebsten getan hätte. Stattdessen federte sie in der Nische auf und ab, aber nur weil sie sonst ohnmächtig geworden wäre. Kauen, kauen, kauen. Himmel, das war der größte Nacho der Welt. Wie oft musste sie das verdammte Ding noch kauen, bevor sie es runterschlucken konnte? Einatmen, ausatmen, noch ein bisschen kauen und … *da*. Er war in ihrem Magen. Sie presste die Handflächen auf den Tisch, konzentrierte sich mit zugekniffenen Augen aufs Atmen und zählte bis zwanzig.

Als sie die Augen wieder aufschlug und Tom ihrem Blick begegnete, prustete er los. Es war ein tiefes, grollendes Lachen, genauso sexy wie der Rest von ihm. Mm, lecker. Mit einer unter den Umständen bemerkenswert liebenswürdigen Geste reichte er ihr sein Bier über den Tisch. Lexie schnappte es sich dankbar und kippte es lächelnd herunter, während ihr Mund den Flaschenrand berührte, wo vor Kurzem noch seine Lippen gewesen waren. Sie machte dem Bier den Garaus, schoss auf die Abbeizsoße und wartete darauf, dass Tom weitermachte. Ihre Brust hob und senkte sich, sie war hochrot im Gesicht, aber sie hatte den Nacho gegessen, ohne ein Wort zu sagen, und war immer noch der Herausforderer.

Tom gab der Kellnerin ein Zeichen, die den beiden mit ihren Burritos noch eine zweite Runde brachte. Sie ignorierten das Essen, da sie beide wussten, dass die ungeschriebenen Regeln dieses Duells Essen zur Erholung verboten, bis der Wettkampf zu Ende war. Mit einer Totengräbermiene beträufelte Tom seinen Nacho und aß ihn. Sie wartete. Zunächst einmal nichts. Ernsthaft? Nichts? Er zeigte gar keine Reaktion? Doch dann sah sie genauer hin und verstand, was vor sich ging. Tom war wie versteinert. Sein Kiefer mahlte zwar, seine Nasenlöcher blähten sich eindeutig, doch der Rest seines Körpers war erstarrt, seine Bizepse angespannt, und seine Finger umklammerten die Tischkante. Er litt Höllenqualen.

Und Gott möge ihr ihren Sadismus verzeihen, aber der Anblick war unglaublich sexy. Während Tom darum kämpfte, seine Reaktion zu kontrollieren, und sich an seinen Schläfen Schweißperlen bildeten, konnte sie nur daran denken, wie viel Spaß sie haben würde, wenn sie diejenige wäre, die ihn folterte, wie fantastisch es sich anfühlen würde, diesen Mann an die Grenzen seiner Selbstkontrolle zu treiben. So würde Tom kurz vorm Orgasmus aussehen. *Mjam.*

Er schluckte, und diesmal griff er auch nach seinem Bier und trank fast die Hälfte auf einmal aus. Dann schnipste er die Abbeizsoße zu ihren gefallenen Kameraden auf den Tisch, sodass nur noch zwei die Stellung hielten.

Mit zunehmender Nervosität nahm Lexie Steve's ultrascharfe Todessoße in die Hand. Wenn das Etikett die Wahrheit sagte, war das Zeug achthundertmal schärfer als eine Peperoni. Das war *sehr* scharf. Aber Tom saß ihr breit grinsend gegenüber – selbst nicht weniger scharf –, und sie sollte verdammt sein, wenn sie jetzt kniff.

Lexie hatte Probleme, die Todessoße aus der Flasche zu bekommen, und musste ihren Nacho schließlich an Tom weiterreichen, damit er ihn hielt, während sie mit dem Handballen gegen das Glas schlug. Das Ergebnis war ein Klacks, der größer als unbedingt notwendig war, aber sie war nicht zu stoppen. Ein Achtelteelöffel mehr sollte nicht über ihr Schicksal entscheiden. Tom schob ihr den Nacho direkt in den Mund, wobei seine Augen vor Belustigung funkelten.

Sobald die Soße auf ihre Zunge traf, starben ihre Geschmacksnerven ab. Man hätte meinen können, dass das gut wäre, aber die Geschmacksnerven schlugen beim Absterben Alarm, sodass sich jetzt jede Nervenendung in ihrem Körper vor Schmerzen wand. Irgendwo in der Nähe des Stammhirns schrillte eine Sirene so laut los, dass sie glaubte, davon taub zu werden. Tränen strömten ihr übers Gesicht, während sie hilflos mit den Armen flatterte wie ein gigantischer flugunfähiger Vogel. Mit laufender Nase und dem Mund voller Napalm sah sie zu Tom hinüber. Er beobachtete sie genau und verbarg die untere Hälfte seines Gesichts hinter seiner Hand. Doch es war nicht zu übersehen, wie unterhaltsam er ihr Dilemma fand.

Dabei hatte sie noch nicht einmal begonnen zu kauen.

All ihre Sinne taten sich jetzt zusammen, um ihr die dringende Nachricht zu übermitteln: *Spuck's aus! Spuck's aus! Spuck's aus! Spuck's aus!*

Auf keinen Fall würde sie den Nacho ausspucken.

Den Blick fest auf Tom gerichtet, holte Lexie tief Luft, hielt sich die Nase zu und zermalmte den Nacho zwischen ihren Backenzähnen zu Brei. Als sie schluckte, versengte ihr der Todessoßennachobrei die Kehle. Er brannte eine Spur bis in ihre Eingeweide und setzte sich in der Nähe ihrer Lunge fest, und obwohl sie versuchte, den Brand mit dem Rest ihres Biers und einem ganzen Glas Wasser zu löschen, sandte er von hier aus weiterhin züngelnde Flammen aus.

Es war nun mehr als offensichtlich, dass dieses Soßenduell die dämlichste Idee war, die sie je gehabt hatte. Allerdings war jetzt Tom an der Reihe. Sie zog ihren sechsschüssigen Revolver, zielte auf die Todessoße, verzog verächtlich den Mund und pumpte sie voller Blei.

Tom hatte sich entspannt zurückgelehnt und in einer Pose entspannter Sinnlichkeit die Arme auf die Rückenlehne der Sitzbank gelegt. Er konnte nicht aufhören zu grinsen. Jedes Mal, wenn seine Miene wieder neutral wurde, schien bei ihm eine (für Lexie vermutlich wenig schmeichelhafte) Erinnerung hochzukommen, und seine Mundwinkel verzogen sich erneut nach oben, seine Zähne blitzten auf und die Lachfältchen um seine Augen zeigten sich. Ihn zur Abwechslung mal so glücklich zu sehen, war es fast wert, den Brennspiritus-Nacho runtergewürgt zu haben. Das war doch verrückt, denn sie mochte den Typen nicht mal. Oder?

Jetzt würde er dafür büßen, dass er sich über sie lustig

gemacht hatte. Sie beugte sich vor und schob ihm die Flasche hin.

Tom schüttelte den Kopf. »Oh nein, die esse ich nicht. Ich bin zwar stur, aber nicht dämlich.« Er streckte ihr die Hand hin. »Du hast gewonnen. Superleistung, Marshall.«

»Was?« Ihre Stimme war nur ein Krächzen. »Wir können jetzt nicht aufhören. Du bist dran!« Sie war noch nicht bereit, sich zur Siegerin zu erklären, nicht bevor sie Tom in die Knie gezwungen hatte. Wenn er sich weigerte, die Todessoße zu essen, beendete er den Wettstreit zu seinen Bedingungen, was dasselbe war, wie als Sieger daraus hervorzugehen. Immerhin hatte sie ihn wieder zum Reden gebracht. Aber er besaß noch seine Geschmacksnerven, und das fand sie extrem ungerecht.

»Ich steige aus«, antwortete er ruhig. Er zog die Hand wieder zurück, stellte die Flasche mit der Todessoße in den Ständer und nahm die siebte und letzte Flasche, Steve's Stärker-als-der-Tod-Soße. »Dafür esse ich die. Die ist lecker.« Damit schob er seinen Teller näher heran, gab einen Klecks davon auf den Rand, tunkte die Ecke seines Burritos hinein und fing mit einem Appetit an zu essen, der so gesund zu sein schien wie immer.

»Aber die soll doch noch schlimmer sein!«

»Nee, das ist bloß deren Werbemasche. Nummer sechs war der echt harte Brocken.«

Lexie sah ihn wütend an. »Du *wusstest* es.«

Tom lachte in sich hinein. »Hm-hm. Ich war schon oft hier. Ich stamme aus einer Familie, die Chili liebt. Mein Dad kommt aus Oaxaca. Da essen sie supergern Peperoni.«

»Warum hast du nichts gesagt? Ich kann nicht glauben, dass du mich das hast essen lassen!«

Tom zuckte mit den Achseln. »Du bist eine erwachsene Frau. Ich wollte sehen, ob du es schaffst. Du solltest stolz auf dich sein. Ich hab schon zugesehen, wie das Zeug echt harte Kerle in die Knie gezwungen hat. Jedenfalls hast du jetzt eine lustige Anekdote von der Tour, die du den anderen Radfahrern erzählen kannst, die wir treffen.«

»Das ist keine lustige Anekdote«, knurrte sie. »Es ist eine demütigende Anekdote.« Sie hatte zwar bekommen, was sie wollte, aber Tom hatte das Spiel an sich gerissen, und das passte ihr nicht.

»Die besten Anekdoten sind demütigend, Marshall. Wenn man nicht regelmäßig gedemütigt wird, ist es kein Abenteuer.« Er verstummte, um wieder von seinem Burrito abzubeißen, und fügte nach dem Runterschlucken hinzu: »Siehst du jetzt, wie viel Spaß es macht, mal vom vorgegebenen Weg abzuweichen?«

»Von jetzt an weiche ich nicht mehr vom Weg ab, vielen Dank auch.«

Er schnalzte mit der Zunge. »Das wäre aber wirklich schade.«

»Du bist unmöglich«, beschwerte sie sich, auch wenn es nicht ganz ernst gemeint war. Der Mann ihr gegenüber erwies sich als viel sympathischer, als sie es sich je hätte vorstellen können.

Tom nippte an seinem Bier und stellte es auf den Tisch. »Ich kann auch nett sein«, sagte er, seine Stimme tief und vertraulich. Dann lächelte er wieder, so unfassbar sexy und träge, und ihr wurde klar, dass sie in großen Schwierigkeiten steckte. Denn das hier war nicht der zornige Tom – das war ein anderer Tom, den er drei Tage lang unter Verschluss gehalten hatte. Und diesen Tom fand sie mehr als nur anziehend. Sie war echt scharf auf ihn.

Doch das war absolut unmöglich. Sie konnte nicht mit Tom durchs Land fahren, wenn sie ihn am liebsten bespringen würde. Sie brauchte einen Tourenpartner und keinen … nun, was auch immer Tom wäre, wenn sie mit ihm schlafen würde. Ein Ärgernis, das wäre er. Er würde sich einbilden, alles bestimmen zu können, und sie zwingen, für einen Burrito und ein Bier mit ihm von der Route abzuweichen, obwohl sie heute Nachmittag die ganze Strecke nach Eugene hatten fahren wollen. Nein. Das war *ihre* Tour, und das würde sie auf keinen Fall zulassen.

Sie wollte den zornigen Tom zurück. Mit dem zornigen Tom wurde sie fertig. Es machte zwar keinen Spaß mit ihm, aber er war auch keine Bedrohung.

Das Problem war nur, dass sie nicht wusste, wie sie die heiße Version von ihm wieder loswerden sollte.

5

Von McKenzie Bridge, Oregon, nach Prineville, Oregon
Insgesamt 590 gefahrene Kilometer

Sie fuhren den ganzen Morgen bergauf. Vom Campingplatz bis zum Gipfel des McKenzie-Passes waren es dreiundvierzig Kilometer, vierzehn davon eine langsame, steile Schinderei. Tom fuhr vor, strampelte manchmal in einem niedrigen Gang, schaltete gelegentlich hoch und stellte sich kurz auf den Pedalen hin, um seine Beine und Hände anders zu belasten. Obwohl die Landschaft immer schöner wurde, war der Aufstieg langweilig, sodass er den Kopf frei hatte, um das Problem Lexie hin und her zu wälzen.

Sie fuhren jetzt schon eine Woche zusammen und hatten nur eine Handvoll anderer Leute getroffen, die den Trans-Am von Westen nach Osten zurücklegten. Die allermeisten Fahrer, die zeigen wollten, was in ihnen steckt, folgten dem Weg in die entgegengesetzte Richtung, unter anderem weil es zum Campen in Oregon noch sehr früh in der Saison war. Die Nachttemperaturen sanken oft bis um die vier Grad, und ab und zu schneite es im Juni sogar noch. Deshalb waren die meisten Radler, die er und Lexie getroffen hatten, Einheimische gewesen.

Aus dem Grund hatte Toms Suche nach einem Begleiter für Lexie auch noch keine Fortschritte gemacht. Der erste Kandidat hatte sie angeglotzt, als wollte er sie auf der Stelle vernaschen, was ihn sofort disqualifiziert hatte. Dann war da noch ein Ehepaar aus Deutschland gewesen. Die Leute waren freundlich, doch ihr Englisch war nicht gerade berauschend gewesen. Er hatte kurz die Hoffnung gehegt, dass Lexie Deutsch sprach, aber mehr als »Guten Tag« hatte sie nicht auf die Reihe gekriegt, und er konnte sie kaum Leuten überlassen, mit denen sie sich nicht mal verständigen konnte. Von den anderen Radlern, die sie getroffen hatten, plante keiner, die gesamte Strecke nach Virginia zurückzulegen, weshalb sie nicht infrage kamen.

Wenn er Mr Lexie je träfe, würde er dem Kerl gehörig die Meinung sagen, weil er ihm diese Beschützernummer aufgehalst hatte. Was für ein Ehemann überließ seine Frau irgendeinem Typen, den er noch nie gesehen hatte? Wenn Tom eine Frau hätte, die wie Lexie aussähe, ließe er sie ganz sicher nicht aus den Augen, damit sie drei Monate mit einem Wildfremden durchs Land radeln konnte. Jedenfalls nicht aus freien Stücken.

Natürlich war diese Überlegung irrelevant, da er nicht beabsichtigte, sich je wieder an eine Frau zu binden. Nicht nach Haylie. Seine Frau an seinen Bruder zu verlieren, hatte ihm die Ehe gründlich vergällt.

An jenem ersten Tag hatte er sich kurz gefragt, ob Lexies Mann wirklich existierte. Doch dann hatte er ein Telefongespräch von ihr mitangehört, in dessen Verlauf sie jemanden namens James liebevoll neckte, dass er die fantastischste Tour seines Lebens verpasste. Im Gespräch mit ihrem

Mann verwandelte sie sich in die Frau, die ihm in Corvallis hinter den aufgereihten Soßenflaschen begegnet war – frech und witzig, clever und verspielt. Ein Mensch, mit dem jeder gern zusammen wäre.

Diese Lexie bekam er nicht oft zu Gesicht. Meist behandelte sie ihn höflich, aber distanziert, fast schroff. Aber er hatte sie beobachtet und durchschaute sie langsam. So schlimm, wie er sie am Strand in Seaside eingeschätzt hatte, war sie gar nicht. Klar, sie war extrem organisiert und hatte diese fixe Idee, dass die ganze Tour den Bach runterginge, wenn sie sich nicht an alle Regeln hielt. Nicht sehr risikofreudig, unsere Mrs Marshall. Aber sie versuchte nicht, ihn zu bevormunden, und sie war nicht gemein oder kleinlich. Lexie hatte für jeden Fremden, den sie trafen, ein nettes Wort übrig und überschlug sich fast, um jeden davon zu überzeugen, wie sehr sie und Tom die Tour genossen, als wollte sie nicht, dass sich irgendjemand wegen ihr Sorgen machte.

Doch ihre Augen verrieten sie. In Momenten, in denen sie sich unbeobachtet fühlte, wirkte sie aufgewühlt, vielleicht sogar niedergeschlagen. Lexie hatte überhaupt keinen Spaß an der Tour.

Wahrscheinlich vermisste sie ihren Mann. Vielleicht fragte sie sich, wie es dazu kommen konnte, dass sie diese Tour, auf die sie sich schon ein Leben lang freute, mit einem Mistkerl wie Tom machen musste.

Das war zwar nicht sein Problem, nagte aber trotzdem an ihm, und er ertappte sich immer wieder dabei, wie er sich Methoden überlegte, um sie aufzuheitern. Es war eindeutig sein Helfersyndrom, das wieder seine hässliche Fratze zeigte. Er fühlte sich für sie verantwortlich und wollte sie retten, auch wenn er sich niemanden vorstellen konnte, der dafür weniger geeignet war als er. Lexie brauchte einen Tourenpartner, der im Herzen jung war, von Natur aus unbekümmert und so mitteilsam wie sie. Jemanden wie Tom Vargas. Jammerschade, dass der nicht mehr existierte.

Tom konnte fast hören, wie seine Schwester ihm für diesen Gedanken den Arsch aufriss. Als er mit ihr über Lexie gesprochen hatte, war sie so zurückhaltend gewesen, dass sich ihm die Frage aufgedrängt hatte, ob die Überraschung über Lexies Geschlecht echt gewesen war. Es erschien ihm durchaus möglich, dass Taryn schon die ganze Zeit über gewusst hatte, dass »Alex« eine Frau war. Wenn dem so war, hatte sie ihn nur aus einem Grund mit Lexie verkuppelt: Sie wollte ihn aus seinem Schneckenhaus herauslocken und ihn zwingen, zu interagieren wie der kontaktfreudige Mensch, der er einst gewesen war.

Die Taryn in seiner Vorstellung hatte nicht ganz unrecht. Im Hinblick auf Lexie klammerte er sich an seiner feigen Verweigerungshaltung fest. Vielleicht war er nicht mehr derselbe Mensch wie vor dem Prozess, aber er war auch kein totaler Verlierer. Sich ab und zu freundlich mit Lexie zu unterhalten, bekam er hin. Außerdem hatte er ihr in Corvallis erzählt, dass er auch nett sein konnte. Vielleicht war es an der Zeit, einen Versuch zu wagen.

Aber was hatte er ihr schon zu sagen? Die typischen Kennenlernfragen konnte er ihr nicht stellen, weil er ihr schon seit einer Woche dabei zuhörte, wie sie mit Leuten sprach.

Er wusste bereits, dass sie an einer Highschool in Portland unterrichtete, dass dies ihre erste Cross-Country-Tour war, und dass ihre Eltern sich während der Bikecentennial im Jahr 1976 kennengelernt und ineinander verliebt hatten – diese romantische Geschichte hatte er mittlerweile dreimal mitangehört. Er wusste, warum sie beschlossen hatte, von Westen nach Osten zu fahren (praktischer), und warum sie sich statt für Fahrradtaschen für einen Anhänger entschieden hatte (stabiler). Er wusste schon eine Menge über Lexie Marshall. Er wusste nur nicht, wie er mit ihr reden sollte.

Da die meisten Radler sich gerne über ihre Ausrüstung beklagten, beschloss er, es mit einer Fahrradfrage zu versuchen.

Als er sie zu sich aufschließen ließ, würdigte sie ihn keines Blickes. Kein gutes Zeichen.

»Wie kommst du mit deinem Sattel klar?« Sie hatte ein Terry-Modell, das speziell für Frauen entwickelt worden war. Seiner Meinung nach sah es übertrieben gepolstert und überdimensioniert aus, aber er konnte seine Meinung für sich behalten, um etwas weniger schrecklich zu sein.

Sie warf ihm einen skeptischen Blick zu. »Versuchst du es jetzt mit höflicher Konversation? Nach einer Woche? Während wir beim Aufstieg auf einen Berg auf dem Zahnfleisch gehen?«

Tom zuckte zusammen. Er war einfach nicht gut in so was. »Schlechtes Timing?«

»Auf alle Fälle kreativ. Aber über meinen Sitz diskutiere ich nicht mit dir, weil du mir bloß eins dieser steinharten Ungetüme aufschwatzen willst, auf denen du fährst.«

Er hatte einen Brooks-Sattel, einen glatten, harten Ledersitz, der in England handgefertigt worden war. Nach Tausenden von Meilen hatte er sich seiner Anatomie perfekt angepasst und war unglaublich bequem. Deshalb ja, er hätte versucht, ihr einen Brooks schmackhaft zu machen.

»Worüber willst du dann mit mir reden?«

»Warum sollten wir überhaupt reden? Wir sind doch schweigend gut klargekommen.«

Sie machte es ihm viel schwerer als nötig. Er hätte es wissen müssen. Die Guten landeten immer in der Schlangengrube. Aber jetzt musste er sie zum Reden bringen. Er hatte etwas zu beweisen, und ihr Widerstand spornte ihn nur noch mehr an.

»Wenn wir uns besser kennenlernen, haben wir eine solidere Grundlage für unsere gegenseitige Abneigung«, äußerte er mit einem Lächeln, von dem er hoffte, dass es charmant war.

Der Weg wurde steiler und zwang ihn, sich auf die Pedale zu stellen und ein paar Minuten kräftig zu treten. Lexie schaltete in einen niedrigeren Gang und fiel hinter ihm zurück. Als er sie wieder aufholen ließ, lag ein schicksalsergebener Ausdruck auf ihrem Gesicht.

»Okay, wir können reden«, sagte sie in einem Tonfall, der nahelegte, dass es eine lästige Pflicht für sie war. »Aber *ich* stelle die Fragen.«

»Damit kann ich leben.«

»Was hältst du von *Walden*?«

Das überraschte ihn, obwohl er vielleicht damit hätte rechnen können. Ihm war ihr Interesse an seiner Lektüre aufgefallen. »Du willst über Bücher reden? Während wir an diesem Aufstieg auf dem Zahnfleisch gehen?«

Sie schenkte ihm ein kleines Lächeln. »Ja, tu mir den Gefallen. Ich unterrichte Thoreau.«

»Ja, okay.« Er dachte kurz nach. Es war kein Zufall, dass er *Walden* mit auf die Tour genommen hatte. Es war eins seiner Lieblingsbücher, und er hatte es schon mehrfach gelesen, seit er am College zum ersten Mal damit in Berührung gekommen war. »Ich glaube, Thoreau hatte den richtigen Gedanken, als er meinte, dass man einen klareren Blick auf die Gesellschaft bekommt, wenn man sich von ihr entfernt, und dass dies eine gute Methode ist, um herauszufinden, was einem wirklich wichtig ist und was nicht. Ich liebe die Stelle, wo er sagt, dass er tief in seinem Herzen weiß, dass das meiste, was seine Nachbarn für ›gut‹ halten, schlecht ist. Ich meine, du kennst das doch auch, oder? Wenn man genügend Zeit auf einem Fahrrad verbringt, genügend Fragen von Leuten beantwortet, die sich gar nicht vorstellen können, wie man ohne Auto von A nach B kommt oder wie man es einen einzigen Abend ohne einen Fernseher aushält, beginnt man Thoreaus Enttäuschung über die Menschen zu verstehen, weil sie so überzeugt davon sind, dass sie all das Zeug brauchen, das überhaupt nicht wichtig ist. Er beschränkt alles auf das Lebensnotwendige: Menschen brauchen Feuer, Nahrung, Kleidung und ein Dach über dem Kopf. Der Rest ist einfach albern.« Er schwieg. »Vielleicht würde ich noch ein Fahrrad auf die Liste setzen. Feuer, Nahrung, Kleidung, ein Dach über dem Kopf und ein Fahrrad. Mehr brauche ich eigentlich nicht.«

Sie sagte lange nichts, und er machte sich schon Sorgen, ob seine Antwort zu verschroben gewesen war. Taryn machte ihm immer die Hölle heiß, wenn er nach langen Zeiträumen des Schweigens düstere apokalyptische Reden hielt. War das eine düstere, apokalyptische Rede gewesen? Ziemlich nah dran. Verdammt.

Schließlich hielt er es nicht mehr aus. »Tut mir leid, meine Fähigkeit, nett zu plaudern, ist etwas eingerostet. Hätte ich nur sagen sollen: ›Es ist ziemlich gut.‹?«

Ihre Mundwinkel hoben sich, und ganz langsam zeigte sich ein breites Lächeln auf ihren Lippen. Vielleicht vermasselte er es doch nicht total.

»Ich bin bloß ein bisschen überwältigt davon, wie viele Worte du aneinanderreihst, Geiger. Bist du dir bewusst, dass man normalerweise nicht in ganzen Absätzen spricht?«

Er grunzte, und sie lachte über ihn – noch ein Sieg, auch wenn er auf seine Kosten ging. Nach einer Pause sagte sie: »Ich weiß, was du meinst. Ich finde das Buch auch toll, das ganze Konzept eines Lebens in Abgeschiedenheit, um herauszufinden, worum es im Leben eigentlich geht, und die Bestandteile der Gesellschaft abzulehnen, die nur Konventionen sind. Meine Schüler sind ganz verrückt danach.« Sie runzelte die Stirn und biss sich auf die Lippe. »Aber ich bin mir nicht sicher, ob dir der gesamte Umfang des Themas klar ist. Thoreau ging in die Wälder, um herauszufinden, worum es im Leben ging, damit er sich sicher sein konnte, dass er auch wirklich *lebte*. Das ist meine Lieblingsstelle im Buch: ›Ich wollte tief leben und dem Leben all das Mark aussaugen.‹« Ihr Blick war ganz versonnen, während sie Thoreau zitierte, ihr Ton leidenschaftlich.

»Ich wette, du bist eine gute Lehrerin«, sagte er spontan.

Sie runzelte die Stirn. »Ich bin ganz okay. Allerdings bin ich nach sieben Jahren ein bisschen ausgebrannt. Aber ich will damit sagen, dass es in einem Teil des Buches darum geht, der Gesellschaft zu entfliehen. Doch es geht auch darum, sich wieder für sie einzusetzen. Letzten Endes kehrt er nach Hause zurück, nicht war? Und er erzählt seinen Nachbarn davon, was er so gemacht hat, obwohl er sie mehr oder weniger für Idioten hält. Er schreibt *Walden* und reist durchs ganze Land, um Vorträge zu halten. Thoreau hat gesagt, dass man mit dem Rest der Menschheit Umgang pflegen muss, dass man sich die Hände schmutzig machen und versuchen muss, die Probleme zu lösen. Andernfalls lebt man nicht richtig.«

Diese Erklärung war so naiv, dass er sich ein Lächeln nicht verkneifen konnte. Wenn er irgendetwas gelernt hatte aus seiner Aussage in dem Prozess, der Vargas Industries in die Knie gezwungen hatte, dann war es, wie sinnlos der Versuch war, die Welt zum Besseren verändern zu wollen. Tom hatte sich für seine Überzeugungen eingesetzt, mit dem Ergebnis, dass fünfzehntausend Menschen ihre Arbeit verloren hatten, er sich scheiden ließ und drei enge Verwandte nicht mehr mit ihm sprachen. Nicht gerade ein glorreicher Tag für Gutmenschen. Er hätte besser den Kopf eingezogen und den Mund gehalten.

»Ähm«, antwortete er schließlich. »Ich glaube, ich bleibe lieber bei meinem ›Leben in stiller Verzweiflung‹ und überlasse das ›alles Mark aussaugen‹ idealistischen Englischlehrerinnen wie dir.«

Lexie schien amüsiert, dass er mit einem anderen Zitat aus dem Buch konterte. »Zum Glück bin ich keine Vegetarierin.«

Als der Anstieg steiler wurde, verfielen sie wieder in Schweigen. Tom trank einen Schluck aus seiner Wasserflasche und verzog den Mund, weil das heiße Plastik eklig schmeckte. Die Sonne wurde intensiver, und die Landschaft veränderte sich jäh von Kiefernwald zu kahlem Lavagestein. Geologisch betrachtet gehörten die Berge Zentral-Oregons zu den jüngsten des Landes, und es gab viele Stellen, an denen überhaupt nichts wuchs. Tom liebte die kargen Lavafelder in diesem Teil des Landes. Sie erinnerten ihn an den Mond, und tatsächlich hatten Astronauten in Lava Lands nicht weit von hier für die erste Mondlandung trainiert.

»Darf ich dich was fragen?«, fragte Lexie, nachdem die Strecke wieder ein wenig flacher geworden war.

»Schieß los!«

»Warum arbeitet ein Typ wie du als Fahrradmechaniker?«

»Was meinst du damit, ein Typ wie ich?« Er wusste es zwar, wollte es aber aus ihrem Munde hören. Er war neugierig, was sie von ihm hielt.

Sie kniff die Augen zu Schlitzen zusammen. »Du weißt genau, was ich meine. Willst du mich zwingen, es laut zu sagen?«

Er nickte, und sie beglückte ihn mit ihrem schonungslos wütenden Lexie-Blick, der ihm, wie er zugeben musste, langsam ans Herz wuchs. Sie sah süß aus, mit geröteten

Wangen und vom Anstieg verschwitzt. Sogar ihr Hals lief rot an, wenn ihr richtig warm wurde. Er fragte sich, ob der richtige Typ ihren ganzen Körper zum Erröten bringen könnte.

Das musst du ihren Ehemann fragen. Arschloch.

Sie lenkte ein. »Na schön, du bist also auf Komplimente aus. Ich meinte damit nur, dass du ganz offensichtlich ein intelligenter Kerl bist. Solltest du nicht etwas … du weißt schon, Intelligenteres tun als Ketten zu reinigen und an Fahrrädern herumzuschrauben?«

Er fragte sich, was sie sagen würde, wenn sie von seinem Diplom in Betriebswirtschaft wüsste, das er in Wharton gemacht hatte. Wahrscheinlich dasselbe wie Taryn: dass er sein Talent vergeudete. Aber die Meinung der beiden spielte ohnehin keine Rolle, und er vergeudete rein gar nichts. Er hatte sich bloß entschieden, sich aus allem herauszuhalten. Das war etwas anderes.

Jetzt war er lange genug nett gewesen. »Das ist ehrliche Arbeit«, war alles, was er sagte. Damit trat er fester in die Pedale und sprintete den Berg hinauf. »Wer zuerst auf dem Gipfel ist.«

Die Sonne knallte unbarmherzig aufs Zelt, und obwohl sie die äußere Zeltplane abgenommen und die Zeltklappen hochgebunden hatte, damit die Luft durch die Fliegengitter zirkulieren konnte, mussten im Inneren über zweiunddreißig Grad herrschen. Lexie drehte sich seufzend von der Seite auf den Rücken. Sie hatte ein Nickerchen machen wollen, aber in dem stickigen Raum war es zum Schlafen zu heiß. Zu heiß, um zu lesen. Zu heiß, um überhaupt etwas zu tun.

Nachdem sie den ganzen Tag gefahren waren, wollte sie sich nur ein Weilchen ausruhen und faul im Schatten liegen. Doch die Ausstattung der Zeltplätze war unterschiedlich, und auf diesem hier gab es weder Bäume noch sonst irgendein geschütztes Plätzchen. Der einzige Ort, der ihr Zuflucht vor der Sonne bot, war ihr Zelt, doch die Hitze machte es ihr so gut wie unmöglich, sich hier drin wohlzufühlen.

Sie gab dem Terrain die Schuld. Nachdem sie den Pass überwunden und Sisters hinter sich gelassen hatten, befanden sie sich in der Hochwüste. Die majestätischen Kiefernwälder waren verschwunden und durch eine fast unmerklich hügelige Landschaft in hundert Braun- und Goldtönen ersetzt worden – eine kümmerliche Vegetation mit gewundenem Kriechwacholder. Die Luft roch nach Salbei, scharf und medizinisch, und ihre Haut fühlte sich von der trockenen Hitze ausgetrocknet und staubig an, obwohl sie sie gut mit Feuchtigkeit versorgte.

Sie und Tom hatten versucht, ihr Pensum so früh wie möglich am Tag zu schaffen, um die schlimmste Hitze zu umgehen. Das hatte jedoch den Nachteil, dass sie noch recht viel Zeit totschlagen mussten, nachdem sie nachmittags ihr Zelt aufgeschlagen hatten, bis die Sonne hinter dem Horizont versank und die Temperatur wie jeden Tag um vier bis zehn Grad fiel.

Die zusätzliche freie Zeit mit Tom fand Lexie so überflüssig wie einen Kropf.

Dabei war er gar nicht mehr so schrecklich. Er gab sich Mühe, nett zu ihr zu sein, zumindest zeitweise. Er war ziemlich schlecht darin, weshalb der Großteil ihrer Gespräche mehr oder weniger verlief wie das auf dem McKenzie-Pass. Sie fingen holprig an, wurden interessant und endeten abrupt, wenn sie über etwas stolperte, worüber Tom nicht sprechen wollte, und er entweder die Flucht ergriff oder eine Mauer aus eisigem Schweigen um sich herum errichtete.

Aber das war nicht das Problem. Mit dem zornigen Tom kam sie klar. Den zornigen Tom fand sie sogar ziemlich unterhaltsam.

Nein, das Problem war, dass sie sich zu dem anderen Tom viel zu sehr hingezogen fühlte.

Aber das war nur natürlich. Der Mann sah echt gut aus, und an den Nachmittagen schlenderte er mit nichts als tief sitzenden Basketball-Shorts, Flipflops und einer Baseballmütze über den Campingplatz. Bei den meisten Männern hätte das wie Imponiergehabe gewirkt, aber Tom strahlte eine Lässigkeit aus, die ihr zeigte, dass er gar nicht über seine Wirkung nachdachte, sondern sich einfach wohl in seiner Haut fühlte. Das machte ihn natürlich nur noch attraktiver.

Nach Abschluss der gestrigen Etappe hatte er sein Werkzeug herausgeholt und zuerst sein Fahrrad und dann ihres auf Vordermann gebracht. Er hatte die Ketten gesäubert, sich durch alle Gänge geklickt, um sicherzugehen, dass sie problemlos schalteten, und an den Rädern gedreht, um die Balance zu überprüfen. Sie hatte ganz in der Nähe im Schatten gesessen und versucht, ein Buch zu lesen, doch ihr Blick war immer wieder vom Spiel seiner Schultermuskeln angezogen worden, von der tiefen Einbuchtung seines Kreuzes, der dünnen Haarspur, die mitten über seinen Bauch verlief und sich im Bund seiner Shorts verlor. Sein ganzer Körper war schlank und muskulös, und so sehr sie sich auch bemühte, sie hatte nicht aufhören können, ihn anzusehen, und das brennende Verlangen in ihren Fingerspitzen, ihn zu berühren, war beinahe übermächtig geworden.

Oh Mann, sie musste sich unbedingt mal wieder flachlegen lassen.

Lexies sexuelle Erfahrungen waren begrenzt, aber sie hatte genügend Männer gehabt, um sowohl ein paar gute als auch ein paar schlechte sexuelle Abenteuer erlebt zu haben. Aber mit jemandem, der aussah wie Tom, hatte sie noch nie geschlafen. Um ehrlich zu sein, hatte sie auch nicht geglaubt, dass Menschen, die aussahen wie Tom, in nicht retuschierter Form überhaupt existierten. Aber irgendetwas sagte ihr, dass Tom sogar die besten ihrer früheren Liebhaber übertreffen konnte, wenn er es wollte.

Allein schon der Gedanke daran, wie er gestern ausgesehen hatte, erregte sie: wie seine Haut in der Sonne geschimmert hatte, wie seine tätowierten Bizepse sich verhärtet hatten, während er eine Radspeiche festzog.

Wenn sie es sich recht überlegte, sollte sie vielleicht etwas dagegen unternehmen. Sie schloss die Augen und spielte durch den Stoff ihres Tops mit ihrem Nippel, während sie sich vorstellte, mit flachen Händen über Toms breiten Rücken und weiter nach unten zu streichen und die Finger über seine Haut gleiten zu lassen, bis sie an den Bund seiner Shorts stießen. Der synthetische, süße Geruch von Kettenöl, und darunter sein Geruch – nach Schweiß und

Bier und seiner würzigen Camping-Seife. So *männlich*. Sie wollte mit der Zunge über die sonnengewärmte Haut seines Rückens lecken, während sie die Finger in seine Shorts schob und seinen Penis in die Hand nahm.

Sie kniff sich in die Brustwarze, und ihre Hüften hoben sich vom Schlafsack, während die Lust in ihr pulsierte. Mit der anderen Hand zog sie den Reißverschluss ihrer Shorts auf und schob die Finger in ihren Slip, um sich versuchsweise zu streicheln. Sie war schon feucht, geschwollen und empfindlich.

Es war sehr verrucht, mit der Hand in der Hose dazuliegen und dabei an Tom zu denken. Aber es war auch wunderbar, und sie hatte nicht die Absicht, damit aufzuhören.

Er war groß, zehn bis fünfzehn Zentimeter größer als sie mit ihren rund ein Meter siebzig. Dazu war er kräftig, nicht schlaksig wie so viele große Männer, und wog vermutlich circa dreißig Kilo mehr als sie. Alles an ihm wäre groß. Groß und mächtig und bereit für sie. Sie würde ihn streicheln, bis er sich so verzweifelt wünschte, in ihr zu sein, dass er sie zwingen würde, damit aufzuhören. Doch sie würde ihm nicht geben, was er wollte, nicht ganz. Stattdessen würde sie vor ihn treten, ihm die Shorts runterziehen und ihn in den Mund nehmen.

Lexie stöhnte leise, während sie sich vorstellte, wie er schmecken würde, wie es sich anfühlen würde, mit der Zunge über die glatte, weiche Haut seiner Eichel zu fahren und seine stählerne Erektion an ihrer Handfläche zu spüren. Sie schob zwei Finger in sich und fand einen Rhythmus, strich beim Herausziehen mit dem Daumen über ihre Klitoris und stellte sich vor, wie sein Schwanz zwischen ihren Lippen hinein- und wieder herausglitt. Er war so verschlossen, so kontrolliert, dass die Vorstellung, ihn ganz aufgewühlt und hilflos in ihren Händen zu halten, sie unglaublich anmachte. Sie hörte die unartikulierten Laute, die er von sich geben würde, während er um Zurückhaltung kämpfte, und spürte, wie seine Hände rastlos ihre Haare, ihren Hals und ihre Schultern streichelten, weil er sie berühren musste. Und dann würde sie mit beiden Händen seinen knackigen Hintern packen und ihm einen blasen, sie würde mit ihrem Mund das tun, was sie mit ihrem Körper tun wollte, und ihn systematisch demontieren, bis er vollkommen die Kontrolle verlor …

Lexie kam abrupt und heftig. Ihre Muskeln krampften um ihre Finger, während sie das Gesicht in ihr Campingkissen drehte und sich die Laute ihres Höhepunkts verkniff. Mit kleinen Schnipsern ihres Daumens verlängerte sie die Lust, bis sie es nicht mehr ertragen konnte, und sank lächelnd zurück auf ihren Schlafsack.

Das war großartig gewesen. Wenn sie Tom schon nicht haben konnte, konnte sie sich wenigstens an seinem Anblick erfreuen. Und sie würde und durfte Tom auf keinen Fall haben. Was sollte sie schließlich tun, wenn sie mit ihm schlief, und dann alles zwischen ihnen schwierig würde und er sich verpisste? Oder wenn er herrschsüchtig werden würde, wie der Kerl bei ihrer letzten schiefgelaufenen Romanze? Peter hatte anfangs so normal gewirkt, so charmant, doch dann hatte sie an einer anderen Schule unterrichten müssen, um seinen Versuchen zu entfliehen, auch das kleinste Detail ihres Lebens zu kontrollieren, von ihrer Kleidung bis hin zu ihren Gesprächspartnern – selbst nach der Trennung noch. Wenn die Sache mit Tom den Bach runterginge, müsste sie die Tour womöglich abbrechen und nach Hause fliegen, um von ihm fortzukommen.

Unwahrscheinlich, vielleicht, aber es war das Risiko nicht wert. Sie hatte keinerlei Bedarf an einer Beziehung, nicht nach allem, was sie durchgemacht hatte. Bis zum Ende dieser Tour würde sie ihre Bedürfnisse selbst befriedigen müssen. Der TransAm Trail war wichtiger als ihre Libido.

Als sie Schritte hörte, zog sie rasch den Reißverschluss ihrer Shorts zu und stützte sich peinlich berührt auf die Ellbogen. Ohne die äußere Zeltplane und bei geöffneten Zeltklappen konnte jeder problemlos zu ihr hereinsehen, und hier lag sie nun am helllichten Tag …

Tja. Vielleicht hätte sie ein wenig diskreter sein sollen, aber es war ja niemand in der Nähe gewesen.

Tom erschien in ihrer Zeltöffnung und hockte sich hin. Er sagte nicht gleich etwas, sondern musterte sie mit seinen dunklen Augen, was ihr das schreckliche Gefühl gab, dass er genau wusste, was sie getrieben hatte, bevor er aufgekreuzt war.

»Kein Glück mit dem Nickerchen?«, fragte er schließlich, seine Stimme dasselbe tiefe Grollen wie in ihrer fieberhaften Fantasie gerade. Es brachte ihre Nervenenden zum Vibrieren.

Nicht gut. Vergiss den Plan von vorhin – keine Fantasien mehr über Tom. Dieses kurze Intermezzo hätte ihre kleine Schwäche für ihn lindern sollen, hatte sie aber nur noch verstärkt, als hätte sie die Dinge, die sie sich mit Tom vorgestellt hatte, wirklich getan, und wäre jetzt süchtig nach mehr.

»Nein. Es ist zu heiß.« Ihre Stimme war ein bisschen heiser. Sie hustete und griff nach der Wasserflasche.

»Ja«, sagte er langsam. »Tja, ich wollte nach Prineville reinfahren, und da dachte ich, du hättest vielleicht Lust, auf ein Bier mitzukommen. Ich würde dir ja die Sehenswürdigkeiten zeigen, aber es gibt im Grunde keine.«

»Du warst schon mal hier?«

Er nickte. »Ich hab ein paar Sommer hier verbracht.«

Mehr Anhaltspunkte für das Rätsel Tom. Er schien über jeden Ort, den sie bisher besucht hatten, etwas zu wissen, aber dies schien der erste Ort zu sein, an dem er einmal gewohnt hatte.

»Klar. Hauptsache, ich komme aus diesem Zelt raus. Ich krieg langsam einen Lagerkoller.«

Seine Mundwinkel verzogen sich zu dem Anflug eines Lächelns, und da wusste sie sicher, dass Tom Bescheid wusste. »Wirklich? Du siehst aus, als hättest du dich gut amüsiert.«

Sie verdrehte die Augen und beschloss, die Ahnungslose zu spielen. »Ich hole mir nur noch Wasser, dann können wir los.«

»Ich warte auf dich«, sagte er und ging.

Lexie ließ den Kopf ins Kissen sinken und schloss die Augen. *Reiß dich zusammen, Lexie. Der Mann ist nichts für dich.*

Nicht zum ersten Mal dankte sie ihrem Glücksstern, dass sie am Strand von Seaside die Eingebung gehabt hatte, einen Ehemann zu erfinden. Sie hoffte nur, dass das reichen würde. Denn im Moment hatte sie große Lust auf einen Seitensprung.

6

Das würde ein Fiasko werden.

Er war mit der Absicht zu ihrem Zelt gegangen, sie auf ein freundschaftliches Bier einzuladen – als Bestandteil seines Sei-nett-zu-Lexie-Projekts –, aber der Plan war jäh gescheitert, als er sie mit geröteten Wangen und zerzausten Haaren schwer atmend auf die Ellbogen gestützt vorfand, während ihre Brüste einladend gegen das zu dünne Top drückten, das sie immer trug. Hätte er noch eine Bestätigung dafür gebraucht, was sie getrieben hatte, bevor er gekommen war, hätte ihr Gesichtsausdruck sie ihm geliefert. Alle Spannung war von ihr abgefallen, und nur ein Lächeln reinster Befriedigung war zurückgeblieben. Sie sah aus, als hätte sie Sex gehabt, sie roch nach Sex, und in diesem Moment wollte er nichts so sehr, wie sich in ihr zu vergraben.

Herrgott. Wo war ihr nichtsnutziger Ehemann, wenn Tom ihn wirklich brauchte? Irgendwer musste ihn in den Arsch treten, weil er selbst es nicht machen konnte.

Doch da er nun schon vor dem Zelt stand, blieb ihm nichts anderes übrig, als sie auf das Bier einzuladen und einfach nicht weiter darüber nachzudenken.

Ja, er musste dieses Bild von ihr einfach aus seinem Kopf verbannen. Kein Problem.

Es wäre hilfreich gewesen, wenn sie sich die Mühe gemacht hätte, sich umzuziehen. Die knappen weißen Shorts, die sie trug, waren nicht gerade vorteilhaft in seiner Situation.

Sie hielten vor der Kneipe und schlossen ihre Fahrräder ab. Tom ging als Erster rein. Den Barkeeper kannte er nicht, aber mit dem Typen in der Ecke hatte er im selben Team gearbeitet. Jim, wenn er sich recht erinnerte. Als Jim ihm zuwinkte, nickte er ihm zu und führte Lexie an einen Tisch im hinteren Teil des Lokals.

»Ist ein Corona okay?«, fragte er, weil er sich erinnerte, dass sie sich in Corvallis eins bestellt hatte.

»Ja, klar«, antwortete sie, ohne ihn groß zu beachten. Sie war dabei, die Atmosphäre auf sich wirken zu lassen. Es war keine besonders tolle Kneipe – klein und ein bisschen schummerig –, aber es war die beste, die Prineville in Reichweite des Campingplatzes zu bieten hatte. Außerdem kannte Tom das Lokal gut. Er war ein paarmal mit den Hotshots hier gewesen, um runterzukommen.

Er organisierte an der Theke zwei Bier und brachte einen Korb Nachos mit Salsa an ihren Tisch.

»Wann hast du denn länger hier gelebt?«, fragte Lexie, presste ihre Zitronenscheibe zusammen und schob sie in die Flasche.

Tom tat es ihr nach und trank einen großen Schluck. Nach so vielen Stunden in der Sonne war er dankbar für das angenehm kalte Gefühl in seiner Kehle und die künstliche Kühle in der Bar. »Vor drei Sommern? Nein, vor vier.«

»Und was hat dich nach Prineville geführt?« An der Art, wie sie den Namen aussprach, wurde deutlich, dass sie nicht viel von der Stadt hielt.

»Ein Job.«

Sie musterte ihn aus schmalen Augen, und er schnappte sich einen Nacho aus dem Korb, tunkte ihn in die Salsa und kaute bedächtig. Er strengte sich inzwischen richtig an, in den Genuss ihres stechenden Blicks zu kommen. Sie setzte ihn immer dann ein, wenn ihr unbehaglich wurde, und es machte ihm irgendwie Spaß, Lexie aus der Reserve zu locken. Sie war süß, wenn sie ins Schwitzen kam.

»Es gibt nur zwei Gründe, nach Prineville zu ziehen«, erklärte er schließlich. »Hier befindet sich die Zentrale von Les Schwab«, sagte er und meinte damit eine regionale Reifenhändlerkette, »und es gibt die Prineville Hotshots.«

»Ich geh mal davon aus, dass du nicht für Les Schwab gearbeitet hast.«

Er zog nur eine Augenbraue hoch.

»Und was sind die Hotshots?«

Das überraschte ihn nun doch. Die meisten Menschen in Zentral-Oregon kannten sie. »Ein Brandbekämpfungsteam. Sie werden während der Wildfeuersaison im ganzen Westen eingesetzt.«

Sie lehnte sich in ihren Stuhl zurück, trank ihr Bier zur Hälfte aus und sah ihn über die Flasche hinweg an.

»Hm«, sagte sie schließlich.

Er ahmte ihre Haltung nach und kippte langsam den Rest seines Biers herunter. »Hm.«

»Warum Brandbekämpfung?«

Er erwog die Gegenfrage, warum Menschen normalerweise überhaupt irgendetwas taten, sagte ihr aber stattdessen die Wahrheit. Einen Teil der Wahrheit. »Ich glaube, ich wollte meinen Beitrag für die Umwelt leisten. Und mir war langweilig.«

Außerdem hatte er versucht, Wiedergutmachung zu leisten für seine Rolle in der Leitung einer Firma, die den Wäldern im Westen der Vereinigten Staaten einen absurd großen Schaden zugefügt hatte. Sicher, sein Vater war der Gesetzesbrecher gewesen, aber Tom hätte wissen müssen, was da vor sich ging. Er hätte früher mehr dagegen unternehmen müssen.

Ein paar Sommer als Brandbekämpfer waren für sein Karma ein Tropfen auf den heißen Stein, doch er hatte das Gefühl gehabt, dass es das Mindeste war, was er tun konnte.

Sie trank ihre Flasche aus, aß ein paar Nachos und starrte ihn weiter an.

»Was ist?«, fragte er schließlich.

»Ach, ich versuche nur, alle Teile des Tom-Geiger-Puzzles zusammenzusetzen. Du hast so viele verschiedene Seiten, aber für einen Brandbekämpfer hätte ich dich nicht gehalten. Oder für einen Umweltschützer.«

»Ja, nun. Das bin ich ja auch nicht mehr.«

»Was davon?«

»Beides.«

»Warum nicht?«

»Eigentlich in beiden Fällen aus demselben Grund. Ich war es leid, mir den Arsch dafür aufzureißen, Brände zu löschen, die nie so groß geworden wären, wenn wir eine vernünftige Feuer-Management-Politik hätten. Aber die haben wir nicht. Obwohl man hier draußen im Westen kontrollierte Brände durchführen müsste, um das Feuerrisiko niedrig zu halten, ist das politisch nicht durchsetzbar, weil die Menschen Angst vor Feuer haben. Die meisten Feuer, die ausbrechen, sollte man in Ruhe lassen, bis sie von selbst ausbrennen, aber das wird nicht gemacht, normalerweise weil sie Häuser von irgendwelchen Bonzen bedrohen, die an Orten stehen, wo sie gar nicht erst hätten gebaut werden dürfen. Und das ist im Prinzip auch der Grund, warum ich die Nase voll davon hatte, Umweltschützer zu sein. Es ist eine aussichtslose Sache, für eine gute Politik kämpfen zu wollen, wenn reiche Schnösel ohne jeden Verstand die Fäden in der Hand halten.« Er schob seinen Stuhl zurück. »Noch ein Bier?«

»Klar.«

Er ging zur Theke.

»Tom?«, rief sie ihm nach.

»Ja?«

»Wie viel Bier brauchst du, bis du in der Lage bist, ein ganz normales Gespräch zu führen?«

Da sie ihn nicht sehen konnte, lächelte er. »Viel mehr als zwei.«

Er überlegte, wie viel Bier Lexie wohl brauchte, bis sie so entspannt aussah wie nach ihrem Orgasmus. Es würde Spaß machen, es herauszufinden.

Beim zweiten Bier fragte sie ihn über Brandbekämpfung aus, und er brachte sie dazu, darüber zu sprechen, wie sie mithilfe ihres strafenden Blicks und einer starken Hand eine Klasse von renitenten Mittelstufenschülern im Zaum hielt. Die Vorstellung, wie Lexie Siebzehnjährige disziplinierte, fand er amüsant. Er würde jede Wette eingehen, dass sich die

Hälfte der Jungs Fantasien über ihre Englischlehrerin hingaben, wenn sie zu Hause in ihren Zimmern ungestört waren.

Nach der Hälfte ihres vierten Biers röteten sich ihre Wangen, und ihre Augen leuchteten fröhlich, während sie ihn mit Fragen über seine Fahrradtour in Südamerika bombardierte. Sie nervte ihn mit Kommentaren zu seinem Fahrrad, seiner Kleidung, seiner Technik, seinem Zelt – so ziemlich zu seiner ganzen Art zu touren –, und er konterte, dass sie im Sattel viel zu unentspannt sei. Sie erklärte ihm, dass es eine richtige und eine falsche Art zu fahren gebe, und dass er es auf die falsche tue, worauf er lachend zurückgab, dass sie die Regeln befolgen oder Spaß haben könne, aber nicht beides zusammen.

Etwa zu dem Zeitpunkt kam eine Horde Hotshots herein. Tom kannte ein halbes Dutzend von ihnen und machte Lexie mit den Jungs bekannt. Sie flirteten mit ihr, und da sie inzwischen vier Bier intus hatte, fing sie beim geringsten Anlass an zu lachen. Also bot Tom ihr ausreichend Anlässe. Sie war so hübsch, wenn sie lachte.

Als irgendwer Geld in die Jukebox warf, forderte sie Tom zum Tanzen auf. Doch nach vier Bier war er noch nicht dumm genug, sie anzufassen, weshalb sie mit ein paar anderen Jungs tanzte, während er nur zusah.

Sie war die begehrenswerteste Frau, die er je getroffen hatte. Sie schien sich dessen nicht bewusst zu sein.

Nach vier Bier hörte sie auf zu trinken, Tom aber nicht. Nach dem fünften musste er sich eingestehen, dass er sich nicht nur zu ihr hingezogen fühlte – auch wenn das schon schlimm genug war –, sondern er begehrte sie mehr, als er je eine andere Frau begehrt hatte. Und was die Sache noch schlimmer machte: Er mochte sie sogar und unterhielt sich gern mit ihr. Es interessierte ihn, wie sie die Welt sah, und er wollte sie lächeln sehen.

Am schlimmsten aber war, dass er verdammt eifersüchtig war, weil sie mit allen tanzte außer mit ihm, während es ihn zugleich im Namen ihres durch Abwesenheit glänzenden Ehemanns wütend machte.

Er brauchte fünf Bier, um sich davon zu überzeugen, dass er Mrs Lexie Marshall so weit wie möglich auf Abstand halten musste.

Nass und verwirrt wachte Lexie auf. Trotz der Dunkelheit wusste sie sofort, dass in ihrem Zelt alles nass war. Ihr Schlafsack und ihre Isomatte trieften, und als sie in die Ecke griff, in der sie ihre Stirnlampe aufbewahrte, fasste sie in eine Pfütze.

Was zum Teufel war das? Sie hatte keinen Regen gehört. Woher also kam das viele Wasser? Das einzige Wasser im Zelt war in ihrer …

»Ach, Scheiße.«

Ihr Wasserbeutel, den sie kurz vor dem Schlafengehen mit knapp zwei Litern Frischwasser für den nächsten Tag befüllt hatte, war ausgelaufen. Kurz vor dem Einschlafen hatte sie ein Geräusch gehört, das sie für ein Tier gehalten hatte. In ihrer Eile, aus dem Zelt zu kommen, um das Mistvieh zu verjagen, damit es sich nicht an ihrem Proviant vergreifen konnte, war sie irgendwo draufgetreten. Dabei musste sie den Trinkschlauch zerquetscht haben.

Sie tastete das Zelt ab, bis sie den Wasserbehälter fand, und hob ihn hoch. Er war fast leer. Nicht gut.

Sie setzte sich auf, knipste ihre Stirnlampe an und machte eine Bestandsaufnahme. Bei Isomatte und Schlafsack war nichts mehr zu retten, und die flache Nylontasche, in der sie ihre trockenen Sachen aufbewahrte, lag in einer Lache zu ihren Füßen. Sie zog den Reißverschluss auf und kontrollierte ihre Klamotten. Sie waren alle klatschnass … genau wie alles andere, das sie dabeihatte.

Sie suchte ihr Campinghandtuch und wollte die größten Pfützen damit aufwischen, aber es war zwecklos. Ihr blieb nichts anderes übrig, als alles aus dem Zelt zu räumen und das Wasser rauszukippen, doch das musste bis morgen warten. Es war stockdunkel und überraschend kalt. Da sie sowieso nichts richtig trocken bekommen würde, wäre die ganze Aktion den Aufwand nicht wert.

Sie musste einfach versuchen, wieder einzuschlafen.

Sie knipste ihre Stirnlampe aus und legte sich wieder hin. Der Schlafsack war mit Daunen gefüllt, die im nassen Zustand nicht mehr viel Isolierfähigkeit besaßen. Die Kälte sickerte rasch zu ihr durch und kühlte sie aus, bis sie in ihren feuchten Klamotten regelrecht schlotterte und sich hundeelend fühlte.

Konnte man im Juni im Zelt erfrieren? Vermutlich nicht. Es war verdammt unangenehm, würde sie aber nicht umbringen. Sie musste die Zähne zusammenbeißen.

Sie setzte sich wieder auf und versuchte, den triefnassen Schlafsack neu zu arrangieren, damit er ihr mehr Wärme spendete.

Da hörte sie ein Rascheln vor dem Zelt, gefolgt von Toms tiefer Stimme. »Was ist los, Lex?«

Fantastisch. Ihre Unruhe musste ihn geweckt haben. In der Beengtheit des gewinnorientierten Campingplatzes gab es nach dem Ausschalten des Lichts keine Privatsphäre mehr, auch wenn sich alle die größte Mühe gaben, den Anschein zu wahren. Typisch Tom, sich ausgerechnet diesen Moment auszusuchen, um die Heuchelei zu beenden. Es war schon peinlich genug, zwei Liter Wasser in ihrem Zelt zu verschütten, aber ihm davon erzählen zu müssen, machte die Sache noch zehnmal schlimmer.

Nach dem Abend in Prineville war der zornige Tom mit aller Macht zurückgekehrt, ohne dass ihr der Grund bekannt wäre. In der Kneipe hatten sie echt Spaß miteinander gehabt, und jetzt wollte er nicht mal mehr mit ihr fahren. Sie sah ihn nur frühmorgens und spätnachmittags wieder auf dem Campingplatz, und selbst dort blieb er lieber für sich.

Sie sagte sich immer wieder, dass es so besser wäre und dass sie nur jemanden brauchte, neben dem sie ihr Zelt aufschlagen konnte. Sie brauchte keinen freundschaftlichen Umgang mit Tom. Ein freundschaftlicher Umgang mit Tom war zu gefährlich.

Aber irgendwie fehlte er ihr, und das ärgerte sie so, dass sie zu den wenigen Gelegenheiten, an denen sie doch miteinander sprachen, super unfreundlich zu ihm war.

Außerdem hatte sein plötzlicher Rückzug sie gekränkt, wenn sie ehrlich war. Aber sie versuchte nicht darüber nachzudenken, was das bedeutete.

»Mein Wasserbehälter ist ausgelaufen. Aber mir geht's

gut. Ich hab das im Griff. Morgen früh kann ich alles wieder trocknen.«

»Dir geht's nicht gut. Ich hör dein Zähneklappern aus drei Metern Entfernung.« Die Zeltwand ruckte, und Tom zog den Reißverschluss der Klappe auf. In der Hoffnung, ihm den Zutritt verwehren zu können, griff sie nach dem Reißverschluss, war aber nicht schnell genug.

»Was ist alles nass?«, fragte er. Sie konnte seine Miene im Dunkeln nicht erkennen, aber er klang wie immer gereizt. Warum ließ er sie nicht einfach in Ruhe? Das war nicht sein Problem. *Sie* war nicht sein Problem.

»Alles«, fauchte sie.

»Hast du noch trockene Klamotten?«

»Nein.«

»Dann komm mit zu mir.«

»Was? Nein, mir geht's gut, echt. Leg dich einfach wieder hin, und wir sehen uns morgen früh.«

Er seufzte schwer. »Dir geht's nicht gut. Du bist jetzt schon durchgefroren, und die Temperatur wird noch ein paar Stunden weitersinken. In meinem Zelt ist jede Menge Platz. Wir wärmen dich auf, und morgen früh können wir dein ganzes Zeug trocknen.«

Sie verschränkte die Arme vor der Brust. Hier gab es kein »wir«. »Du brauchst mich nicht zu retten.«

Seine Hand schloss sich im Dunkeln um ihren Oberarm, und er zog sie hoch auf die Knie. Mann, war er stark. »Und ob. Jetzt komm, ich frier mir hier den Arsch ab.«

Lexie gab auf. Es sah nicht so aus, als ließe Tom mit sich reden, und einen trockenen Schlafplatz abzulehnen wäre dumm gewesen. Außerdem war sein Griff um ihren Arm ziemlich fest, und sie hatte keine Lust, sich mitten in der Nacht einen Ringkampf mit Tom zu liefern. Also folgte sie ihm in die Dunkelheit.

Er zog den Reißverschluss seines Zelts auf und führte sie hinein. Die Outdoor-Industrie bezeichnete sein Zelt großzügig als »Viermannzelt«, was bedeutete, dass es groß genug war, dass zwei Erwachsene bequem darin schlafen konnten. Da sie tagsüber verstohlen hereingelugt hatte, wusste sie, dass er es gemütlich eingerichtet hatte. Seine Isomatte war viel größer als ihre, und darauf lagen ein Bettlaken und sein offener Schlafsack.

Im Vergleich zu ihrem kleinen roten Sarkophag war es ein Palast. In ihrem Zelt konnte man kaum sitzen, und Toms hatte ein Dach, an dessen höchstem Punkt man sogar aufrecht stehen konnte. Sie hatte ihn verspottet, weil er so viel überflüssiges Gewicht mit sich rumschleppte, nur um bequemer schlafen zu können, doch jetzt verstand sie ihn langsam.

»Zieh dich aus«, sagte er schroff.

»*Was?* Nein!« Auf keinen Fall würde sie sich vor Tom nackt ausziehen.

»Herrgott noch mal, ich will nichts von dir. Deine Klamotten sind nass. Zieh dich aus, dann kannst du dich in meinen Innenschlafsack legen. Ich dreh mich auch um, damit ich nichts sehe.«

Angesichts der Dunkelheit in Toms Zelt war das sowieso eine unsinnige ritterliche Geste, aber es beruhigte sie. »Na schön.«

Sie wartete, bis er sich abgewandt hatte, zog das langärmlige Thermoshirt und die langen Unterhosen aus, in denen sie geschlafen hatte, und ließ sie auf den Zeltboden fallen. Ihre nasse, klamme Haut war sofort von einer Gänsehaut überzogen, ihre Brustwarzen zogen sich zusammen, und sie erschauderte. »Wo ist der Innenschlafsack?«

Vor ihren Augen tauchte ein weißes Gebilde auf, und sie griff hastig danach und streifte dabei Toms Hand. Die kurze Berührung reichte aus, um eine kleine Schockwelle durch ihren Körper zu schicken, sodass ihre Nippel schmerzten und ihr der Atem stockte. *Reiß dich zusammen, Lexie.* Noch nie im Leben war sie sich eines Mannes so bewusst gewesen. Es war absurd.

Sie rückte so weit von ihm ab, wie es in dem begrenzten Raum ging, und legte sich hin, um sich in den Sack hineinzuschlängeln. Im Vergleich zu ihrer Isomatte war Toms richtig bequem, und sie sank dankbar darauf und drehte sich von ihm weg. Sein Innenschlafsack war aus Seide, federleicht und fühlte sich wunderbar weich auf ihrer Haut an – und er roch nach Tom. Sein Duft war eine Mischung aus zweckmäßiger Seife und moschusartiger Männerhaut, die ihr in den vergangenen Wochen vertraut geworden war, wenn auch niemals so intensiv. Sein Geruch stieg ihr in den Kopf und brachte ihre Haut zum Kribbeln und ihren Unterleib zum Pochen. Schlief er nackt in diesem Innenschlafsack? Dachte er in seinem Zelt so oft an sie wie sie in ihrem an ihn? Wieder erschauderte sie, doch diesmal aus ganz anderen Gründen.

Ganz ruhig.

Ein Rascheln aus Toms Richtung sagte ihr, dass auch er

sich hinlegte und den Schlafsack zurechtrückte. »Komm her«, forderte er sie barsch auf, und sie spürte, wie sich ein kräftiger Arm um ihren Oberkörper schlang. »Ich wärme dich auf.« Bevor sie begriff, was er vorhatte, lag sie eng an seinen Körper gedrückt unter dem Laken.

Oh nein. Nein, nein, nein. Sie wollte sich ihm entziehen, doch sein Arm hielt ihre Taille weiter fest umklammert, sodass sie aufgeben musste.

Gott, strahlte er eine Hitze aus. Er hatte recht, sie musste sich aufwärmen, und schließlich wurde es so in allen Survival-Büchern empfohlen: Die Körperwärme eines anderen Menschen war das beste Mittel, um die Körperkerntemperatur anzuheben. Und Tom hatte definitiv ausreichend Körperwärme. Sie spürte, wie sie durch die dünne Seide strahlte, die sie trennte, wie seine Beine sich an ihre schmiegten, fühlte seine harte Brust an ihrem Rücken, seinen Atem in ihrem Nacken.

Tom konnte einen wirklich schnell aufwärmen.

So nah bei ihm konnte sie kaum noch einen klaren Gedanken fassen. Sie konzentrierte sich darauf, weiter Luft zu holen, Atemzug für Atemzug, und nicht auf ihn zu reagieren. Doch ihr Körper hörte nicht auf ihren Verstand. Seine Hand umschloss ihre Rippen zweieinhalb Zentimeter unter ihrer Brust, und sie sehnte sich danach, dass er seine Finger über ihren Nippel gleiten ließe. Das Pulsieren zwischen ihren Beinen wurde nachdrücklich und ungestüm. Sie musste sich zusammenreißen, um die Hüften nicht an ihn zu drücken und die kleine Lücke, die er zwischen ihnen noch gelassen hatte, nicht zu schließen.

Einatmen. Ausatmen. Mach nichts Unüberlegtes.

Sie wusste nicht, wie lange sie so lagen. Ein paar Minuten? Eine halbe Stunde? Es kam ihr vor wie eine Ewigkeit – eine Ewigkeit, in der sich jeder Muskel in ihrem Körper anspannte und sie gegen ihre Erregung ankämpfte. Sie war feucht und echt scharf, in ihren Adern schlugen Buschtrommeln, und sie musste sich immer wieder ins Gedächtnis rufen, warum es eine schlechte Idee war, sich in seinen Armen umzudrehen und ihn anzuflehen, sie zu küssen. Sie war angeblich verheiratet. Noch wichtiger war: Tom war im Grunde ein Idiot, und von Idioten musste sie sich unbedingt fernhalten. Der TransAm Trail war wichtiger, als diesen Mann zwischen ihre Beine zu bekommen und zu spüren, wie sich seine Hitze über ihr und in sie hinein bewegte, und ... *Oh Gott, das ist die reinste Folter.*

Die ganze Zeit überlegte sie, was Tom wohl dachte. War das nur »Überleben in der Wildnis«, oder spürte er es auch? Und wenn ja, würde er die Initiative ergreifen?

Bitte, bitte, lass ihn die Initiative ergreifen.

Moment, nein, lieber nicht. Das war ihre Libido, die sich zu Wort meldete. Er sollte nicht mal wissen, dass er die Möglichkeit hatte, die Initiative zu ergreifen. Andererseits, wenn er es nicht wusste, und das alles einseitig war, wie armselig war sie dann bitte?

Im Grunde war sie sich ziemlich sicher, dass er Bescheid wusste. Er lag noch immer reglos hinter ihr, doch für einen Typen, der in einem Zelt lag, atmete er ganz schön schnell. Sie nahm an, dass es für die fünf Zentimeter zwischen ihrem Po und seinem Becken einen guten Grund gab. Einen großen, harten Grund.

Doch selbst ohne diesen intimen Kontakt wurde die Hitze zwischen ihren Körpern immer intensiver, bis sie sich nicht einmal mehr daran erinnern konnte, wie es sich angefühlt hatte, zu frieren.

Als sie sich sicher war, es keine Sekunde länger aushalten zu können, ohne sich in Verlegenheit zu bringen, spannte sich sein Arm an, und er flüsterte ihr mit seiner tiefen, rauen Stimme ins Ohr, dass es ihr einen Schauer über den Rücken jagte: »Siehst du, Lex? Ich kann auch nett sein.« Sie spürte seinen Mund auf ihrem Hals, der eine Spur aus knabbernden Küssen bis zu ihrer Schulter zog, und schmolz dahin.

Sie wusste, dass sie sich wehren sollte, doch ihr Körper ergab sich ihm, ohne das Kontrollzentrum auch nur zurate zu ziehen. Sie neigte den Kopf zur Seite, um ihm ein neues Territorium zur Erforschung anzubieten, und war enttäuscht, nichts als kühle Luft auf ihrer Haut zu spüren. Er hatte sich von ihr zurückgezogen. Der Schlafsack raschelte, als er sich aufsetzte. Seine Hand glitt zu ihrer Taille und strich über ihre Hüfte, fuhr über ihr Bein und drückte ihre Zehen. Sie konnte ein leises Stöhnen nicht unterdrücken.

»Dir ist jetzt wieder warm«, sagte er mit erstickter Stimme. »Schlaf gut.«

Damit drehte er ihr den Rücken zu und rückte so weit von ihr ab, wie es möglich war, ohne das Zelt zu verlassen.

Sie wusste nicht, ob sie erleichtert oder gekränkt sein sollte. Sie war beides, etwa in gleichem Maße. Zudem war sie hellwach und aufgrund der Ereignisse hin- und hergerissen.

Er hatte sie geküsst wie ein Liebhaber, und sie war fast so weit gewesen, ihn anzubetteln. Spielte er nur mit ihr? Die meiste Zeit behandelte er sie wie einen Störfaktor, doch dann gab es diese Momente, in denen sie glaubte, etwas in seinen Augen zu entdecken – und dieses Etwas ließ das Blut durch ihre Adern rasen und verursachte ihr weiche Knie.

Ein Teil von ihr wollte glauben, dass zwischen ihr und Tom nur der erfundene Ehemann stand, doch dann fiel ihr wieder ein, warum sie überhaupt einen Ehemann erfunden hatte. Tom war tabu. Was um alles in der Welt war mit ihr los, dass sie etwas so Simples vergessen konnte? Es war lange her, seit sie zuletzt mit einem Mann geschlafen hatte, doch das erklärte noch nicht, warum ihr Körper und ihr Hirn in Toms Gegenwart zu Brei wurden. Sie hatte noch nie jemanden getroffen, der sie derart aus der Bahn warf.

Es war mal wieder typisch für sie, dass sie so für einen Mann empfand, den sie nicht einmal richtig mochte, einen Mann, mit dem sie sich auf keinen Fall einlassen wollte. Einen Mann, der sie für eine verheiratete Frau hielt.

Was für ein Chaos!

Selbst wenn sie mit ihm die komplette Strecke durchs Land und wieder zurück fahren würde, wäre sie niemals in der Lage, Tom Geiger zu verstehen. Aber sie sollte verdammt sein, wenn sie ihn nicht mit jeder Faser ihres Körpers begehrte.

7

Von White Bird, Idaho, nach Grangeville, Idaho
Insgesamt 1.282 gefahrene Kilometer

Mit einem Stein so groß wie ein Baseball schlug Tom den Zeltpflock in den harten Boden. Er hatte immer vorgehabt, sich einen von diesen Heringshämmern aus Plastik zu kaufen, war aber nie dazu gekommen. Zu Hause schien es kein großes Problem zu sein, aber unterwegs musste man am Tag acht Pflöcke einschlagen – tagein, tagaus. Er verfluchte sich selbst, so ein Idiot gewesen zu sein. Mit einem Stein konnte man nur schwer eine gute Hebelwirkung erzielen. Außerdem haute man ab und zu daneben und schlug sich die Fingerknöchel zu Brei.

Lexie und Paul steckten die Köpfe zusammen und tauschten sich über den morgigen Anstieg aus. Ein paar Tage nach dem Vorfall im Zelt hatte sie Paul in einem Café in Richland aufgegabelt, wo sie zum Mittagessen haltgemacht hatten. Der kräftige ältere Mann im Fahrradtrikot und der vorschriftsmäßigen engen schwarzen Radlerhose war einfach zu ihnen an den Tisch gekommen und hatte es sich gemütlich gemacht. Er und Lex hatten während des gesamten Essens Anekdoten ausgetauscht. Paul war ein gespielt bescheidener Versicherungssachverständiger im Ruhestand aus Washington State und so aufgeblasen, dass Tom schon nach weniger als zehn Minuten den Wunsch verspürt hatte, ihn zu erwürgen.

Doch Lexie schien ihn zu mögen. Sie hatte sich zum Nachtisch Obstkuchen bestellt und schließlich ein Dreiergespräch mit Paul und der Kellnerin angefangen, deren Mutter während der Bikecentennial-Tage in der Nähe von Mitchell ein Café betrieben hatte. Natürlich hatte Lexie die Geschichte zum Besten gegeben, wie ihre Eltern sich kennengelernt hatten, und die Kellnerin hatte ihre Erinnerungen an jene wilden und verrückten Zeiten beigesteuert, als in den Spitzenmonaten täglich mindestens fünfzig Fahrradfahrer vorbeigekommen waren, sodass das Cafépersonal den Salat in riesigen Tonnen zubereiten und jeden Morgen zwei Dutzend Obstkuchen hatte backen müssen, um der Nachfrage gerecht zu werden.

An dem Punkt war Tom mit seinem Stuhl vom Tisch abgerückt und aufgestanden, weil er wusste, dass sie den halben Nachmittag darüber reden würden, wenn sie erst einmal mit dem Bikecentennial-Mist anfingen.

»Bis wohin wollten wir heute noch mal kommen?«, hatte er Lex gefragt und Paul mitten in einer weiteren wichtigtuerischen Bemerkung unterbrochen.

»Bis Oxbow. Da gibt es kurz vor dem Ortsausgang einen Campingplatz.«

»Wir treffen uns da.«

Er hatte nicht mal ihre Reaktion abgewartet. Es spielte keine Rolle. Er war damit durch, nett zu Lexie zu sein.

Jene Nacht im Zelt hatte ihm so zugesetzt, dass er allein

schon bei dem Gedanken daran zusammenzuckte. Er war kein Ausbund an Tugendhaftigkeit, aber was Frauen betraf hatte er ein paar Regeln, die zu brechen er nie auch nur in Erwägung gezogen hatte. Die erste davon lautete, dass man die Frau eines anderen Mannes nicht anfasste. Niemals.

Natürlich war es noch besser, wenn man sie gar nicht erst begehrte, aber er war auch nur ein Mensch. Er begehrte Lexie wahnsinnig.

Er hatte sich eingeredet, dass sie seinen Körper brauchte, um sich aufzuwärmen, aber das war eine billige Ausrede. Schließlich hatte sie nicht kurz vor der Unterkühlung gestanden. Er hatte sie nur mal anfassen wollen. Aber es hatte ihn bis an die Grenzen seiner Selbstbeherrschung gebracht, wie sie vor ihm zusammengerollt dagelegen hatte, mit nichts als dem dünnen Seidenstoff zwischen ihnen, und wie sie geduftet hatte, nach minzigem Shampoo und sinnlicher Frau.

Er hatte sie unbedingt schmecken müssen. Er hatte herausfinden müssen, ob ihre Haut sich an seinem Mund so weich anfühlen würde wie in seiner Vorstellung. Er hatte wissen müssen, wie sie auf seine Berührung reagieren würde, und dabei fast schon gehofft, dass sie ihn entrüstet in die Schranken weisen würde. Doch als sie sich mit einem leisen Seufzer an ihn schmiegte, hatte die Gewissheit, dass Lexie ihn ebenfalls begehrte, Tom fast dazu verleitet, etwas unglaublich Dummes zu tun.

Allein der Gedanke an ihren Mann hatte ihn davon abgehalten. Tom hasste den Mistkerl, aber er würde einem anderen Mann nie antun, was Haylie und Craig ihm angetan hatten. Die Finger von Lexie zu lassen hatte ihn fast umgebracht, doch er hatte sich davon erholt. Mehr oder weniger.

Das Zusammensein mit ihr war jetzt eine Qual. Er konnte nicht aufhören, sie zu beobachten, an sie zu denken, sie zu begehren. Aber zugleich hasste er sie, weil sie ihren Mann nicht genug liebte, um Tom zu sagen, dass er sich verpissen sollte.

Dabei machte sie noch nicht mal einen Schritt auf ihn zu. Im Gegenteil, sie schien sogar ziemlich sauer zu sein, und er wollte dafür sorgen, dass es so bliebe. Doch obwohl sie wütend auf ihn war, obwohl er sie niemals haben konnte, begehrte er sie trotzdem noch.

Als sie nun mit Paul im Schlepptau auf dem Campingplatz in Oxbow auftauchte, kam ihm die Idee, dass dies seine Chance war, der ganzen Misere zu entkommen. Paul war ein Idiot, aber ein verheirateter Idiot, und allem Anschein nach ein anständiger Mensch. Tom hatte ihn während der letzten Tage beobachtet, und er stellte ganz offensichtlich keine Gefahr für Lexie dar. Als sie sich neulich Abend einen knappen roten Bikini angezogen hatte, um auf dem Campingplatz im Pool zu baden, hatte er selbst fast einen Herzanfall bekommen, doch Paul hatte sie kaum eines zweiten Blickes gewürdigt. Man musste sich fast fragen, ob die Hardware des Typen noch ganz funktionstüchtig war. Tom jedenfalls würde sich noch an seinem Todestag an den Anblick von Lexie in diesem Bikini erinnern.

Als der letzte Pflock endlich drin war, warf er den Stein beiseite und wischte sich mit dem Handrücken den Schweiß von der Stirn. Von welcher Seite er es auch betrachtete, sie und Paul gaben ein gutes Team ab. Sie studierten jeden Abend die Karte, um sich auf die Etappe des nächsten Tages vorzubereiten, fuhren nebeneinander und unterhielten sich über die zu bewältigenden Strecken, die anvisierte Trittfrequenz, ob ihre Wasserversorgung ausreichte und all den Mist, der für Lex so wichtig war. Heute Abend wollte er sich mal mit Paul unterhalten und abklären, ob er einverstanden damit war, seine Aufgabe als Tourenpartner zu übernehmen. Ohne ihn wären sie und Paul besser dran, und für Tom wäre es eine Erleichterung, mindestens hundert Kilometer Distanz zwischen sich und sexy Lexie zu schaffen.

Schon weniger als ein Kilometer nach dem Beginn des Anstiegs hatte Pauls Gesicht die Farbe einer Tomate angenommen, und er schwitzte wie ein Schwein. Die erste halbe Stunde nahm Lexie es noch hin, aber sie würde auf keinen Fall die ganzen elf Kilometer bis zur Spitze des White Bird Hill im Schneckentempo neben einem Typen fahren, der keuchte und schnaubte wie ein Dampfzug. Es war einfach … ekelhaft.

»Ich fahr ein bisschen schneller, okay? Wenn wir uns oben nicht mehr sehen, treffen wir uns in Lowell.«

Zu atemlos, um zu antworten, hatte Paul nur genickt. Er sah jetzt schon total fertig aus. Er würde eine Ewigkeit brauchen, bis er oben ankam, und sie hatte nicht vor, dort auf ihn zu warten. Sie hatte all seine Geschichten schon zweimal gehört, einige davon sogar dreimal, und wenn sie noch einen einzigen Tag weiter auf ihn aufpassen müsste, würde sie durchdrehen.

Tom war natürlich überhaupt keine Hilfe. Er hatte sie heute Morgen schon ein paar Meilen nach dem Campingplatz abgehängt, nachdem er gefragt hatte, bis wohin die Reise heute gehen sollte. Seit jener Nacht in seinem Zelt hatte sie das Gefühl, dass er nach einer Möglichkeit suchte, sie loszuwerden. Er sprach fast überhaupt nicht mehr mit ihr, fuhr nicht mehr mit ihr zusammen, und auf den Campingplätzen zog er sich entweder in sein Zelt zurück oder spazierte allein über das Gelände. Bisher – sogar noch nach Prineville, als er sich wieder in den zornigen Tom zurückverwandelt hatte – hatte er wenigstens noch mit ihr gegessen. Doch jetzt war er gar nicht mehr richtig da.

So wahr mir Gott helfe, wenn er abhaut und mich mit Paul sitzen lässt, spüre ich ihn auf und trete ihm in den Arsch.

Dabei war Paul gar kein schlechter Kerl. Er war sogar mehr oder weniger so, wie sie sich Tom vorgestellt hatte: älter, jovial und total besessen von allen Details, wie man das optimale TransAm-Abenteuer erleben konnte. Er langweilte sie zu Tode.

Was Tom in der Bar in Prineville zu ihr gesagt hatte, nagte noch an ihr: Sie könne die Regeln befolgen oder Spaß haben, aber nicht beides. Bisher hatte sie auf ihrem tollen TransAm-Abenteuer nicht viel Spaß gehabt. Das Zusammensein mit Paul hatte ihr eine Idee davon vermittelt, wie sie selbst auf Tom wirken musste, und der Gedanke war bitter. Aber sie wusste nicht, wie sie anders sein sollte, und da Tom kaum noch mit ihr sprach, würde sie von ihm auch keinerlei Hinweise mehr bekommen.

Eine Windböe wehte ihr Fahrrad zum Randstreifen. Sie

war so in Gedanken versunken gewesen, dass sie das Heraufziehen des Sturms gar nicht bemerkt hatte. Als sie sich umsah, entdeckte sie nichts, wo sie sich unterstellen konnte. Sie musste einfach weiterfahren und hoffen, dass es nicht blitzte, wenn sie ganz oben auf dem Pass war.

Ein paar Meilen weiter setzte der Regen ein, und in Sekundenschnelle war sie nass bis auf die Haut. Das Spritzwasser von der Straße ließ ihre Schuhe mit Wasser volllaufen, die bei jedem Tritt in die Pedale ein schmatzendes Geräusch von sich gaben. Sie hatte nur ein paar Meter Sicht und hörte nichts mehr außer dem Regen. Die Windböen waren mittlerweile so stark, dass sie sie mehr als einmal fast umwarfen.

Es war großartig. Ihr Herz raste, und sie strahlte übers ganze Gesicht. Sie fühlte sich lebendig, frei und wie ein Teil des Universums. Wie lange war es her, seit sie bei einem Wolkenbruch im Freien gewesen war? Seit sie frisches Regenwasser auf der Zunge geschmeckt und den frischen Duft der Wüstenpflanzen gerochen hatte, die es dankbar aufsogen? Sie erinnerte sich noch, wie sie und James als Kinder zum Spielen nach draußen in den Regen geschickt worden waren. Sie waren durch Pfützen gestapft, hatten die Hände unter die Abflussrohre der Dachrinnen gehalten und waren kreischend herumgetobt, und als sie damit fertig waren, hatte Mom sie schon mit trockenen Handtüchern und einer Tasse heißem Kakao an der Tür erwartet. Für Lexie war das wunderbar gewesen.

Deshalb fuhr sie mit dem Fahrrad durchs Land. Nicht wegen der Kilometerzahl, nicht wegen der unbekannten Städte, nicht einmal wegen der Menschen, die sie unterwegs kennenlernte. Nur *deshalb*: Sie wollte den Regen, den Wind und die Berge hautnah spüren, und wie ihre Beine sie aus eigener Kraft hoch zum Gipfel brachten.

Als sie den höchsten Punkt erreichte, hielt sie nicht einmal an. Der Regen hatte nachgelassen, und sie sehnte die Abfahrt herbei. Sie beschleunigte leicht, beugte sich über die Lenkstange, duckte sich und ließ die Bremsen los. Innerhalb von einer Minute flog sie nur so dahin, ihr Fahrradcomputer zählte mehr als fünfzig Kilometer pro Stunde. Ihr Vorderrad ließ Wasser aufspritzen, das ihr ins Gesicht prasselte, während das Hinterrad einen Sprühregen aus nassem Split auf ihren Rücken schleuderte. Aber das machte ihr nichts aus. Vor ihr erstreckte sich meilenweit die Camas-Prärie, das intensive Hellgelb des Rapses wurde nur hier und da durch violett-blaue Camas-Blumen unterbrochen. Sie konnte unendlich weit blicken, und die Unendlichkeit war atemberaubend.

Irgendein Hinterwäldler in einem Pick-up drängte ihn bei der Abfahrt vom Pass fast von der Straße ab, und Toms Fahrrad touchierte die Leitplanke so heftig, dass dabei sein Schaltauge abbrach. Er konnte zwar einen Sturz verhindern, musste danach jedoch mit einem einzigen Gang nach Grangeville schleichen und die Daumen drücken, dass es dort einen Fahrradladen gab.

Zum Glück gab es tatsächlich einen Laden, aber es war ein Einmannbetrieb, und Tom musste warten, bis der Typ vom Mittagessen zurückkam. Also setzte er sich vor dem Eingang auf die Treppe und konnte nichts anderes tun als

Däumchen zu drehen, den mittäglichen Verkehr auf der Hauptgeschäftsstraße von Grangeville zu beobachten und zu hoffen, dass er wieder weg wäre, bevor Lexie aufkreuzte.

An dem Punkt endete sein Glück. Gerade als er sein Rad wieder aus dem Laden schob, sah er sie – wie sie allein in die Stadt gefahren kam. Sie war klatschnass und strahlte übers ganze Gesicht. Sie musste auf dem Gipfel des Passes in das Unwetter geraten sein. Es war schon aufgezogen, als Tom oben ankam, doch er hatte es nach unten geschafft, bevor es losbrach.

Er wartete darauf, dass ihr Lächeln bei seinem Anblick schwand, doch stattdessen wurde es breiter, und sein Herz schlug schneller.

Was sagte man dazu? Lexie freute sich, ihn zu sehen.

Leider freute er sich auch ziemlich, sie zu sehen. Ihr weißes Trikot klebte an ihrer Haut, betonte die Rundung ihrer Hüfte und schmiegte sich an die Vertiefung ihres Bauchnabels. Sie zog ihren Helm ab, entledigte sich ihres Haargummis, wrang ihre Haare aus und schüttelte den Kopf wie ein nasser Hund. Von der Abfahrt bei Wind und Regen hatte sie noch immer eine Gänsehaut auf den Armen. Irgendwie gelang es ihr, völlig unschuldig und wahnsinnig heiß zugleich zu sein. Seine Eva im Garten Eden. Ihre Gegenwart hatte unangenehme Auswirkungen auf ihn. Er war unangenehm hart.

Du bist nicht Adam, Arschloch. Du bist die Schlange.

So oder so musste er aus dem Garten fliehen, bevor die Hölle losbrach.

»Wo ist Paul?«, fragte er.

Lexie deutete mit dem Kopf zu dem Berg, von dem sie

gerade heruntergekommen war. »Irgendwo da oben. Er war zu langsam.«

Tom runzelte die Stirn. Natürlich war er zu langsam. Für Lexie war so ziemlich jeder zu langsam. Alle außer ihm. Trotzdem sollte sie mit Paul fahren. Er hatte gestern Abend mit ihm gesprochen, und Paul hatte eingewilligt, ihn als Tourenpartner abzulösen. Jetzt musste Tom sich nur noch überlegen, wie er ihr das beibringen sollte.

Sie sah ihn prüfend an. »Nimm deine Sonnenbrille ab«, befahl sie.

Leicht belustigt, von ihr herumkommandiert zu werden, tat er ihr den Gefallen. Lexie war eine Frau, die daran gewöhnt war, zu bekommen, was sie wollte.

»Komm mit.« Sie streckte ihm die Hand hin.

Er nahm sie nicht. Selbst hier auf der Hauptstraße war es für ihn nicht sicher, mit Lexie allein zu sein. Irgendwo anders wäre wahrscheinlich sogar noch schlechter. »Wohin?«

»Komm einfach mit, du sturer Mistkerl. Ich will mit dir reden.«

Das entlockte ihm ein Lächeln, und er gab ihr die Hand, obwohl er noch im selben Moment wusste, dass sie sein Untergang sein würde. Ihre Haut war vom Regen klamm, aber das störte ihn nicht. Wenn sie ihn berührte, wurde er hart. Es war wie ein Naturgesetz.

Sie zog ihn seitlich am Gebäude entlang und um die Ecke nach hinten, wo sie niemand sehen konnte. Als sie ihn hatte, wo sie wollte, ließ sie ihn los und fixierte ihn wütend. »Wann wolltest du es mir sagen?« Sie klang jetzt nicht mehr amüsiert, sondern stinksauer.

»Wann wollte ich dir was sagen?«

»Du lässt mich mit ihm sitzen.«

Überrascht verschränkte Tom die Arme vor der Brust. »Weißt du das von ihm?«

»Darauf bin ich auch allein gekommen. Du wirkst schuldbewusst, und du gehst mir aus dem Weg. Wolltest du mich wenigstens vorher fragen, ob ich fünftausend Kilometer mit diesem Wichtigtuer fahren will, oder tut meine Meinung nichts zur Sache?«

Himmel, nein, natürlich hatte er sie nicht fragen wollen. Wenn er sie gefragt hätte, hätte sie Nein sagen können, und er musste dieser Frau unbedingt entkommen, bevor er noch etwas Dummes tat … bevor er sie küsste oder seine Finger in ihrem nassen Haar vergrub, bevor er ihr das Trikot auszog, um herauszufinden, ob sie auch dort eine Gänsehaut hatte, und wenn nicht, ob er ihr mithilfe seiner Zunge eine machen konnte.

Er schüttelte den Kopf. Deshalb musste er weg von ihr. »Ich wollte sowieso nicht auf Dauer dableiben, Marshall, und das weißt du auch. Darauf haben wir uns in Seaside geeinigt. Ich brauche deine Erlaubnis nicht, um zu gehen.«

»Ich mag Paul nicht mal!« Sie schrie jetzt fast, ihre Wangen feuerrot.

»Mich magst du doch auch nicht.« Das war zwar Schwachsinn, aber notwendig. Sie mochte sauer auf ihn sein, aber Tom wusste, wenn er sie berührte, würde sie bereitwillig auf ihn zukommen. Und sie wusste das auch. Die Anziehung zwischen ihnen war ein Flächenbrand, der ziemlich bald seinen Zenith erreichen und sich so schnell ausweiten würde, dass sie ihn nur noch schwer stoppen könnten. Er musste gehen, bevor das geschah. Bevor er etwas tat, das er bis an sein Lebensende bereuen würde.

»Ach, Herrgott noch mal«, sagte sie entnervt. »Bist du echt so ahnungslos?« Damit stellte sie sich auf die Zehenspitzen, legte beide Hände an seinen Hinterkopf und küsste ihn.

Als er ihren Kuss erwiderte, war er nicht im Geringsten zärtlich. Sein Mund war hart und grob, seine Zunge fordernd, als sie zwischen Lexies Lippen glitt. Er hob sie hoch und drückte sie an die billige Hausverkleidung des Ladens, sein Griff um ihre Hüften so fest, dass sie blaue Flecken zurückbehalten würde. Sie schlang die Beine um ihn und hielt ihn fest, wollte ihn auf jede nur erdenkliche Art und Weise.

Sie hatte das nicht geplant. Doch als sie erkannte, dass er sie tatsächlich verlassen wollte, war ihr auf einmal klar geworden, dass sie nie herausfinden würde, was sie für ihn empfand, wenn er jetzt ginge. Sie würde nie erfahren, wie er tickte, ihn nie wieder lächeln sehen und nie herausfinden, wie sich sein Mund auf ihrem anfühlte. Das konnte sie nicht ertragen.

Das hier war viel besser, als es nicht zu wissen.

Tom stöhnte tief in seiner Kehle, und sie strich über seinen Bauch, griff nach dem Saum seines Shirts und schob es weg, um seine nackte Haut zu spüren. Sie schlang die Arme um ihn, spreizte die Finger auf seinem nackten Rücken und zog ihn so eng wie möglich an sich. Seine mächtige Erektion drückte zwischen ihre Beine, und sie neigte die Hüften etwas weiter nach oben, um ihn genau dort zu spüren, wo sie ihn wollte.

Noch nie in ihrem Leben hatte sie sich so unbesonnen verhalten, aber der Lohn dafür überstieg all ihre Erwartungen, und sie hatte nicht die Absicht, ausgerechnet jetzt in Selbstzweifel zu verfallen. Das konnte sie später tun. Jetzt wollte sie diesen Moment bis zum Letzten auskosten.

»Verdammt«, murmelte er an ihren Lippen. »Sag mir, dass ich aufhören soll.«

»Nicht aufhören«, flehte sie und rieb sich hart an ihm, bis er wieder in ihren Mund eindrang und begann, rhythmisch gegen sie zu stoßen. Eingeklemmt zwischen ihm und der Mauer war der Druck seines Körpers so heftig, dass es schmerzte, aber es war ein guter Schmerz, ein glühend heißes Feuer, das sie genau an der richtigen Stelle traf, um den prickelnden Sog eines Orgasmus zu schaffen, der auf sie zuraste.

Tom küsste sie mit der Verzweiflung eines zum Tode Verurteilten, hielt sie mit einer Hand fest, während die andere unter ihr nasses Hemd glitt, ihre Brust fand und sie in den Nippel kniff. Nicht gerade sanft, nicht einmal angenehm, doch die Berührung elektrisierte sie und schoss ihr pochend geradewegs zwischen die Beine. Sie schnappte nach Luft – ein verzweifelter, erstickter Laut, den sie noch nie aus ihrem Mund hatte kommen hören.

Tom setzte sie so jäh ab, dass er sie fast fallen ließ, und wich mit ausgestreckten Armen zurück, als hätte er Angst, sie würde ihn verfolgen und niederringen. Lexie, der Succubus. Wenn ihr nicht urplötzlich und voller Entsetzen eingefallen wäre, dass sie für ihn eine verheiratete Frau war, wäre sie beleidigt gewesen.

Er atmete heftig, den Kiefer verspannt, die Hände zu Fäusten geballt. Immer noch erregt, aber die Wut gewann jetzt die Oberhand.

»Tom …« Sie wusste nicht, was sie sagen sollte, aber irgendetwas musste sie sagen. Um sich zu entschuldigen. Um es zurückzunehmen. Um zu verhindern, dass er sie verließ.

Aber die Wahrheit konnte sie ihm nicht sagen. Nicht jetzt sofort. Wenn sie es ihm jetzt sagte, würde er nicht nur gehen, sondern vor lauter Wut wegradeln, weil sie ihn angelogen hatte.

Er schüttelte so heftig den Kopf, dass sein ganzer Körper eine einzige Verneinung war. »Ich hau ab. Du fährst mit Paul.«

»Das werde ich nicht. Wenn du gehst, fahr ich allein.«

Er explodierte. »Herrgott noch mal, Lexie! Du kannst nicht einfach machen, was du willst, wann immer du es willst. Ich bin verantwortlich für dich. Und ich kann dich nicht ohne Partner zurücklassen.«

»Du bist nicht verantwortlich für mich! Deine Schwester hat auf meine Anzeige geantwortet. Das macht dich nicht zu meinem Schutzengel.«

Er trat näher, bis er sie überragte, der zornigste Mann in Amerika. Vielleicht hätte er ihr Angst machen müssen, aber sie hatte noch nie Angst vor Tom gehabt und würde jetzt nicht damit anfangen.

»In dem Fall schon«, beharrte er. »Ich muss mir sicher sein, dass dir nichts passiert.«

»Dann bleib.« Sie trat auf ihn zu, bis sie nur noch Zentimeter trennten. Wütend starrten sie einander an, beide zu stur, um nachzugeben.

»Ich kann nicht.«

»Was da gerade passiert ist … das war …« Wieder zögerte sie. Sie wollte ihm sagen, dass es ein Fehler war, dass es nicht wieder vorkommen würde, doch das wäre gelogen. Wenn er bliebe, würde sie mit ihm schlafen. Wider besseres Wissen, nur weil sie es sich mehr als alles andere wünschte.

Sie wünschte es sich sogar noch mehr, als die Tour zu Ende zu bringen.

Der Gedanke überraschte sie. Was war nur los mit ihr? Wie war es möglich, in so kurzer Zeit so restlos den Verstand zu verlieren?

Sie musste ihn ziehen lassen.

»Was gerade passiert ist, war *falsch*«, sagte Tom. Seine Stimme war jetzt leise, fast ein Flüstern, aber er spuckte das Wort aus wie ein Schimpfwort. »Ich kann das nicht. Du musst mir versprechen, mit Paul weiterzufahren, damit ich gehen kann.«

Sie sah in seine gequälten Augen und nickte.

Und er ging.

8

Von Grangeville, Idaho, nach Dillon, Montana
Insgesamt 1.894 gefahrene Kilometer

In den nächsten vier Tagen fuhr sie allein.

Sie hatte in Lowell nach Tom Ausschau gehalten. Im Grunde hatte sie zwar nicht damit gerechnet, ihm dort zu begegnen, doch als sie ihn tatsächlich nicht fand, hatte sich in ihrer Brust ein Gefühl der Leere festgesetzt, das sie einfach nicht mehr loswurde. So ganz allein auf dem kleinen, staubtrockenen Campingplatz hatte ihr Zelt verloren und irgendwie lächerlich gewirkt.

Sie selbst fühlte sich verloren und lächerlich.

Auch Paul war nicht in Lowell aufgekreuzt, worüber sie erleichtert war. Nach tausendsechshundert Kilometern hatte sie ihre Zeltphobie überwunden und wollte lieber allein weiterfahren, als ständig den Babysitter für Paul zu spielen. Da sie wusste, wie verärgert Tom wäre, wenn er herausfinden würde, dass sie doch allein weiterfuhr, hatte sie zwar Schuldgefühle, weil sie nicht bis zum nächsten Tag auf Paul wartete, aber Tom wusste es ja nicht.

Lexie hatte keine Ahnung, was aus Paul geworden war. Höchstwahrscheinlich hatte er nach dem Trauma des Anstiegs auf den Pass beschlossen, die Etappe vorzeitig abzubrechen. Sie sagte sich, dass sie sich um ihn keine Sorgen zu machen brauchte. Er war ein erwachsener Mann und konnte auf sich selbst aufpassen. Genau wie sie.

Da sie jetzt allein fuhr, hatte sie zu viel Zeit, um über Tom nachzudenken – und über die Gefühle, die er in ihr ausgelöst hatte.

Erregung. Sexuelle Anziehung. Und was am schlimmsten war das Gefühl, dass ihr neue Möglichkeiten offenstanden – *romantische* Möglichkeiten. Dieses Gefühl hatte sie seit Jahren nicht mehr gehabt.

Seit der Pleite mit Peter hatte sie sich eingeredet, niemals mit einem Leben als Vorstadtehefrau zufrieden sein zu können. Wenn sie es sich vorstellte, tauchte vor ihrem geistigen Auge ein Bild auf, wie sie mit einer Schürze um die Taille in einer Küche stand. Obwohl das völlig absurd war, da sie nicht einmal eine Schürze besaß. Aber sie war Englischlehrerin – und die Symbolik der fiktiven Schürze war ihr durchaus bewusst. Was würde aus ihren ausgedehnten Wochenendtrips und ihren Träumen von Fahrradtouren durch Europa, Afrika und Asien werden, wenn sie heiratete? Es war unwahrscheinlich, dass sie jemanden treffen würde, mit dem sie den Rest ihres Lebens verbringen wollte *und* der ihre Leidenschaft fürs Reisen und Radeln teilte. Hier stand sie nun, mit fast dreißig, und der einzige Mann, der auf dem Fahrrad mit ihr mithalten konnte, war ihr Bruder.

Und Tom. Aber der gab nicht gerade einen geeigneten Ehekandidaten ab. Er war nicht mal als Freund geeignet. Ihrer Erfahrung nach folgten Beziehungen einem ganz simplen Drehbuch: Man fand einander anziehend, verabredete sich ein paarmal, hatte guten oder schlechten Sex, die Gefühle vertieften sich, wurden vielleicht zu Liebe, endeten aber auf jeden Fall in einer großen Enttäuschung. Ihre Gefühle für Tom passten nicht mal ansatzweise in dieses Schema. Vom allerersten Augenblick an war er ihr auf eine Art unter die Haut gegangen, die sie nicht ignorieren konnte. Aber es lief alles in einer völlig verkehrten Reihenfolge ab. Sie hatte sich zu ihm hingezogen gefühlt, bevor sie ihn überhaupt gemocht hatte, und jetzt, wo er sie im Stich gelassen hatte, konnte sie nicht mehr aufhören, an ihn zu denken. Sie hatten nie eine Verabredung gehabt, aber wochenlang fast jede Mahlzeit gemeinsam eingenommen. Und jetzt, wo sie ihn nie wiedersehen würde, war sie total in ihn verknallt.

Er war völlig falsch für sie. Selbst wenn sie auf der Suche nach einer Beziehung gewesen wäre, hätte sie sich gehütet, sich ausgerechnet für Tom zu entscheiden. Dem Mann stand seine emotionale Verschlossenheit ins Gesicht geschrieben. Er war nicht gerade ein Hauptgewinn. Er hatte mehr oder weniger zugegeben, dass er mit dem Rest der Menschheit nichts zu tun haben wollte. Und Lexie war nicht der Typ, der sich in der Abgeschiedenheit wohlfühlte, auch nicht mit einem supersexy Einsiedler, der küssen konnte wie Tom.

Aber der Kuss … Sie war nicht in der Lage, ihn zu bereuen. Dazu hatte er sich viel zu richtig angefühlt. Niemand hatte sie je geküsst wie Tom, mit einer erregenden Leidenschaft, die ihr das Gefühl gab, als könnte er in sie hineinsehen. Irgendetwas verband sie miteinander, etwas, das größer war als Sex. Und jetzt war er weg, und sie vermisste ihn.

Das gefiel ihr nicht. So hatte sie das nicht geplant. Aber so war es nun mal.

Es nagte an ihr, dass sie ihm nicht die Wahrheit gesagt hatte, als sie die Chance dazu gehabt hatte. Anfangs hatte sie ihre Notlüge, dass sie verheiratet war, unwichtig gefunden, doch im Laufe der drei Wochen, in denen sie zusammen gefahren waren, hatte die Lüge ein Eigenleben entwickelt. Sie war zu einem Schutzschild geworden, hinter dem sie sich verstecken konnte, um sich davon abzuhalten, ihre sexuelle Anziehung auszuleben. Doch dann hatte sie den Schild, ohne groß nachzudenken, fallen gelassen, und es nicht für nötig gehalten, Tom die Wahrheit zu sagen. Sie hatte nicht bedacht, was ihr unüberlegtes Handeln für ihn bedeuten würde. Die Nummer mit dem Fahrradgeschäft hatte ihm das Gefühl gegeben, unehrenhaft zu sein, und welche Schwächen Tom auch hatte, er war ein ehrenwerter Mann. Sie hatte das Gefühl, dass seine Ehre eines der wenigen Dinge war, die ihm im Leben noch geblieben waren.

Allein beim Gedanken daran war ihr zum Heulen zumute, also versuchte sie, die ganze Sache zu verdrängen.

Im östlichen Idaho gab es über eine Strecke von rund fünfundneunzig Kilometern keinerlei Serviceleistungen, sodass sie zusätzlichen Proviant und Wasser mitschleppen musste. Sie gönnte sich eine Blockhütte und ein Bad in Lolo Hot Springs und ging früh schlafen. Am nächsten Morgen überquerte sie allein die Grenze zu Montana.

Sie versuchte, nicht an Tom zu denken, aber wenn sie nur einen Moment unaufmerksam war, kam er ihr sofort wieder in den Sinn. Sie fragte sich, wie weit er ihr voraus war, wie viele Kilometer er jeden Tag schaffte. Sie fragte sich, ob er in Missoula angehalten hatte, um sich in der Zentrale der Adventure Cycling Association fotografieren zu lassen. Wahrscheinlich nicht. Wahrscheinlich hatte er keine Lust gehabt, mit irgendwelchen Leuten reden zu müssen.

Sie fragte sich, ob er überhaupt mit jemandem sprach.

Sie traf Lance in Hamilton, ein kleines Städtchen, das nur drei Straßen breit und sechs Straßen lang war und einen überraschend guten Fahrradladen und einen sehr anheimelnden schattigen Park vorweisen konnte. Sie hatte gerade einen Energieriegel gegessen, lag auf dem Rücken im Gras und beobachtete, wie die größten Wolken, die sie je gesehen hatte, über die unendliche Weite des Himmels von Montana hinwegzogen, als sie aus den Augenwinkeln ein Paar Fahrradschuhe sah und sich jemand neben sie setzte.

»TransAm?«, riet er.

»Ja.« Seit Tom weg war, brachte sie nicht mehr die Energie auf, kontaktfreudig zu sein. Es war, als hätte er sie mit seiner Verachtung für höfliche Konversation angesteckt.

»Von Osten nach Westen oder …?«

»Von Westen nach Osten.«

»Ich auch. Bist du allein unterwegs?«

Am liebsten hätte sie verneint, aber die Lüge wäre leicht zu durchschauen gewesen. Zudem war sie sich inzwischen schmerzlich bewusst, dass Ehrlichkeit die beste Strategie war.

»Ja.«

»Wie weit willst du heute noch kommen?«

»Über den Chief Joseph Pass bis nach May Creek.«

Er stieß einen bewundernden Pfiff aus. »Du machst keine halben Sachen.« Etwa dreißig Zentimeter über ihrer Nase erschien seine Hand. Sie wusste nicht so recht, ob sie sie schütteln sollte, daher zog sie den Kopf ein, rollte sich zur Seite und setzte sich auf.

»Ich bin Lance«, sagte der Typ mit einem gewinnenden Lächeln.

Der Name passte zu ihm: großspuriges Grinsen samt Grübchen, Zweitagebart und sonnengebräunte Haut. Er war ein schöner Mann, wirkte aber recht kompakt, ähnlich wie Filmstars, die im wahren Leben zwar so umwerfend aussahen wie auf der Leinwand, aber viel kleiner erschienen.

Seltsamerweise glänzte er.

»Warum glänzt du so?«

Lachend fuhr er sich durch seine Wuschellocken. »Hier die Straße rauf gibt eine Frau namens Linda auf dem Kunsthandwerkermarkt Wahnsinnsmassagen. Da konnte ich nicht widerstehen.« Es war der 4. Juli, und überall in der Stadt waren Festlichkeiten im Gange.

»Aha.« Das war nicht ganz so merkwürdig wie einige der Erklärungen, die ihr in den Sinn gekommen waren. »Ich bin Lexie.«

»Freut mich, dich kennenzulernen, Lexie. Bleibst du noch bis zur Parade?«

»Wann fängt sie denn an?«

»Etwa in einer Stunde. Und danach gibt's noch eine Eiscremeparty.«

Sie wollte eigentlich nur die Tour fortsetzen, und zwar

allein, aber sie wusste, dass es ihr nicht guttun würde, in Selbstmitleid zu zerfließen.

Außerdem musste sie lernen, ein wenig lockerer zu werden. Der Typ hier hatte sich auf dem Kunsthandwerkermarkt eine Massage gegönnt und blieb noch, um an einer Eiscremeparty teilzunehmen. Vielleicht konnte er ihr ein paar Tipps geben.

»Klar, warum nicht?«, hatte sie also gesagt.

An jenem Abend schaffte sie es nicht mehr bis May Creek. Stattdessen sah sie sich mit Lance die winzige Nationalfeiertagsparade an, schleckte Eis und plauderte mit den Einheimischen übers Radfahren und über Wildpferde. Von Lance ermutigt, kaufte sie auf dem Kunsthandwerkermarkt einen Cowboyhut aus Stroh, tanzte Line Dance in der einzigen Bar in Hamilton und schlug im Garten von Linda der Masseurin ihr Zelt neben seinem auf.

Alles in allem hatten sie an dem Tag eine Menge Spaß.

Es war zugleich ein guter Vorgeschmack darauf, wie eine Fahrradtour mit Lance aussehen würde. Er war eine wandelnde Bike-Party, so ziemlich das genaue Gegenteil von Tom. Er konnte einen Fischadler nicht von einer Amsel unterscheiden, und als sie die nordamerikanische kontinentale Wasserscheide überquerten, machte ihr seine vorsichtig-neutrale Reaktion auf ihre freudigen Ausrufe unmissverständlich klar, dass er in Geologie nicht einmal über Grundkenntnisse verfügte.

Tom hatte viel gewusst über all das – wenn man ihn zum Reden bringen konnte.

Doch dass Lance nicht der Hellste war, machte er mit

seinem unbekümmerten Charme und seiner Abenteuerlust wieder wett. Er fand bei jedem Stopp neue Freunde. Meist waren es interessante Menschen, die ihnen anboten, ihnen zu Pferde die Gegend zu zeigen, oder die sie abends zu selbst gemachten Chimichangas oder dem besten Rootbeer in Montana einluden. Und wenn sie im Sattel unterwegs waren, fuhren sie schnell und schafften Lexies angepeilte Ziele mühelos.

Es gab da nur ein Problem: Er flirtete ständig mit ihr. Sie wünschte, sie hätte *ihm* vorgeflunkert, dass sie einen Freund oder Ehemann hatte, aber sie war ehrlich zu ihm gewesen, und er wusste, dass sie Single war. Im Grunde hätten seine Aufmerksamkeiten ihr schmeicheln sollen. Lance war ein gut aussehender Typ, auch wenn er mit seinen fünfundzwanzig ein bisschen zu jung für sie war. Unter normalen Umständen hätte sie vielleicht an jenem ersten Abend in Hamilton mit ihm geschlafen, als er im Garten der Masseurin einen Annäherungsversuch gestartet hatte.

Aber das hatte sie nicht getan. Trotz aller Bemühungen konnte sie nämlich nicht aufhören, an Tom zu denken. Der Idiot hatte sie für alle anderen Männer verdorben.

Genau davon hatte er die ganze Zeit geträumt: Montana erstreckte sich weit vor ihm, sein Rad rollte einen Pass nach dem anderen hinauf und hinunter, blauer Himmel, Stille. Nachdem er Lexie zurückgelassen hatte, campte er wild und sprach vier Tage mit keiner Menschenseele.

Es hätte friedlich sein müssen. Stattdessen war es einsam.

Sich einsam zu fühlen, war neu für ihn, und es gefiel ihm nicht besonders. Es deutete auf eine Abhängigkeit hin, und damit fühlte er sich unwohl nach so vielen Jahren allein. Doch er konnte es auch nicht leugnen. Sich selbst in die Tasche zu lügen, ergab wenig Sinn, wenn man sich Tag für Tag, Kilometer für Kilometer nur mit sich selbst und seinen Gedanken beschäftigte.

Nein, die Wahrheit war: Er vermisste Lexie. Er vermisste den Klang ihrer Stimme, die Art, wie sie mit dem Typen, der an der Kasse ihre Lebensmittel bongte, ein Gespräch anfing oder den Campingplatzmanager für sein gepflegtes Grundstück lobte. Verdammt, er vermisste es sogar, ihre Telefongespräche mit ihrem Mann mit anzuhören. Es hatte ihn eifersüchtig gemacht, wie mühelos James sie zum Lachen brachte, wie ungezwungen sie ihn aufzog. Aber irgendwie war es auch schön gewesen, zu wissen, wie sie klang, wenn sie sich unbeobachtet fühlte und einhundert Prozent die echte Lexie war.

Bei Tom hatte sie nur selten so geklungen – am denkwürdigsten in den wenigen Minuten, bevor er sie verlassen hatte, als er sie an die Wand gedrückt und besinnungslos geküsst hatte.

Die Erinnerung daran ließ sich nicht abschütteln. Der ekstatische Ausdruck in ihrem Gesicht, ihr heißer Körper, der sich an seinen presste, der kehlige Klang ihrer Stimme. Jeden Tag erlebte er es im Geiste hundertmal aufs Neue, und jedes Mal kam er zu demselben Schluss: Er hätte ihren Kuss niemals erwidern dürfen. Er hätte sie niemals berühren dürfen. Als er es erst einmal getan hatte, war ihm keine andere Wahl geblieben, als zu gehen, weil ihn sonst nichts davon abgehalten hätte, es wieder zu tun.

Prinzipien waren was für Trottel. Diese Lektion hatte er vor sechs Jahren gelernt. Und jetzt lernte er sie noch einmal. Wenn er nicht so ein Trottel wäre, hätte er Lexie haben können – wenigstens für eine Weile –, und er war sich ziemlich sicher, dass Lexie ihn viel glücklicher machen würde als seine Prinzipien.

Aber er war nun mal, wer er war, und wenn er etwas daran ändern könnte, hätte er es schon vor langer Zeit getan. Deshalb sah er zu, wie sein Vorderrad den Asphalt fraß, und radelte jeden Tag so stramm und so weit er konnte. Dabei versuchte er, an nichts zu denken – und scheiterte.

Als er Dillon erreichte, Heimat der University of Montana Western, wo ansonsten nicht viel los war, hatte er die Endlosschleife aus Sehnsucht und Selbstvorwürfen in seinem Kopf so satt, dass er Taryn anrief.

»Ich stehe vor dem Patagonia-Outlet-Store und frage mich, was du dir zum Geburtstag wünschst«, sagte er, als sie ranging.

»Mein Geburtstag ist erst in drei Monaten.«

»Ja, aber du liebst diese Sachen, und hier sind sie preiswert.«

»Du klingst komisch. Was ist los mit dir?«

Er hatte ihr noch nie etwas vormachen können. Ihm war entfallen, wie unangenehm das tatsächlich war. »Nichts, mir geht's gut.«

»Okay. Wie verstehst du dich mit Lexie?«

»Gar nicht. Wir haben uns getrennt.«

»Ach, Tom«, sagte Taryn und klang enttäuscht. »Was hast du gemacht?«

»Warum glaubst du, dass es meine Schuld war?«

»Weil ich gemerkt habe, dass du sie mochtest, und normalerweise lässt du es nicht zu, jemanden zu mögen.«

»Wie auch immer«, murmelte er und wusste nicht so recht, warum er sich gegen dieses Eingeständnis wehrte. Natürlich mochte er sie. Das war sein ganzes Problem.

»Komm schon, gib's einfach zu. Sag mir, dass du sie magst. Das wird mir den Tag verschönern.«

»Na schön. Ich mag sie. Bist zu jetzt zufrieden?«

»Nein, weil du es offensichtlich vermasselt hast. Wieso fahrt ihr nicht mehr gemeinsam?«

Seufzend lehnte er sich an die Hauswand. »Sie ist verheiratet.«

Dieses Detail hatte er Taryn bisher verschwiegen. Die Neuigkeit verschlug ihr sekundenlang die Sprache – wahrscheinlich ein Rekord. »Nein«, sagte sie schließlich.

»Doch.«

»Sie hat in ihren Mails nie erwähnt, dass sie verheiratet ist.«

»Sie hat auch nie erwähnt, dass sie eine Frau ist. Und du übrigens auch nicht.«

»Du hast ja recht. Aber es ist einfach seltsam.« Taryn klang immer noch zweifelnd, als wollte sie nicht an die Existenz von James Marshall glauben, bevor Tom ihr den Beweis lieferte. »Wann hat sie dir das gesagt?«

»Bei unserem Kennenlernen. Am Strand von Seaside.«

»Als du dich wie ein Arsch verhalten hast?«

»Ja. Danke, dass du mich daran erinnerst.«

»Sag mir genau, was sie gesagt hat.«

Tom rieb sich mit der Hand übers Gesicht und wünschte sich, er hätte sie nicht angerufen. Taryn war jetzt im Pit-Bull-Modus, und er wusste, dass er aus dieser Nummer nicht wieder rauskommen würde, bevor sie das Problem nicht gründlich analysiert hatte. Den Rücken an die kühlen Keramikfliesen der Ladenfassade gepresst, ließ er sich langsam zu Boden sinken.

»Ich weiß nicht mehr so genau.«

»Dann eben nur sinngemäß.«

Tom dachte an den Morgen am Strand zurück. Er hatte Lexie erklärt, warum er nicht mit ihr fahren wolle, und sie hatte geantwortet, dass sie nur jemanden brauche, neben dem sie nachts ihr Zelt aufschlagen könne. Und dann hatte er gesagt …

Oh Mann, hatte er das wirklich gesagt? Was war er nur für ein Arsch.

»Ich hab ihr gesagt, dass ich nicht mit ihr schlafen würde.«

»Galant.«

»Danke. Und daraufhin erwiderte sie, dass ihr Ehemann sich freuen würde, das zu hören.«

»Hm-hm. Hast du denn mit ihr geschlafen?«

»Was? Nein.« Der abrupte Themenwechsel überraschte ihn, aber das Dementi kam automatisch.

»Aber du würdest gern.« Auf rhetorische Fragen brauchte er nicht zu antworten. »Und was hat sie dir sonst noch von ihrem Mann erzählt?«

Tom durchforstete seine Erinnerungen an die Wochen mit Lexie und fand … »Nichts.«

»Nichts?«

»Absolut nichts. Sie hat manchmal mit ihm telefoniert, aber nie ein Wort über ihn verloren.«

Wenn er es sich recht überlegte, war das wirklich ein bisschen komisch.

»Trägt sie einen Ring?«

»Nein, aber ich dachte, das wäre wegen der Tour. Dass sie ihn nicht verkratzen oder im Abfluss einer Campingplatzdusche verlieren wollte.«

Taryn fing an zu lachen, und er hätte fast aufgelegt. Wenn er nicht hätte wissen wollen, worüber sie lachte, hätte er es getan.

»Hältst du irgendwann mal die Klappe und sagst mir, was so lustig ist?«

Sie schnaufte ins Telefon. »Ich liebe dich über alles, aber du kannst echt ein Idiot sein. Noch mal zum Mitschreiben: Lexie ist nicht verheiratet. Sie war bloß sauer auf dich, weil du so ein Arsch warst, dass du drei Minuten nach eurem Kennenlernen angedeutet hast, dass sie dir an die Wäsche wollte. Deshalb hat sie einen Ehemann erfunden.«

»Das kannst du gar nicht wissen.«

»Ich weiß es aber. Verheiratete Frauen sprechen über ihre Männer. Glaub mir, ich hab viele verheiratete Freundinnen, und die meisten ihrer Geschichten beginnen mit: ›Frank tut dies, Bob tut das, ich hab Rich das und das gesagt‹. Sie hören gar nicht mehr damit auf. Ich wette mit dir um fünfzig Mäuse, dass Lexie nicht verheiratet ist.«

Die Wette würde er nur allzu gern verlieren. »Wozu? Ich werde sie nicht wiedersehen. Ich weiß nicht mal, wo sie jetzt ist.«

»Klar weißt du das, mein Schatz. Sie fährt auf dem Trans-America Trail nach Osten. Wie schwer kann es sein, sie zu finden? Du brauchst nur zu bleiben, wo du bist, und auf sie zu warten.«

Da war was dran.

Aber er würde nicht auf Lexie warten. Er vermisste sie, klar, und er war scharf auf sie. Aber verheiratet oder nicht, sie war ohne ihn in ihrem Leben besser dran.

»Ich kann dich hören«, sagte Taryn.

»Ich hab nichts gesagt.«

»Stimmt, aber ich höre, wie die Räder sich in deinem strohdummen Schädel drehen. Du redest dir gerade aus, einen Versuch bei ihr zu wagen. Aber irgendwann solltest du es vielleicht mal in Erwägung ziehen, etwas zu tun, das dich wieder glücklich macht. Denn es ist jetzt sechs Jahre her, und sechs Jahre Trübsal blasen sind eine echt lange Zeit.«

Gott, nicht das schon wieder. »Taryn …«

»Versteh mich nicht falsch. Ich glaube an dich. Ich glaube, du hast das Zeug dazu, noch ein paar Jahrzehnte mit dem Trübsalblasen weiterzumachen, vielleicht sogar für den Rest deines Lebens. Ich finde nur, du solltest mal deine Erinnerungen durchforsten und eine Liste mit den Sachen erstellen, die du wirklich falsch gemacht hast, um diese ewigen Qualen zu verdienen. Denn *mir* fällt kein einziger Grund ein. Soweit ich mich erinnere, warst *du* der Gute. Du verdienst ein bisschen Glück.«

»Ich lege jetzt auf.«

»Ja, klar, okay. Verbotenes Thema. Schon kapiert. Pass auf dich auf, kleiner Bruder. Geh und hol dir dein Mädchen.«

Er unterbrach die Verbindung, ließ das Telefon fallen und raufte sich die Haare.

Dann stieg er auf sein Rad und fuhr weiter nach Osten.

9

Von Dillon, Montana, nach West Yellowstone, Montana
Insgesamt 2.132 gefahrene Kilometer

238 Kilometer. So weit fuhr er, bis er endlich aufgab und sich eingestand, dass er es genau wissen musste.

Taryn lag sicher falsch. Lexie war bestimmt verheiratet.

Doch ein Teil von ihm, der zwanghafte Teil, der ihn jede verdammte Sekunde mit Gedanken an Lexie quälte, verlangte von ihm, es herauszufinden.

Deshalb hielt er in Yellowstone an, suchte sich einen Campingplatz und wartete. Er umkurvte in langsamen Schleifen den Park und suchte einen Zeltplatz nach dem anderen nach ihrem albernen kleinen Zelt ab. Sogar die Campingplätze, von denen er wusste, dass sie dort sicher nicht sein würde, und auch wenn ihm klar war, dass sie noch gar nicht hier sein konnte. Er konnte nicht anders. Er konnte nicht stillsitzen.

Als er am dritten Nachmittag zu seinem Campingplatz zurückkam, entdeckte er ihr Zelt ein paar Stellplätze weiter von seinem. Es hatte dieselbe kleine US-Flagge an der Zelttür, deshalb musste es Lexies sein. Doch sie war nicht allein. Neben ihrem Zelt stand noch eins, das offenbar dem blonden Typen in Radlerhosen gehörte, der an dem Picknicktisch daneben stand. Der Typ winkte ihn mit einem trägen Grinsen zu sich heran.

»Hey, fährst du die TransAm? Wir auch. Willst du einen Müsliriegel? Du solltest bleiben und mit uns abhängen. Lexie lernt für ihr Leben gern andere Radfahrer kennen.«

Zu dem Zeitpunkt fuhr Toms Rad so langsam, dass er nur anhalten oder umfallen konnte, also setzte er rasch einen Fuß ab. Und dann starrte er den Typen nur an und fragte sich, wer zum Teufel das war und wo Paul abgeblieben war.

Und was sollte dieses »wir«? Es klang für Toms Geschmack viel zu vertraut.

»Wo ist sie?«

»Wer, Lexie? Sie duscht gerade. Warum, kennst du sie?«

Bildete er sich das nur ein, oder war Blondie leicht unterbelichtet? Er war ganz bestimmt nicht Lexies Typ.

»Ja, ich kenne sie. Wo ist Paul abgeblieben?«

»Wer ist Paul?«

Vielleicht war es ein Fehler gewesen, sie in Pauls Obhut zu lassen. Er hätte sich wahrscheinlich denken können, dass sie zu eigensinnig war, um bei ihm zu bleiben. Aber das hatte er nicht, und jetzt war sie mit diesem Kerl unterwegs. Einem Kerl, den er nicht ausstehen konnte, auch wenn er ihn erst dreißig Sekunden kannte.

»Egal. Wir sind vor einer Weile zusammen gefahren.«

»Cool«, sagte Blondie und hielt ihm die Hand hin. »Ich bin Lance.«

»Tom.« Er stieg ab, schüttelte ihm die Hand und stellte erfreut fest, dass er den kleinen Scheißkerl jederzeit im

Armdrücken schlagen könnte. Zudem war er gute fünfzehn Kilo schwerer als Lance. Nicht, dass es eine Rolle spielte, aber trotzdem gut zu wissen.

»Ihr zwei seid also ein paar Tage zusammen gefahren?«

»Ungefähr drei Wochen. Von Oregon aus.«

»Ach, der bist du. Sie hat von dir gesprochen.« Lance wirkte nicht mehr ganz so erfreut, ihn kennenzulernen.

Tom wusste nicht so recht, ob er wissen wollte, was Lexie über ihn gesagt hatte, aber wenigstens hatte sie ihn nicht totgeschwiegen.

Lance runzelte die Stirn. »Willst du wieder mit ihr fahren? Denn wenn ja, ist es okay – je mehr, desto besser –, aber du musst wissen, dass sie vergeben ist.«

Tom drehte sich der Magen um, und er musste die Hände tief in den Taschen vergraben und sich zwingen, dem kleinen Scheißkerl nicht eine aufs Maul zu hauen. Erst musste er herausfinden, ob er die Wahrheit sagte. Er musste wissen, ob Lexie ihn wirklich mochte.

»Schläfst du mit ihr?« Er presste die Frage zwischen den Zähnen heraus, da ihm die Fähigkeit abhanden gekommen war, den Kiefer zu bewegen.

Lance grinste, und Tom grub die Fingernägel so fest in seine Handflächen, dass sie Abdrücke hinterließen. »Noch nicht, Mann, aber ich hab eine Flasche Wein und einen Schlachtplan. Heute Abend ist es so weit. Ich warte schon seit Hamilton darauf, bei ihr zu landen, aber die Vorfreude macht es umso süßer.«

Er musste sich bewegen oder den Kerl umbringen. Das eine oder das andere. Deshalb lief er ruhelos auf dem staubtrocknen Boden hin und her, bis er wieder gleichmäßig atmen konnte. »Hat sie dir gesagt, dass sie verheiratet ist?«

Das Grinsen des Typen erstarb. »Nein, sie hat gesagt, sie sei Single. Ist sie echt verheiratet?«

In dem Moment starb Toms Hoffnung. Taryn hatte recht gehabt. Lexie war nicht verheiratet. Und das hieß, wenn Lexie etwas von ihm gewollt hätte, hätte sie ihm die Wahrheit gesagt.

Stattdessen hatte sie es Lance gesagt.

Bei dem Gedanken an sie mit diesem Arschloch wurde ihm sterbenselend, doch wenn Lexie sich für ihn entschieden hatte, hatte Tom kein Recht, ihr im Wege zu stehen.

»Nein, ich glaube nicht«, antwortete er.

Mit einem erleichterten Seufzer stand Lance auf und streckte sich. »Gut. Ich geh dann auch mal duschen. Muss mich ja hübsch machen für heute Abend.«

Als Lance ihm dabei zuzwinkerte, brachte das das Fass zum Überlaufen. Tom trat mit großen Schritten auf ihn zu, bis er den kleinen Einfaltspinsel überragte. »Wenn du sie betrunken machst und dazu bringst, etwas zu tun, was sie hinterher bereut, trete ich dir die Fresse ein«, warnte er ihn.

Lance schluckte sichtlich, wich aber nicht zurück. »Nimm die Pfoten weg, Mann.«

Tom bemerkte, dass er Lances Arm so fest drückte, dass seine Fingerknöchel weiß waren. »Ist das klar?«, fragte er mit vor Wut rauer Stimme.

»Sonnenklar.«

Tom ließ die Hand sinken, wischte sich die Handfläche an seinem Shirt ab und trat einen Schritt zurück. »Gut.«

Lance lächelte wieder, doch diesmal verhöhnte er ihn. »Sie wird es nicht bereuen. Das tun sie nie.« Damit drehte er sich um und schlenderte pfeifend zu den Duschräumen.

Angewidert von sich selbst kehrte Tom zu seinem Zelt zurück. Wenn er vernunftbegabt wäre, würde er sich auf sein Rad schwingen und so schnell wie möglich weiter nach Wyoming fahren. Stattdessen würde er bleiben, um sich zu vergewissern, dass Lexie in Sicherheit war. Und um sich von ihr höchstpersönlich ein Messer ins Herz rammen zu lassen.

Es war ein Fehler gewesen, das Kleid anzuziehen. Das wurde ihr jetzt klar. Sie hatte es gekauft, als sie am Patagonia-Outlet-Shop haltgemacht hatten. Es war nichts Ausgefallenes, bloß ein schlichtes T-Shirt-Kleid mit V-Ausschnitt, doch nachdem sie einen Monat lang dieselben zwei T-Shirts und Shorts getragen hatte, war es eine angenehme Abwechslung.

Ihre Ankunft in Yellowstone war ein großer Moment, und als Lance vorgeschlagen hatte, in der Roosevelt Lodge zu Abend zu essen, statt sich Dosenfraß aufzuwärmen wie geplant, hatte sie sich zur Feier des Tages in das Kleid geworfen.

Leider hatte Lance das völlig falsch verstanden. In den letzten Tagen hatte er noch intensiver mit ihr geflirtet und sich völlig blind und taub gestellt gegenüber ihren vorsichtigen Versuchen, ihn abzuweisen. Das Kleid schien für ihn nun die berühmte Signalflagge zum Start des Rennens zu sein. Während des gesamten Abendessens baggerte er sie an, als wären sie die letzten Menschen auf der Welt und müssten den Planeten neu bevölkern. Er sagte ihr, dass sie hübsch aussehe. Er versuchte, sie mit Häppchen von seinem Teller zu füttern. Sie gab sich alle Mühe, das Gespräch wieder auf neutralen Boden zu lenken, aber nichts funktionierte.

Es sah so aus, als müsste sie den Typen loswerden. Sie tat es nur ungern, weil er ein recht guter Tourenpartner gewesen war. Aber sie hatte es langsam satt, alle fünf Minuten angemacht zu werden, und sie würde es sich auch sicher nicht noch anders überlegen. Es gab nur einen Mann, mit dem sie schlafen wollte, und der war wahrscheinlich schon in Colorado.

Beim Gedanken an Tom zog sich ihre Brust wie immer schmerzlich zusammen. Auf dem Weg zurück vom Duschen hatte sie ein Zelt gesehen, das so aussah wie seins, und eine halbe Minute lang hatte sie sich die Hoffnung erlaubt, dass er vielleicht, nur vielleicht, hier wäre. Vielleicht hatte er auf sie gewartet.

Aber sie hatte sich gezwungen, realistisch zu bleiben und nicht rüberzugehen, um das Zelt in Augenschein zu nehmen, das zu dem Zeitpunkt eindeutig leer stand. Tom hatte ein gängiges Zeltmodell, und außerdem konnte sie nicht den Rest der Strecke durchs Land fahren und ständig auf ein Wiedersehen hoffen. Auf diese Art und Weise würde sie sich selbst verrückt machen. Sie musste sich einfach damit abfinden, dass sie ihn mit ihrer eigenen Dummheit vertrieben hatte.

Auf dem Zeltplatz machte Lance ein Feuer und lockte sie mit einer Tüte Marshmallows und zwei angespitzten Stöcken zu sich. Während er seinen Marshmallow ankokelte und das klebrige Zeug von seinem Stock aß, hockte Lexie neben ihm auf einem der Holzklötze an der Feuerstelle und drehte ihren Stock geduldig in regelmäßigen Abständen, bis der ganze Marshmallow einheitlich goldbraun war. Es dauerte zwar eine Weile, aber es war die Mühe wert. Bei einem perfekt gerösteten Marshmallow ging es um den Kontrast: das knackige, papierähnliche Äußere brachte die heiße, klebrige, zuckrige Masse innen drin erst richtig zur Geltung.

Dann zauberte Lance Plastikgläser und eine Flasche Wein hervor und entkorkte sie schwungvoll. Mist! Das Ganze hier war ein Verführungshinterhalt, und sie war geradewegs hineingetappt. Jetzt musste sie einen Weg finden, um Lance davon zu überzeugen, dass sie kein Interesse an ihm hatte; im Idealfall, ohne seine Gefühle zu verletzen. Immerhin hatte er sich sehr viel Mühe gegeben.

Zehn Minuten später beschloss sie, dass es okay wäre, wenn sie seine Gefühle verletzen musste. Der Typ hatte so viele Hände wie eine Krake Arme und schien kein Nein zu akzeptieren. Wenn er ihr noch einmal beiläufig den Arm um die Schultern legte oder ihr nacktes Knie berührte, würde sie ihm ernsthaft eine scheuern.

Sie hob seine Hand von ihrem Bein und ließ sie wieder in seinen Schoß fallen. »Hör zu, ich weiß nicht, wie oft ich es dir noch sagen muss, aber …«

Lance schnitt ihr mit einem Kuss das Wort ab und schob ihr seine Zunge zwischen die Zähne, bevor sie überhaupt reagieren konnte. Sobald sie zu Sinnen kam, zog sie den Kopf zurück und stieß ihn mit der Hand ohne Marshmallow-Stock so heftig von sich, wie sie nur konnte.

»Finger weg!«, rief sie. »Was soll das?«

Er wagte einen weiteren Vorstoß und schlang den Arm um ihre Schultern. »Komm schon, Lexie, hör auf, dich zu zieren.«

Während sie versuchte, sich aus seiner Umklammerung zu befreien, leckte er an ihrem Hals, was sie so erotisch fand, wie von einem Hund vollgesabbert zu werden. Die ganze Zeit drängte seine Hand zwischen ihre Schenkel.

»Wenn du jetzt nicht deine Pfoten wegnimmst, schreie ich, und höre erst auf, wenn du wegen Vergewaltigung festgenommen worden bist.« In der Hoffnung, Aufmerksamkeit zu erregen, sagte sie ihre Drohung so laut, wie sie konnte, doch auf Lance schienen ihre Worte keinen erkennbaren Effekt zu haben. Daher stieß sie ihm zusätzlich noch den Marshmallow-Stock in den Schritt.

»Au! Scheiße!«, rief Lance und zog sich zurück. Dadurch bekam sie die Arme frei und stieß ihn prompt vom Holzklotz, sodass er auf dem Rücken im Staub landete.

Als er sich auf die Ellbogen hochrappelte, sprang sie auf. »Was hast du für ein Problem?«, schrie Lance, als hätte sie ihn grundlos attackiert.

»Ich würde sagen, *du* bist ihr Problem.« Die Stimme kam von außerhalb des Lichtkreises, den das Lagerfeuer warf. Toms Stimme.

Sie drehte sich nach ihm um. Die ernste Miene halb im Dunkeln verborgen sah er aus wie aus Granit gemeißelt. Er strahlte angespannte Aggression aus und hatte die Hände zu Fäusten geballt. Der zornige Tom in Höchstform.

Lexie war noch nie im Leben so glücklich gewesen, einen anderen Menschen zu sehen.

»Alles klar, Lexie?«

»Wo kommst du denn her?«

»Mein Zelt steht da drüben«, erklärte er und zeigte in die Richtung, in der sie es vorhin gesehen hatte. »Es klang, als würde das Arschloch dich belästigen.« So wie er die Faust in seiner Handfläche rieb, sah es aus, als wollte er dagegen etwas unternehmen.

Die Hände in einer klassischen Kapitulationsgeste erhoben, setzte Lance sich auf. »Okay … hör zu, Tom. Das ist alles nur ein Missverständnis.«

»Du kennst ihn?« Sie sprach zu Lance, doch die Frage war an Tom gerichtet, der sie auch beantwortete.

»Ich hab ihn kennengelernt, als ich vorhin vorbeikam. Hat er dir nichts davon erzählt?«

Sie schüttelte fassungslos den Kopf. Wenn sie gewusst hätte, dass Tom hier war, hätte sie … Was? Zumindest versucht, die Dinge richtigzustellen. Jedenfalls hätte sie ganz sicher nicht mit Lance Marshmallows gegessen.

Dann sickerte die Bedeutung von Lances Worten zu ihr durch, und sie wirbelte zu ihm herum. »Ein Missverständnis? Du … du …« Ihr fiel kein schlimmes Schimpfwort ein, das ihm auch nur ansatzweise gerecht geworden wäre.

»Du mieses, opportunistisches, charakterloses Stück Scheiße?«, schlug Tom vor.

»Genau!«, stimmte Lexie zu. Und dann überraschte sie sich selbst, indem sie in Tränen ausbrach.

Sie weinte nicht oft. Sie versuchte damit aufzuhören, aber die Tränen flossen trotzdem. Als sie sich mit dem Handrücken über die Augen wischte, schmierte sie sich Marshmallow ins Gesicht, und das brachte sie nur noch mehr zum Weinen.

Tom trat näher und zog sie an seine Brust. Er war starr vor Wut, aber auch warm, und er roch nach seiner vertrauten würzigen Seife. Dankbar lehnte sie sich an ihn und wischte ihr klebriges Gesicht an seinem T-Shirt ab, während er die Hände auf ihr Kreuz legte. Trotz ihrer Verwirrung entging ihr nicht, wie gut es sich anfühlte, wie richtig.

»Hat er dir wehgetan?«

»Nein, verdammt«, protestierte Lance. »Ich hab nicht …«

»Halt's Maul«, warnte Tom ihn in einem Ton, der keinen Zweifel daran ließ, dass er nicht in der Stimmung war, auch nur ein weiteres Wort zu hören.

Und Lance hielt tatsächlich den Mund. Es war faszinierend – anscheinend fand Lance den zornigen Tom viel Furcht einflößender als sie. Obwohl das in dem Fall wohl auch besser war. Sie hatte den Eindruck, dass Tom Lance sein hübsches Näschen brechen würde, wenn er auch nur noch eine falsche Bewegung machte.

»Alles okay«, versicherte sie ihm. »Es ist nur … Ich freue mich, dich zu sehen.«

Er nahm es mit einem brüsken Nicken zur Kenntnis. »Was willst du mit ihm machen?«

»Hm?« Sie verstand zwar die Worte, aber nicht, was er damit sagen wollte.

»Am liebsten würde ich ihn umbringen, aber ich sage mir ständig, dass ich das nicht tun sollte, weil ich nicht wieder vor Gericht landen will. Deshalb könnte ich ihn vielleicht nur krankenhausreif schlagen und es dabei bewenden lassen. Oder du machst es selbst. Du hast dich auch ohne meine Hilfe wacker geschlagen.«

Dabei lächelte er ein wenig, und sie strich ihm in einer raschen, verstohlenen Liebkosung durchs Haar. Es war schwer, sich auf das Gespräch zu konzentrieren, während sie nur seine Augen, seine Wangenknochen, seine Lippen und sein Kinn ansehen wollte, um sich zu vergewissern, dass Tom tatsächlich bei ihr war und mit ihr sprach.

»Lex?«

»Tu ihm nicht weh. Ich bin Pazifistin.«

Er seufzte. »Natürlich. Willst du weiter mit ihm fahren?«

Sie schnitt eine Grimasse. Selbst wenn Tom nicht aufgekreuzt wäre, könnte sie Lances Gesellschaft keine weitere Sekunde ertragen. »Nein. Ich will mit dir fahren.«

Tom lächelte erfreut, bevor er wieder seine ernste Miene aufsetzte. »Dann darf ich ihn also zum Teufel jagen?«

»Jetzt?« Es war dunkel, und bei Dunkelheit zu fahren wäre zu gefährlich. »Kann das nicht bis morgen warten?«

Er machte eine halblaute Bemerkung, die sie nicht verstand. Wahrscheinlich war es besser so, denn es hatte nicht gerade höflich geklungen.

»Tom?«

»Na schön«, brummte er. Er wandte sich an Lance, der ihre Diskussion konsterniert verfolgt hatte. »Du verschwindest bei Sonnenaufgang«, verkündete Tom. »Und spute dich lieber, denn wenn ich dich jemals wiedersehe, wird es dir leidtun.«

Dann nahm er Lexie bei der Hand und führte sie vom Lagerfeuer weg. »Komm mit, Lex. Du schläfst bei mir.«

10

Tom führte sie in sein Zelt. Er suchte seine Stirnlampe, knipste sie an und hängte sie an eine Schlaufe an der Decke, von wo sie ein schwaches Licht auf seine vertrauten Habseligkeiten warf. Lexie zog ihre Schuhe aus und hockte sich im Schneidersitz auf Toms Schlafsack. Sie fühlte sich auf einmal unsicher und verlegen.

Komm mit, Lex. Du schläfst bei mir. Sie hätte nur zu gern gewusst, was genau er damit gemeint hatte. Aber welcher Funke Unverfrorenheit sie in Idaho auch dazu bewogen hatte, sich ihm in die Arme zu werfen, war schon lange verloschen, und die Welle aus Emotionen, die ihr am Lagerfeuer erlaubt hatte, das Gesicht an seine Brust zu schmiegen, war ebenfalls verebbt. Sie sah zu, wie Tom den Reißverschluss des Zelteingangs zuzog, ein paar der Zeltklappen neu arrangierte und sich schließlich ihr gegenüber hinhockte.

Einer von ihnen musste etwas sagen. Das sollte wahrscheinlich sie sein. Sie hatte sowieso immer am meisten geredet. Aber es fiel ihr schwer zu entscheiden, wo sie anfangen sollte. Sie hatte ihn wochenlang angelogen und war hinter dem Fahrradgeschäft ziemlich über ihn hergefallen. Und jetzt hatte er sie mit Lance angetroffen, nachdem sie ihm versprochen hatte, mit Paul zu fahren – und Lance hatte sich nicht gerade als Ritter ohne Furcht und Tadel entpuppt. Sie wollte sich gar nicht ausmalen, was er jetzt von ihr hielt, aber sie selbst fand sich ganz schön widerlich.

Sie konnte genauso gut mit dem Naheliegenden beginnen. »Was machst du hier?«

Er parierte mit einer Gegenfrage. »Wer ist James?«

»Er ist mein Bruder. Tut mir leid.«

Toms Lippen zuckten belustigt. »Das braucht dir nicht leidtun. Aus meiner Sicht ist das keine so schlechte Nachricht.«

Sie senkte den Blick, während sie versuchte, eine angemessene Entschuldigung zu formulieren. Ihr fiel nichts Brillantes ein. Sie sah wieder zu ihm auf. »Legen wir die Karten auf den Tisch?«

Er nickte.

»Ich wollte nicht mit dir schlafen. Und die beste Methode, um es zu verhindern, war, mich als verheiratete Frau auszugeben. Aber es war feige von mir, dir nicht die Wahrheit zu sagen, und es tut mir leid, dass ich dir das Gefühl gegeben habe, dass du etwas falsch gemach hast.«

Eine tiefe Falte erschien zwischen seinen Augenbrauen, und er runzelte die Stirn. »Nur damit ich es richtig verstehe: Du willst zwar mit mir schlafen, aber du willst es nicht wollen?«

Sie nickte.

»Warum nicht?« Als sie nicht gleich antwortete, erinnerte er sie: »Karten auf den Tisch, Marshall.«

»Ich wollte nicht, dass alles kompliziert wird«, erklärte sie schließlich. »Diese Tour ist für mich sehr wichtig, und ich brauche keinen Freund oder einen … was auch immer du danach wärst. Danach suche ich nicht.«

Wieder nickte er, während er ihre Erklärung schweigend zur Kenntnis nahm.

Trotzdem brannte auch sie auf Antworten. »Also, warum bist du hier?«

»Wegen dir.«

So ausdruckslos, wie er es sagte, war es das Unromantischste, was sie je gehört hatte. Doch dann legte er sanft seine warme Hand an ihr Kinn. Sie genoss die Berührung. Als ihre Blicke sich trafen, sah sie in seinen Augen ein leidenschaftliches Verlangen, das ihres spiegelte, und noch etwas, das sie nicht benennen konnte. Es sprach einen Teil in ihr an, dem es nicht gefiel, derart außer Kontrolle zu geraten. Was auch immer zwischen ihnen lief, er steckte ebenfalls mit drin und hatte es genauso wenig im Griff wie sie. Es hätte ihr Angst machen sollen, aber in Wahrheit war sie erleichtert.

»Ich habe dich vermisst«, gestand er ihr. Das tiefe Grollen seiner Stimme brachte ihre Nervenenden zum Summen. Er strich mit dem Daumen über ihre Kieferpartie, eine sanfte Liebkosung, die sie am ganzen Körper spürte. Lexie schloss die Augen.

»Ich mache dir einen Vorschlag«, sagte Tom nach einem Moment. Seine Finger zogen die Linie ihrer Halsbeuge nach, und sein Daumen streifte dabei ihre Kehle. »Wir müssen das nicht kompliziert machen. Du und ich werden … sagen wir … Kameraden sein. Wir fahren zusammen, wir schlafen zusammen, und wenn wir nach Yorktown kommen, wird es vorbei sein. Du gehst nach Hause und suchst dir den Mann fürs Leben. Aber bis dahin gehörst du mir.«

Es war ein unverblümtes Angebot, aber auch genau das Richtige, um ihr ihre Ängste zu nehmen und ihren Widerstand zu brechen. Sie konnten beide haben, was sie wollten. Sie würden es nicht kompliziert machen. Tom konnte seine Geheimnisse und seine Gefühle tief in sich verschlossen halten, wie er es gern hatte, und sie bräuchte sich nicht mit Beziehungsproblemen herumschlagen, denen sie lieber aus dem Weg ging. Keiner würde sich in den anderen verlieben. Sie hätten nur massenweise heißen Sex. Perfekt.

Sie sah ihm in die Augen »Ich will dir gehören.«

Er rührte sich nicht.

Sie kniete sich hin, legte ihre zitternden Hände auf seine Schultern und setzte sich rittlings auf seinen Schoß. Ihr Kleid rutschte bis über ihre Schenkel hoch, und der Stoff warf Falten. Sie rückte näher an ihn heran, bis ihr Busen seine Brust streifte und die Hitze seines Körpers durch ihre Kleidung strömte. »Ich will dir gehören«, murmelte sie noch einmal und schmiegte ihr Gesicht an seinen Hals.

Für einen langen Moment rührte er sich nicht, und sie hielt den Atem an.

Dann schlang er die Arme um sie und zog sie fest an sich. Er wollte sie. Sie spürte es durch den dünnen Baumwollstoff ihres Slips, und ihr Körper reagierte mit einem Schwall feuchter Hitze darauf.

»Sag es mir noch einmal«, bat er leise. »Du musst es ernst meinen, denn wenn ich dich küsse, werde ich nicht mehr aufhören können.«

Das war überhaupt keine Frage.

Sie lehnte sich zurück und zog sich das Kleid über den Kopf. »Ich will …« Ihre Hände hakten den Verschluss ihres BHs auf. »… dir gehören.« Sie ließ ihn neben ihr Kleid fallen. »Küsst du mich jetzt bitte?«

Sein Mund traf auf ihren, der Funke sprang über und entzündete sie so schnell, dass sie glaubte, gleich in Flammen aufzugehen. Ihre Zungen umtanzten einander fordernd, während seine schwieligen Finger über ihre Haut strichen, sich jeden Zentimeter einprägten, Anspruch auf sie erhoben. Ihr Körper reagierte, als würde sie ihn schon ewig kennen und hätte ihn viel zu lange vermisst, um jetzt noch geduldig zu sein. In seiner drückenden Härte lag eine Vertrautheit, die eine nie gekannte Ekstase in ihr auslöste, sodass ihr ganz schwindlig wurde. Sie nestelte an seinem Hosenstall und versuchte, ihn so schnell wie möglich auszuziehen.

»Komm schon, Geiger«, sagte sie leicht außer Atem. »Komm in die Gänge.«

Lächelnd zog er sein T-Shirt über den Kopf und legte ihre Hände wieder an seinen Hosenbund, damit sie den Reißverschluss seiner Shorts aufzog. Während er sie entkleidete, fuhr sie mit den Händen über seinen breiten Rücken, zeichnete die Rinne seiner Wirbelsäule nach und strich sanft bis zu seiner schmalen Taille und über seine harten Bauchmuskeln zurück. Die Beleuchtung an der Zeltdecke verwandelte seinen Körper in ein Kunstwerk aus Licht und Schatten, und sie hätte ihn stundenlang betrachten können, sich tagelang mit jedem Zentimeter von ihm vertraut machen können, wenn sie jetzt nicht zu gierig gewesen wäre, um sich die Zeit dafür zu nehmen.

Als er völlig nackt war, schlang er die Arme wieder um sie und küsste sie heiß und hungrig, während seine Hände ihren Hintern fanden und sie enger an sich zogen.

»Sag mir, dass du ein Kondom hast«, murmelte sie an seinen Lippen.

»Ich hab ein Kondom.«

»Halleluja.«

Er lachte. Dann lag sie auf dem Rücken, sein steifer Penis drückte in die weiche Haut ihres Bauches, und seine große Hand umfasste ihren Kopf. Seine Zunge glitt in ihren Mund, während er sich mit einem Stöhnen an sie presste, das ihr Blut fast zum Kochen brachte.

Tom schob ihr den Slip herunter und zog ihn ihr aus. Dann prüfte er ihre Bereitschaft mit einer gewandten Liebkosung mit zwei Fingern, die ihr ein Keuchen entlockte. Sie war feucht und geschwollen – das Zeugnis ihrer sexuellen Erregung, die sich seit dem Moment aufgebaut hatte, als er sie am Lagerfeuer an sich gezogen hatte. Seine Hand verweilte zwischen ihren Beinen und streichelte sie gekonnt, bis sie ihn mit dem Mund und den Hüften anflehte, sie zu nehmen. Dann rollte er das Kondom über seinen Penis, spreizte ihre Schenkel und schob sich in sie. Es verschlug ihr den Atem.

Sie hatte gewusst, dass es mit Tom keine Romantik geben würde, und das war okay. Genauso wollte sie es. Aber sie hatte keine Ahnung gehabt, dass das unaufhaltsame Drängen seines Körpers in ihren sie jeder anderen Empfindung berauben würde, bis er sie ausfüllte und es nichts mehr um sie herum gab außer ihm.

Er war alles, was sie wollte.

Einen langen Augenblick hielt er sie nur fest, seine tätowierten Bizepse starr von der Anstrengung, sein eigenes Gewicht zu halten, sein Atem an ihrem Hals, seine Hitze, die tief in ihr pulsierte, sein Herz, das so heftig schlug, dass sie es an ihrem spürte.

Sie hob ihm die Hüften entgegen, um ihn tiefer in sich aufnehmen zu können, und er stöhnte hilflos. »Gott, Lex. Sag mir, dass das okay ist.«

»Das ist besser als okay.«

»Du gehörst mir.« Er sagte es wie einen Schwur, Fluch und Versprechen zugleich.

Es klang gut.

Dann zog er sich zurück und stieß wieder in sie, zuerst langsam, aber das hielt er nicht lange durch. In weniger als einer Minute hatte er sie so kurz vor dem Höhepunkt, dass sie ihn fast schmecken konnte.

»Mehr«, verlangte sie und schlang die Beine fest um ihn. »Das fühlt sich so gut an.«

Ihre Bitte schien ihn auch noch das letzte bisschen Selbstbeherrschung zu kosten, und er stieß schneller und fester in sie, bis es sie zerriss. Der Orgasmus war süß und fast schmerzhaft, so heftig, wie sie es noch nie erlebt hatte. Sein willkommener Sturm auf ihren Körper zog die Lust in die Länge, bis sie es kaum noch ertragen konnte. Und als sie glaubte, dass sie nun jeden Moment verebben würde, kam sie mit einem überraschten Schrei erneut.

Tom folgte ihr und sank auf sie hinab. Erschöpft und zitternd lag sie da, von einem fragilen Glücksgefühl erfüllt, das sie lieber nicht genauer betrachten wollte.

Es dauerte lange, bis sich einer von ihnen regte.

Schließlich kam er wieder zur Besinnung und rollte sich von ihr herunter. Als sie nach Luft schnappte und zusammenzuckte, geriet er in Panik.

»Himmel, hab ich dir wehgetan?«

Das musste es sein. Er hatte keine richtige Kontrolle mehr über sich gehabt, nicht nach allem, was geschehen war, und er hatte sie so sehr begehrt, dass er nicht in der Lage gewesen war, vorsichtiger zu sein. Er hatte nichts zurückgehalten.

Gewissensbisse überfluteten ihn, und er schloss die Augen und versuchte gegen das ungute Gefühl anzukämpfen, dass er die Sache jetzt schon vermasselt hatte.

Warme Finger streichelten seine Stirn. »Entspann dich. Mir geht's gut. Du hast nichts falsch gemacht.« Sie küsste ihn auf den Arm. »Überhaupt nichts.«

Das beklemmende Gefühl in seiner Brust ließ langsam nach, und er atmete ein paarmal tief durch. Lexie schob sich auf ihn und drückte ihre weichen, schweren Brüste an seine Brust. »Sieh mich an.« Er gehorchte und sah ihre warmen, zufriedenen Augen nur wenige Zentimeter vor sich. »Ich würde es wieder tun, hundertmal, und es nicht bereuen«, sagte sie. »Okay?«

Sie lächelte zaghaft auf ihn herab, und es fühlte sich so gut an, dass er zurücklächelte. »Okay.« Er strich ihr eine Haarsträhne aus dem Gesicht, weil er einen Vorwand brauchte, sie zu berühren. »Hundertmal, ja?« Er zog fragend eine Augenbraue hoch.

Ihre Augen wurden groß. »Na ja, vielleicht nicht sofort heute Nacht. Du bist nicht gerade klein, und das war nicht gerade lockerer, lässiger Kennenlernsex. Das war eher: Ratzfatz, danke, Schatz.« Diesmal lächelte sie noch breiter.

Lachend zog er sie an sich und küsste sie sanft. Er kostete ihren Geschmack aus, umfasste ihren Po mit einer Hand und genoss das weiche Gefühl ihrer Haut. »Ich hab keine Klagen gehört. Wenn ich mich recht erinnere, hast du gesagt: ›Nicht aufhören, Tom‹, ›Bitte, Tom‹, ›Oh mein Gott, Tom‹ …«

Mit gespielter Empörung versetzte sie ihm einen Stoß vor die Brust. »Wenn du es je wieder mit mir tun willst, reit nicht darauf rum.«

»Wir machen es ganz sicher wieder. Ich hab jetzt was zu beweisen.«

»Und das wäre?«

»Ich muss dir zeigen, wie gut ich in langsamem, lässigem Kennenlernsex bin.«

Sie rollte mit den Augen, und er drehte sie auf den Rücken. Er hatte noch keine Gelegenheit gehabt, sie sich richtig anzusehen, und die nackte Lexie verdiente es, in vollem Umfang gewürdigt zu werden. Ihre Haare waren verwuschelt und auf seinem Campingkissen ausgebreitet, die vollen Lippen von seinen Küssen geschwollen. Ihre Brüste waren fantastisch, mit korallenroten Spitzen, die sich unter seinem Blick zusammenzogen. Sein Schwanz zuckte als Reaktion darauf. Als er den Blick weiter nach unten gleiten ließ, sah er zu seiner Genugtuung, dass ihre Schenkel sich weit genug spreizten, um ihn wissen zu lassen, dass er sie erforschen durfte, wenn er wollte.

Und das wollte er.

»Nach ein paar Küssen ist es besser«, sagte er und glitt nach unten zwischen ihre Beine. »Ich bin vorsichtig.«

Sie hatte keine Einwände.

Als sie aufwachte, war es unangenehm hell im Zelt, und Tom war weg. Lexie war daran gewöhnt aufzustehen, wenn es draußen noch dunkel war, doch die Ereignisse der Nacht zuvor hatten sie ausgelaugt. Sie fühlte sich erschöpft und leicht lädiert, sowohl körperlich als auch seelisch.

Als sie nach draußen ins Licht trat, war er nirgends zu sehen. Leicht nervös ging sie zu ihrem Zelt und sah, dass Lances Zelt und Fahrrad weg waren. Sie schnappte sich rasch ihre Fahrradklamotten und ihr Duschzeug und lief zu den Duschräumen.

Auf dem Weg dorthin kam ihr Tom entgegen. Er war frisch geduscht und rasiert, die schwarzen Haare glänzten nass. Er sah wie immer umwerfend aus. Nervosität durchflutete sie. Sie blieb ruckartig stehen und wartete darauf, dass er näher kam. Sie wusste nicht, was ihre Abmachung bei Tageslicht betrachtet bedeutete. Wie sollten sie miteinander umgehen?

Dreißig Zentimeter vor ihr blieb er stehen, ein wenig zu nahe für eine flüchtige Bekanntschaft, ein wenig zu weit weg für eine Umarmung. Stirnrunzelnd hob er die Hand, als wollte er sie berühren, ließ sie dann aber wieder sinken.

»Wie geht es dir heute Morgen?«, fragte er schließlich.

Zum zweiten Mal in zwei Tagen füllten sich ihre Augen mit Tränen, und sie kniff sie fest zu, weil sie sich dafür schämte.

»Ehrlich gesagt nicht so toll.« Sie wollte, dass er sie in den Arm nahm, aber eine Umarmung bei Tage war vielleicht nicht Teil ihres Deals. Warum sollte es auch? Sie musste sich einfach nur in den Griff kriegen. Mit einer kleinen Gefühlsaufwallung am Morgen danach hätte sie vielleicht rechnen müssen, aber Tom brauchte nichts davon zu wissen.

»Darf ich …?« Er verstummte, offenbar kämpfte er mit sich. Er wirkte irritiert, verlegen, und eine Welle des Mitgefühls überkam sie. »Ach, verflucht, Lex. Komm her.« Er trat auf sie zu und schlang die Arme um sie, umhüllte sie mit seiner zuverlässigen Wärme. Sofort fühlte sie sich besser. Er küsste sie auf die Schläfe, was sie erzittern ließ, aber auf eine gute Art.

Vielleicht musste das gar nicht so kompliziert sein.

»Willst du immer noch mit mir zusammen fahren?«, fragte sie.

»Na klar.«

Diese Bestätigung munterte sie viel zu sehr auf. Sie würde aufpassen müssen, um keine größere Zuneigung für Tom zu entwickeln, als gesund für sie war. Er würde ihr Tourenpartner sein, ihr Liebhaber. Aber sie hatten eine Abmachung. Er wollte nicht ihr Freund sein, und sie durfte sich auf keinen Fall in den Typen verlieben. Das wäre einfach dumm von ihr.

Sie stellte sich auf die Zehenspitzen und gab ihm einen flüchtigen Kuss auf die Lippen, genoss das warme Wohlgefühl, das dabei durch ihren ganzen Körper bis zu den Zehen rauschte. »Gut. Ich dusche nur schnell, und dann können wir weiter. Ich bin bereit, mit Montana abzuschließen.«

»Ist mir recht.« Er vergrub die Hände in ihren langen Haaren und neigte ihren Kopf zurück, um sie richtig küssen zu können – langsam und ausgiebig und so elektrisierend, dass sie vergaß, dass sie mitten auf einem öffentlichen Zeltplatz standen. Vor Tom hatte sie keine Ahnung gehabt, dass Küsse so heiß sein konnten. Sie hatte es immer als eine Art Vorspiel gesehen, doch bei Tom kam es ihr vor wie die Hauptveranstaltung. Sie könnte sich daran gewöhnen, so geküsst zu werden.

Er löste sich von ihr, lächelte jenes sexy Grinsen, das sie so mochte, und sagte: »Bist du sicher, dass du nicht noch ein bisschen länger hierbleiben willst?«

»Wozu, um mir Old Faithful anzusehen?«, fragte sie und spielte die Ahnungslose. »Ich hab die Sehenswürdigkeiten tatsächlich noch gar nicht angesehen.«

Tom verzog den Mund, doch sein Blick blieb belustigt. »Old Faithful ist keine Sehenswürdigkeit. Old Faithful ist ein Haufen Touristen, die versuchen, ihre Gören mit Kartoffelchips bei Laune zu halten, bis der Geysir endlich loslegt, damit sie mit ihrem Handy ein Foto machen und es an Grandma mailen können, bevor sie sich wieder in den Minivan quetschen.«

»Nur du kannst so zynisch über den beliebtesten Park der Nation sprechen.«

»Ich hab nichts gegen den Park, nur gegen die Leute. Gestern hab ich einen Haufen Touristen gesehen, die am Straßenrand gehalten haben, um sich mit ihren Kameras an Büffel ranzuschleichen. Ein Typ ging bis auf fünf Meter an einen ausgewachsenen Bison ran. Er hätte totgetrampelt werden können, doch er schrie seinen Kindern zu, dass sie näher kommen sollen, und wedelte dabei mit den Armen wie ein Schwachkopf.«

Sie lächelte zu ihm auf. Er war ein unleidlicher Mistkerl, aber er war *ihr* Mistkerl. »Du willst damit also sagen, dass du lieber mit mir allein wärst?«

»Viel lieber sogar.«

Lexie drückte liebevoll seinen Hintern (eine Sekunde länger als nötig, um diesen fantastischen Hintern auch ausgiebig zu genießen), marschierte weiter in Richtung der Duschräume und drehte sich dann um, um im Rückwärtsgehen noch einen letzten Kommentar abzugeben.

»Das ist schön, denn ich hab gehört, der Teil von Wyoming, in den wir jetzt fahren, ist ziemlich menschenleer. Überhaupt keine Touristen. Nur du, ich und der weite blaue Himmel. Bleibt nur zu hoffen, dass du meiner Gesellschaft nicht überdrüssig wirst.«

»Keine Chance«, sagte er.

Das Verrückte daran war, dass es wirklich so klang, als ob er es ernst meinte.

Nachdem sie die Nationalparks Yellowstone und Grand Teton hinter sich gelassen hatten, kamen sie zum Togwotee Pass und fuhren bis auf eine Höhe von 2.944 Metern hinauf zur höchsten Erhebung, die sie bisher erreicht hatten.

Sie radelten durch die Breccia Cliffs und die Wind River Mountains und kämpften in der Nähe von Fort Washakie gegen böige Seitenwinde.

Östlich von Lander fuhren sie zweihundert Kilometer, ohne mehr als einem Dutzend Autos zu begegnen. Es gab keine Bäume, keine Hügel, keinen Schatten, nur trockenes, sandiges Gestrüpp mit Steppenläufern wie in einem alten Hollywood-Western, eine brutal herunterbrennende Sonne und einen unfassbar starken Wind. Sie mussten massenweise Wasser herunterkippen, um sich den Sand aus den Zähnen zu spülen und nicht auszudörren und weggeweht zu werden.

Sie stiegen in das Continental Divide Basin auf und kämpften dort gegen starken Gegenwind an, der sie zwang, bergab nach Rawlins hineinzuradeln, obwohl sie das nicht geplant hatten.

Doch Tom hatte Lexie auf ihrem Rad an seiner Seite. Noch besser, nachts im Zelt hatte er sie über sich, unter sich und auf jede andere Art und Weise, die ihnen einfiel.

Und das war gut. Wirklich gut.

11

Vo Walden, Colorado, nach Steamboat Springs, Colorado
Insgesamt 2.964 gefahrene Kilometer

Es war an der Zeit, Lexie ein paar Lektionen in Sachen Spontaneität zu erteilen. Als sie nach Colorado kamen, wuchsen wieder Bäume, und die Landschaft wurde sanfter. Sie fuhren jetzt hauptsächlich durch Weideland, überquerten ab und zu einen Fluss und rollten an den ordentlichen Zäunen einer Rinderfarm nach der anderen vorbei. Sehr hübsch.

An diesem Morgen gab es in Colorado einen so heftigen Gegenwind, dass das Fahrradfahren zur Folter wurde. Tief über den Lenker gebeugt, den heulenden Wind in den Ohren, krochen sie voran und kämpften um jede Umdrehung der Räder. Tom hatte schon ein halbes Dutzend Mal erwogen, Lexie vorzuschlagen, zu kapitulieren und sich vom Wind zurück nach Walden schieben zu lassen. Sie könnten es am nächsten Tag wieder versuchen. Er hätte nichts dagegen, den Rest des Tages mit Lexie im Zelt zu verbringen. Ihm würden schon ein paar vergnügliche Dinge zum Zeitvertreib einfallen.

Wenn er die leiseste Hoffnung gehegt hätte, dass sie einwilligen würde, hätte er den Vorschlag schon vor einer Stunde gemacht. Aber dafür kannte er sie mittlerweile zu gut. Ihr kleines Buch schrieb heute vor, dass sie bis Kremmling kommen mussten, und Lex tat, was in dem kleinen Buch stand. Zwischen hier und ihrem Ziel gab es weder Restaurants noch Gemischtwarenläden, weshalb ihr Plan lautete, dass sie sich den ganzen Tag im Schneckentempo voranquälen mussten und nur eine Pause einlegen würden, um am Straßenrand Sandwiches mit Erdnussbutter und Marmelade zu essen.

Er hatte einen besseren Plan.

Während seiner Ehe hatte er hin und wieder Zeit in diesem Teil von Colorado verbracht, weil Haylies Familie eine Blockhütte außerhalb von Steamboat Springs besessen hatte. Ein Blick auf die Karte hatte ihm gesagt, dass es interessantere Orte gab, an denen man den Abend verbringen konnte, als irgendein Campingplatz am Ende der Welt. Als er eine Kreuzung entdeckte, die ihm bekannt vorkam, bog er von der Straße ab und lehnte sein Rad an einen Zaun.

Während Lexie seinem Beispiel folgte und abstieg, kamen ein paar Langhornrinder neugierig zu ihm herübergestapft. Sie klickte sich durch ein paar Masken auf ihrem Fahrradcomputer und stöhnte. »Wir schaffen im Durchschnitt elf Kilometer pro Stunde. *Elf*. Bei dem Tempo brauchen wir neun Stunden bis nach Kremmling, und auch nur dann, wenn wir nicht anhalten.«

»Zeig mal die Karte.«

Lexie reichte sie ihm, und er lächelte, während er sie studierte. Er hatte recht gehabt. Die Straße, die von Westen kam, führte genau dahin, wo er geglaubt hatte. Er und Lexie würden einen kleinen Umweg machen.

»Komm her«, sagte er, schlang den Arm um ihre Taille, zog sie näher an sich und ignorierte die Reaktion seines Körpers auf sie. Wenn er bei jedem Aufflammen seiner Lust etwas dagegen unternehmen wollte, wäre er längst ein toter Mann, denn Lex hatte etwas an sich, das ihn jedes Mal in ihrer Nähe hart werden ließ. Vermutlich würde sich das irgendwann legen, aber bisher schien es nicht nachlassen zu wollen. Wenn überhaupt, wurde es eher schlimmer. Die Frau konnte einen süchtig machen.

»Weißt du noch, wie du gesagt hast, dass ich dir beibringen soll, wie man richtig tourt?«

Lex strafte ihn mit dem für sie typischen Blick, doch es lag keine Schärfe darin. »Das hab ich nie gesagt! Ich hab gesagt, dass ich es üben muss, ein bisschen spontaner zu werden.«

»Okay. Dann fangen wir jetzt damit an.« Er langte an ihr vorbei und zog ihren Fahrradcomputer aus dem Halter am Lenker. Dann holte er aus, zielte und schleuderte ihn so weit er konnte auf die Viehweide.

»Was soll das, Tom? Den brauche ich!« Sie lief zum Zaun und stieg auf die untere Sprosse, als hätte sie wirklich vor, sich darüberzuschwingen, um sich ihren nutzlosen, dreißig Dollar teuren Technikfirlefanz zurückzuholen. Er packte sie mit beiden Händen an den Hüften und zwang sie, sich wieder zu ihm umzudrehen. Da sie sich genau auf Augenhöhe befand, nutzte er die Gelegenheit und küsste sie. Es stimmte ihn zufrieden, dass sie nach ein paar Sekunden des Widerstands nachgab und ihr leises kehliges Stöhnen ausstieß, das ihn unweigerlich in Fahrt brachte. Tom küsste sie leidenschaftlicher und zog sie enger an sich, bis sie keuchend aneinander klebten.

»Tom?«, sagte Lexie, als sie kurz Luft holten, und blickte zur Seite.

»Ja?«

»Die Kühe sind mir irgendwie unheimlich.«

Er folgte ihrem Blick und sah eine Herde Langhornrinder, die sich am Zaun versammelt hatten und ihn und Lexie mit ihren riesigen, dummen Augen anglotzten. »Vielleicht ist das nicht der beste Ort, um rumzumachen.«

»Vielleicht nicht«, stimmte sie zu und sprang vom Zaun. »Willst du mir nicht sagen, warum du meinen Computer weggeworfen hast?«

»Du brauchst ihn nicht.«

»Und ob! Ich muss nachverfolgen, wie weit wir gekommen sind und wie schnell wir sind, und ich muss auch meine Trittfrequenz nachvollziehen, sonst …« Sie sah ihn an und verstummte. »Könntest du mich bitte nicht so angrinsen?«

»Versuch's mal eine Woche auf meine Art. Wenn du feststellst, dass du ohne ihn nicht leben kannst, kauf ich dir in Kansas einen neuen. Ich montiere ihn dir sogar ans Fahrrad.«

Das war ein großes Zugeständnis. Tom hasste es, die Dinger zu installieren, und weigerte sich im Laden immer, es für die Kunden zu tun, weniger aus Prinzip, als vielmehr weil es echt nervte, an den vielen kleinen Kabeln, Magneten und Kabelbindern rumzufummeln.

Nach kurzem Nachdenken willigte sie ein. »Abgemacht.« Sie zog ihren Helm wieder auf, trank einen Schluck Wasser und sagte: »Wir sollten uns lieber ranhalten, sonst schaffen wir es nicht vor der Dunkelheit bis nach Kremmling.«

»Wir fahren nicht nach Kremmling.«

»Ach nein?«

»Nein, wir drehen hier um.« Ganz automatisch sah sie auf die Karte, die er ihr wegschnappte, bevor sie herausfinden konnte, wohin er sie lotsen wollte. »Die brauchst du ein paar Tage nicht.« Sie sah ihn flehend an und schaffte es nicht, zu verbergen, wie nervös es sie machte, die Kontrolle über die Karte zu verlieren. Sie tat ihm zwar leid, aber er trug eine Verantwortung. Lexie würde sich niemals entspannen und Spaß haben, wenn sie nicht lernte, die Dinge so zu nehmen, wie sie kamen. Wenn der Gegenwind unangenehm war, drehte ein kluger Radfahrer um.

»Vertrau mir einfach. Es wird ein echter Spaß.«

Ihm vertrauen? Der Mann verwirrte sie so sehr, dass sie die meiste Zeit überhaupt nicht wusste, wo ihr der Kopf stand, und da wollte er, dass sie ihm vertraute?

Es war ja auch nicht unbedingt sein Fehler, dass sie so durch den Wind war. Tom hielt seinen Teil der Abmachung schließlich ein. Es war nur, er war eben … Tom. Manchmal war er schrecklich süß, strich ihr eine Haarsträhne aus dem Gesicht und küsste sie so zärtlich, dass es ihr in der Seele wehtat. Manchmal war er wie ein Raubtier und fixierte sie über den Mittagstisch hinweg mit diesem Ich-krieg-dich-Süße-Blick aus seinen dunkelbraunen Augen, der sie in weniger als drei Sekunden von neutral zu notgeil hochpushte.

Außerdem konnte er verspielt sein, wie einmal, als er sie auf dem Zeltplatzgelände vor den Duschräumen abgefangen und gnadenlos durchgekitzelt hatte, bis sie vor Kichern ganz außer Atem war. Danach hatte er sie zurück ins Zelt gezerrt und sich dort weiter mit ihr vergnügt.

Doch dann gab es wieder Tage, an denen das Lächeln verschwand und er von Sonnenaufgang bis Sonnenuntergang kaum ein Wort sprach. Aber wenn er dann redete, schwang er den ganzen Tag lang pessimistische Reden über fast alles: Müll, globale Erwärmung, Unternehmensprivilegien, Steueroasen im Ausland, Lobbyisten, Eisbären, Noteninflation, illegale Abschiebungen, Lebensmittelzusatzstoffe. Sie hatte ein paarmal versucht, des Teufels Advokaten zu spielen, aber die Worte hätte sie sich sparen können. Wenn Tom schlechte Laute hatte, stieß er sie so heftig von sich, dass es den Versuch nicht wert war, ihn aufheitern zu wollen.

Sie hatte das Gefühl, mit einem halben Dutzend verschiedener Leute unterwegs zu sein. Mit dem fröhlichen Tom. Dem zornigen Tom. Dem cleveren Tom. Dem sexy Tom. Dem verbitterten Tom. Dem stillen Tom. Fehlte nur noch einer, dann hätte sie die sieben Zwerge beisammen gehabt. Und wenn sie morgens neben ihm aufwachte, wusste sie nie, mit welchem Tom sie heute den Tag verbringen würde. Da sie sie alle genauso wenig ignorieren konnte wie das Wetter, war es irgendwie anstrengend. Lexie war immer ein heiterer, ausgeglichener Mensch gewesen, und sich derart auf Toms Launen einstellen zu müssen, störte ihr Gleichgewicht.

Doch ungeachtet seiner Laune wollte er sie abends immer in seinem Bett haben. Das hatte sie an dem ersten seiner schweigsamen Tage herausgefunden, nachdem sie Montana hinter sich gelassen hatten. Sie hatte seine distanzierte Art dahingehend gedeutet, dass er seinen Freiraum brauchte, also hatte sie ihr Zelt aufgeschlagen und war ins Büro des Campingplatzes gegangen, um ihre Wäsche zu waschen. Doch als sie zurückkam, hatte er ihr Zelt wieder abgebaut und weggepackt. Als sie an jenem Abend neben ihm ins Zelt kroch und ihre Stirnlampe ausknipste, zog er sie an sich und rieb seine Nase an ihrem Hals, schob ihr behutsam das Shirt über den Kopf und küsste sie immer wieder, die Hände in ihren Haaren vergraben. Die kühle Bergluft bildete einen köstlichen Kontrast zur Hitze seiner nackten Brust. Im schwarzen Kokon des Zeltes glitten seine Hände und sein Mund langsam über ihre Haut, seine geduldige Zunge verführte sie, neckte sie, weckte ihre Lust, bis sie ihn leidenschaftlich begehrte. Als er schließlich von ihr Besitz ergriff, tat er das mit einer Intensität, die sie verstört und verletzlich zurückließ.

Es war zu viel. Sie wollte keine Leidenschaft oder Intensität mit Tom. Sie wollte bei dem bleiben, worauf sie sich geeinigt hatten – Sex und nur Sex. Heißen Sex, stürmischen Sex, langsamen Sex. Nachdem sie ihm gesagt hatte, dass sie die Pille nahm, und sie ein peinliches Gespräch darüber geführt hatten, ob sie beide gesund waren, hatten sie die Kondome weggelassen, wodurch der Sex nur noch besser geworden war. Mit Tom war alles fantastisch. Aber auf den gefühlsmäßigen Subtext hinter ihren Interaktionen konnte sie verzichten. Zumal der Subtext ihr meist so unverständlich war, dass er genauso gut auf Suaheli hätte geschrieben sein können.

Unterwegs gelang es ihm besser, ihrer Abmachung treu zu bleiben. Er war jetzt ein guter Tourenpartner. Dass er morgens ohne sie losfuhr und sie erst am Abend auf dem Zeltplatz wiedertraf, kam nicht mehr vor. Neuerdings fuhr Tom stets einen Meter vor ihrem Vorderrad, was bedeutete, dass die Aussicht ungeachtet der Umgebung immer angenehm war. Aber die Reiseroute war ihr Ressort geblieben. Sie legte fest, wohin sie jeden Tag fuhren und wie sie dort hinkamen.

Bis jetzt zumindest. Jetzt hatte er ihren Fahrradcomputer auf eine schlammige Weide geworfen, ihre Landkarte geklaut und sie auf eine Straße geführt, die Gott weiß wo enden würde. Aber das war keine große Sache. Sie wollte schließlich Spaß haben, oder nicht? Trotzdem kam es ihr wie eine riesengroße Sache vor, plötzlich keine Ahnung mehr zu haben, wo sie heute Abend schlafen würden, oder ob dies nur ein Umweg oder eine ganz andere Strecke war, oder wann sie in Kremmling ankommen würden – und ob überhaupt. Sie hatte die gesamte Tour bis ins kleinste Detail ausgearbeitet, und Kremmling auszulassen vermasselte ihren Plan. Und was genau brachte ihr das nun ein? Sie war irgendwo im Nirgendwo von Colorado mit Tom. Und da sollte sie ihm einfach nur vertrauen?

Mal ehrlich, wäre er heute Morgen nicht so gut gelaunt und wäre es nicht so verdammt windig gewesen, hätte sie da nicht mitgespielt. Aber da es so war, tat sie es. Vorerst.

»Das kannst du dir nicht leisten.«

»Woher willst du wissen, was ich mir leisten kann und was nicht?«, fragte Tom mit amüsiertem Blick. »Ich hab Geld auf der Bank. Ein Einsiedlerdasein ist billig.«

Sie befanden sich in der Lobby des Bismarck Hotels, das sich alle Mühe gab, die feinste Adresse in Steamboat Springs zu sein, und Tom bestand darauf, dort ein Zimmer für sie zu nehmen. Sie war noch nie in Steamboat gewesen, obwohl sie zugeben musste, dass das winzige Gebirgsstädtchen nach dem, was sie bisher gesehen hatte, total bezaubernd und beeindruckend war – auf diese besondere Art, wie es nur kleine Orte in Colorado zu sein schienen. Doch der Lobby nach zu urteilen war das Bismarck Hotel nicht billig. Es war in dem altmodischen, luxuriösen Westernstil gehalten, der so gut zu Colorado passte, mit bequemen, klobigen Ledermöbeln, echt aussehenden Navajo-Teppichen an den Wänden und einer riesigen Panoramafront, die einen unglaublichen Ausblick auf die Berge bot.

Natürlich konnte er sich das nicht leisten. Herrgott noch mal, er war Fahrradmechaniker, Geld auf der Bank hin oder her. Er verdiente wahrscheinlich gerade mal den Mindestlohn. Da sie sich in der opulenten Umgebung ein wenig unbehaglich fühlte, zog sie an seiner Hand.

»Komm, wir können zu dem Motel am Stadtrand zurückfahren. Das sah ganz okay aus. Du musst das nicht tun, nur um …« Sie hielt inne.

»Um dich zu beeindrucken?« Jetzt war sein Lächeln spöttisch.

Sie nickte, peinlich berührt von dem Eingeständnis. *Ganz*

ruhig, Lexie. Es ist keine gute Idee, einen Typen zu beleidigen, der sich ein Bein ausreißt, um nett zu dir zu sein.

»Deshalb sind wir nicht hier.«

»Aber warum …?«

Tom legte den Finger an ihre Lippen und trat so nahe zu ihr, dass sie auf der Stelle vergaß, was sie hatte sagen wollen. Wenn er ihr so nahe kam, ertappte sie sich immer dabei, wie sie die Details heranzoomte – seine Bartstoppeln, das Grübchen auf seinem Kinn, seine vollen Lippen – und die Fähigkeit zu sprechen verlor. Ihr waren ein paar auserlesene Worte in den Sinn gekommen, die diesen Zustand beschrieben, Worte wie »liebestrunken«, »betört« und »verträumt«, doch sie hatte sie sofort wieder verdrängt. Es lag nur an den Hormonen oder Pheromonen oder so. Jeder, der dieselben ruchlosen Dinge mit ihrem Körper anstellen konnte wie Tom, hätte dieselbe Wirkung auf sie.

»Tu mir den Gefallen«, sagte er in der tiefen, grollenden Tonlage, die seine Schlafzimmerstimme wäre, wenn sie je in einem Schlafzimmer Sex gehabt hätten. Dann zwinkerte er ihr zu und ging mit großen Schritten zur Rezeption, um sie anzumelden.

Ein Zwinkern. Von Tom.

Jetzt mal im Ernst, wer war der Typ, und was hatte er mit ihrem Tourenpartner gemacht?

Sie landeten in einer Suite, die etwa so groß war wie ihr Apartment – ein großzügiger Raum mit einem Riesenbett. Als sie der Versuchung nachgab, mit den Fingern über die weiße Bettwäsche zu streichen, fand sie sie dekadent weich. Die Fenster an der hinteren Wand boten einen Ausblick auf die Berge, den blauen Himmel mit kleinen Schäfchenwolken – eine lebendig gewordene Ansichtskarte aus Colorado. Das Bad verfügte über eine Dusche, die groß genug für ein ganzes Footballteam war. Einen größeren Kontrast zu den Sieh-dir-den-Teppich-nicht-zu-genau-an-Motels, in denen sie in den wenigen Nächten übernachtet hatten, die sie nicht gezeltet hatten, hätte es nicht geben können.

Sie kam nicht gegen das Gefühl an, als läge hier ein schrecklicher Fehler vor. Sie gehörten nicht hierher. Jedenfalls *sie* nicht. Und Tom – woher wusste Tom überhaupt von dem Hotel, und woher hatte er das Geld, um dafür zu bezahlen?

»Was denkst du?«, fragte er von der Tür aus.

»Dass das Zimmer mehr kostet als meine Wohnungsmiete.« Sie hielt sich davon ab, ihn noch einmal zu fragen, wie er es sich leisten konnte.

Er trat hinter sie, und sein Stoppelkinn kitzelte ihren Hals, während sich ein kräftiger Arm um ihre Taille schlang und sie an sich zog.

»Ich war nicht immer Fahrradmechaniker«, sagte er.

»Nein?«, fragte sie und gab sofort dem Verlangen nach, sich ihrerseits an ihn zu schmiegen.

»Nein, ich hab mal mit Charme meine Brötchen verdient.«

»Klingt nach harter Arbeit«, sagte sie leichthin, fragte sich jedoch zugleich, wie der andere Tom gewesen war. Der Tom von früher.

»Das war es auch, aber es wurde gut bezahlt.« Seine Hand stahl sich unter ihr Trikot, fand ihren nackten Bauch und blieb dort liegen, neckte sie nur mit ihrer Wärme und ihrer Nähe zu all den Stellen, an denen sie sie spüren wollte.

»Du warst also ein Callboy? Das Trinkgeld soll gut sein, hab ich gehört«, witzelte sie in der Hoffnung, dass er ihr mehr verraten würde.

»Schlimmer. Ich war ein Anzugträger. Mit fünfundzwanzig schon Vice President der Erschließungsabteilung mit guten Aussichten auf die Leitung der Firma, sobald ich dreißig würde.«

»Wow! Du musst echt charmant gewesen sein«, sagte sie, während sie zu ergründen versuchte, was das zu bedeuten hatte. Sie konnte sich Tom nur schwer als Businesstypen vorstellen. Er war der Unternehmenswelt gegenüber so feindlich eingestellt, wie sie es selten bei einem anderen Menschen erlebt hatte. Aber auf eine verquere Art und Weise ergab das natürlich einen Sinn. Offenbar war irgendetwas schiefgelaufen in seinem Leben, dass er sich so stark verändert hatte – und das musste etwas mit seiner Arbeit zu tun gehabt haben.

»Was ist passiert?«, fragte sie, obwohl sie wusste, dass es ein Fehler war, doch sie konnte einfach nicht den Mund halten.

Er versteifte sich auf der Stelle und zog die Hand wieder weg, und sie kämpfte gegen das Gefühl der Verlassenheit an, das stets mit Toms Rückzügen einherging.

Sie versuchte, sich – wie jedes Mal – einzureden, dass Tom ihr nicht gehörte. Und wenn sie ihn nie gehabt hatte, konnte er sie auch nicht verlassen. Sie *wollte* ihn ja nicht mal haben. Tom war wunderbar, was körperliche Intimität betraf, aber er war absolut ungeeignet für gefühlsmäßige Intimität. Lexie müsste total dämlich sein, um sich eine intime emotionale Beziehung mit ihm zu wünschen.

Sie weigerte sich, total dämlich zu sein.

Er gab so lange keine Antwort, dass sie ihre Schutzmechanismen wieder aktiviert hatte und für die Rückkehr des stummen Tom gewappnet war, als er endlich sprach. »Ich bin erwachsen geworden«, war alles, was er sagte, und sie konnte an seinem Tonfall hören, dass das Gespräch beendet war.

Als sie sich umdrehte, um ihn anzusehen, war sein Gesicht ernst, doch in seinem Blick lag nicht der dunkle Zorn, mit dem sie gerechnet hatte. Er würde ihr zwar nicht mehr verraten, sie aber auch nicht von sich stoßen. Zum ersten Mal in den sechs Wochen, die sie nun schon zusammen fuhren, hatte er ihr einen klitzekleinen Teil seiner Geheimnisse verraten. Sie beschloss, dass er eine Belohnung verdiente.

»Ich könnte jetzt echt eine Dusche gebrauchen«, schnurrte sie und trat näher, um sich aufreizend an ihm zu reiben. »Willst du mitkommen?«

Diesmal sparte er sich die Mühe einer Antwort. Stattdessen senkte er den Mund auf ihren und schob sie rückwärts ins Bad.

12

Der nächste Schritt, um Lexie dazu zu bewegen, ihr inneres Kind anzunehmen, sollte in der Dusche stattfinden.

Das Bismarck Hotel gehörte zu seinem Plan. Er hatte Lexie aus ihrer Wohlfühlzone herauslocken wollen. Aus demselben Grund hatte er auch ihren Fahrradcomputer entsorgt und den Umweg arrangiert. Sie sollte lernen, wie man mehr Spaß haben konnte, und dazu musste sie erkennen, dass die schönsten Erlebnisse oft aus spontanen Aktionen entstanden. Außerdem fand er, dass sie sich eine Nacht in einem schönen Hotel verdient hatten, nachdem sie wochenlang ihre Zelte immer nur auf ausgedörrtem Rasen aufgeschlagen hatten.

Aber auch die Dusche spielte in seinem Plan eine große Rolle. Genau wie das Bett. Und die Rückenlehne des Sofas. Von den Wänden ganz zu schweigen. Es gab so vieles, was er mit Lexie anstellen wollte, das in einem Zelt nicht machbar gewesen wäre. Die Suite war genauso sehr ein Zugeständnis an seine wilden Fantasien wie an ihre Bequemlichkeit.

Ihr von seiner Zeit als Anzugträger zu erzählen, hatte nicht zu seinem Plan gehört. Viel hatte er zwar nicht preisgegeben, aber trotzdem … Über diese Zeit in seinem Leben sprach er sonst nicht. Nie. Verdammt, er versuchte, nicht mal daran zu denken. Warum also hatte er Lexie davon erzählt?

Das war das letzte Mal, sagte er sich, als sein Mund ihren fand und er mit der Zunge über ihre köstliche volle Unterlippe fuhr. Seine Geheimnisse behielte er ab jetzt für sich. Hier ging es darum, Lexie zu mehr Offenheit und Spontaneität zu bringen. Das hatte nichts mit ihm zu tun.

Während er sie weiter rückwärts zum Badezimmer schob, zog er ihr das Haargummi aus dem Pferdeschwanz und küsste sie. Ihre Hände strichen unter seinem T-Shirt leicht an seinen Seiten hinauf, an seinem Bauch hinab, über seinen Rücken und heizten ihm ein, wie es ihre Berührungen immer taten.

»Zieh dich aus«, befahl er. Als sie gehorchte, drehte er an mehreren Duschköpfen das Wasser auf und zog seinerseits Shirt und Shorts aus. Lex trat hinter ihn und fasste spielerisch nach ihm, doch er wich ihr aus. Er hatte Pläne, und wenn sie seinen Schwanz in die Finger bekäme, würden sie sich in Wohlgefallen auflösen.

»Rein mit dir«, sagte er und schubste sie leicht in den gefliesten Raum.

»Du bist ja herrisch«, beklagte sie sich mit neckischer Stimme.

»Ja. Stell dich an die Wand.«

Er folgte ihr in die Dusche und stellte sich ihr gegenüber in den Wasserstrahl, weit genug entfernt von ihr, dass sie ihn nicht anfassen konnte. Dann warf er ihr ein eingewickeltes Stück Seife zu und nahm sich selbst eins.

»Wasch dich«, sagte er, seine Stimme schon leicht rau von dem Kuss und der Anstrengung, nur dabei zusehen zu dürfen, wie das Wasser über ihre Haut glitt. Mit Lexie in der

Dusche erwachte seine größte erotische Fantasie zum Leben. Aber das war keine große Überraschung. Lexie war so ziemlich überall seine größte lebendig gewordene erotische Fantasie. Das Universum schien diese Frau nur für ihn erschaffen zu haben.

Tom seifte sich ein und wusch sich effizient und gelassen den Straßendreck vom Körper. Er unterdrückte den Impuls, sie an die Wand zu schieben und herauszufinden, ob sie so bereit für ihn war, wie er für sie. Seine Hände verrichteten die Routinearbeit, während sein Blick Lexie fixierte. Die hatte vor Behagen die Augen geschlossen, als der heiße Wasserstrahl über ihre Haare lief und wie seifige Finger über ihren Nacken kroch und ihre Brüste bedeckte. Langsam beugte sie sich vor, um sich die Beine vom Fußknöchel bis zum Oberschenkel einzuseifen, wobei sie ihren runden Po in die Luft reckte, bis Tom die Hand ausstrecken musste, um sich an der Wand abzustützen.

Sie wollte ihn scharf machen.

Aber das war nicht *ihre* Show. »Berühr dich selbst«, sagte er. »Diesmal will ich zusehen.«

Mit großen Augen richtete sie sich auf. Sie wusste, dass er von dem Nachmittag in Prineville sprach, als er sie im Zelt überrascht hatte.

»Du wusstest es also«, sagte sie bestürzt.

Er lachte. »Na klar. Und seitdem ist kein Tag vergangen, an dem ich nicht daran gedacht und mir gewünscht hätte, dabei gewesen zu sein.«

Jetzt sah sie noch überraschter aus, doch die Röte, die sich auf ihrem Hals ausbreitete, verriet ihm, dass die Vorstellung sie ebenfalls erregte. Trotzdem schüttelte sie den Kopf, eine schwache Verneinung. »Ich glaub nicht, dass ich das kann, wenn du zusiehst.«

»Klar kannst du«, schmeichelte er ihr. »Wenn es dir hilft, kannst du die Augen zumachen.«

Fast schamhaft senkte sie den Blick zu Boden, und der Kontrast brachte ihn fast zum Lachen. Seine sexy Granate stand nackt vor ihm in der Dusche, und es war ihr peinlich, sich vor seinen Augen selbst zu berühren – obwohl sie hemmungsloser mit ihm umging als jede andere Liebhaberin, die er je gehabt hatte, und zehnmal empfänglicher war. Aber wenn er Fortschritte dabei machen wollte, ihren Fahrstil zu ändern, musste sie ihm vertrauen, und das Schlafzimmer – oder in dem Fall die Dusche – war ein guter Ort, um dieses Vertrauen aufzubauen.

Langsam hob sie den Blick zu seinem Penis, der daraufhin noch härter wurde. »Ich will die Augen nicht schließen«, sagte sie leise. »Ich will dich dabei ansehen.«

»Das ist auch okay, Süße. Wie auch immer du möchtest.«

Er beobachtete, wie sie ihre Finger schrecklich langsam über ihren Bauch nach unten schob. Tom wollte so gern sehen, wie die Finger tiefer glitten, dass er kaum noch atmen konnte, doch sie hielten knapp vor dem Ziel inne.

»Du machst mich echt fertig«, knurrte er.

»Willst du wissen, woran ich an dem Tag gedacht habe?«, fragte sie ihn flüsternd.

Damals war er sich sicher gewesen, dass sie an ihren Mann gedacht hatte, und er war krank gewesen vor Eifersucht. Wenn das überhaupt ging, war seine Eifersucht jetzt sogar noch schlimmer. Wenn die Frau je rausbekäme, welche Macht sie über ihn hatte, wäre er geliefert.

»Kommt drauf an«, sagte er. »Wird es mir gefallen?«

»Ach, ich denke schon. Aber wenn ich es dir sagen soll, musst du mir einen Gefallen tun.«

»Und der wäre?«, fragte er, bereit, ihr so ziemlich alles zu geben, wenn sie nur wieder die Hand bewegte.

»Ich will auch zusehen, wie du dich berührst.« Während des gesamten Dialogs hatte sie den Blick kein einziges Mal von seinem Schritt gehoben. Offenbar gefiel ihr, was sie dort sah, denn sie fasste sich mit der anderen Hand an die Brust und streichelte ihren Nippel. Als er sich fester zusammenzog, stockte ihr der Atem. »Fang an!«, verlangte sie.

Fasziniert gehorchte er und fing an, sich langsam zu streicheln, befriedigt durch die Art, wie ihre Blicke seinen Bewegungen folgten, als wären sie das Erotischste, was sie je gesehen hatte. Ihre Hand glitt zwischen ihre Schenkel, und sie spreizte die Beine weiter, was ihm eine bessere Sicht ermöglichte und die Bewegungen seiner Hand unwillkürlich schneller werden ließ.

Ohne mit dem aufzuhören, was sie zwischen ihren Beinen tat, schilderte sie ihm – sehr detailliert –, wie ihre Fantasien an jenem Tag ausgesehen hatten, und er kam fast auf der Stelle.

Er musste in ihr sein. Sofort.

Sein Plan mit der Dusche würde nicht funktionieren. Lexie hatte den Spieß umgedreht, und dies war nicht länger eine Übung, um Vertrauen zwischen ihnen aufzubauen, sondern ein Test seiner Selbstbeherrschung, die durch ihr Geständnis in einem wahrhaft kläglichen Zustand war. Dies würde auf keinen Fall der langsame und sanfte Liebesakt werden, den er sich vorgestellt hatte, und er konnte nicht zulassen, dass sie ausrutschte und sich wehtat. Ohne sich auch nur die Mühe zu machen, das Wasser abzudrehen, zog er sie am Arm aus der Dusche und positionierte sie mit dem Rücken zu sich am Waschtisch.

»Lex«, war alles, was er hervorbrachte.

»Ja?«

»Beug dich vor.«

Sie zögerte nicht, und die Art, wie sie sich über den Waschtisch lehnte – die Beine weit gespreizt – und ihm die Hüften einladend entgegenreckte, vertrieb jeden Zweifel daran, ob sie wusste, was sie mit ihm anstellte. Sie wollte das hier genauso sehr wie er.

Er hielt mit einer Hand ihre Hüfte fest, stimulierte ihre Klitoris mit seiner Penisspitze und tauchte sie in ihre klebrig-nasse Hitze. Als er sich in sie schob, trafen sich ihre Blicke im Spiegel. Ihre Augen waren groß und dunkel, ihre Pupillen geweitet, und er konnte nicht wegsehen. Das Wasser tropfte von ihren Körpern, von seiner Brust auf ihren Rücken, während er in sie hinein- und wieder herausglitt, und obwohl er einen Gang herunterschalten wollte, es auskosten wollte, war er zu dieser Selbstbeherrschung längst nicht mehr fähig.

Doch es war nicht von Bedeutung, da Lex es genauso wenig war. Mit ein paar Schnipsern ihrer Finger zwischen ihren Beinen kam sie und umklammerte ihn so fest, dass es auch ihn über die Klippe trieb. Er sah hilflos in ihre Augen im Spiegel und gab sich ihr vollkommen hin.

Und verdammt, in dem Moment hätte er ihr am liebsten alles erzählt.

Tom ließ ein Paar Lackleder-High-Heels von seinem Finger baumeln, und Lexie verdrehte die Augen.

»Also bitte. Die kaufe ich nicht.«

»Ziehst du sie an, wenn ich sie dir schenke?«, fragte er mit einem verschmitzten Lächeln.

»Ich verliere meine feministische Glaubwürdigkeit«, grummelte sie. Aber sie nahm die Schuhe von ihm entgegen und probierte sie an, und als sie sah, wie seine Blicke ihr folgten, während sie damit im Laden eine Runde drehte, erlaubte sie ihm, sie auf seinen Einkaufsstapel zu legen.

Sie hatten es bis Silverthorne geschafft, was zur Hälfte ein hübsches Gebirgsstädtchen in Colorado und zur Hälfte ein vom Verkehr verstopftes Outlet-Center war. Zu Lexies großer Überraschung hatte Tom eine Einkaufstour vorgeschlagen, weil er seine abgetragenen Shorts und T-Shirts ersetzen musste. Das hatte er recht schnell erledigt, genau wie sie, doch dann sah er, wie sie sich interessiert ein paar mädchenhaftere Klamotten in einem Schaufenster ansah. Er schob sie in den Laden und versprach ihr, sie zum Abendessen einzuladen, wenn sie sich etwas Hübsches zum Anziehen kaufte. Als sie sich beschwerte, dass sie in ihrer Tasche keinen Platz für frivole Kleider habe, entgegnete er, sie solle sie mit der Post nach Hause schicken oder wegwerfen, wenn das so ein Problem wäre. Sie gab nach und willigte ein.

Sie gewöhnte sich langsam daran, Toms Verrücktheiten mitzumachen. Nach ihrer Nacht in Steamboat Springs – eine Nacht, die sich locker auf Nummer eins von Lexies sexueller Top-Ten-Liste aller Zeiten katapultiert hatte, und damit neun andere Nächte geschlagen hatte, in denen Tom ebenfalls vorkam – hatten sie einen faulen Morgen mit einem riesigen Zimmerservice-Frühstück im Bett verbracht. Dann waren sie wieder auf die Räder gestiegen und dem Great Divide Trail nach Breckenridge gefolgt.

Sie war deshalb nervös gewesen, aber Tom hatte sie dazu überredet. Da er vor zwei Sommern den gesamten Divide Trail allein absolviert hatte – eine Mountainbike-Tour von 4.023 Kilometern von Banff im Norden bis zur Grenze zu New Mexico –, konnte er ihr versichern, dass der Abschnitt, den sie befahren würden, aus unbefestigten Straßen bestand, die sie mit ihrem Tourenrad mühelos bewältigen konnte. Deshalb hatte sie eingewilligt, das Wagnis einzugehen, auch wenn ein Teil von ihr beunruhigt darüber war, dass dieser Umweg sie mehr als hundertsechzig Kilometer vom TransAm Trail wegführte.

Er hatte erraten, worum sie sich Sorgen machte, und sie ausgelacht. »Wir fahren trotzdem den ganzen Weg quer durchs Land. Es zählt nämlich trotzdem, auch wenn du nicht jeden einzelnen Schritt der vorgegebenen Route befolgst.«

Auch wenn es ihr gegen den Strich ging, musste sie zugeben, dass er nicht ganz unrecht hatte.

Tom bekam langsam ein Händchen dafür, herauszufinden, worüber sie sich Sorgen machte, und sie genau auf die richtige Art zu beruhigen. Es war entwaffnend, wie gut er sie kannte. Ganz bestimmt besser als ihre Freunde in Portland und wahrscheinlich genauso gut wie ihre Familie. Zuzugeben, dass sie sich auf diese Weise nahestanden, machte sie nervös, aber es gefiel ihr auch. Bis zu einem gewissen Punkt.

In jedem Fall hatte er recht im Hinblick auf den Umweg über den Great Divide Trail. Das hatte sich wirklich gelohnt. Wenige Meilen hinter Steamboat begann eine schmale, abgelegene Schotterstraße, die sich durch die Wälder schlängelte. Der Baldachin aus schattigen Laubbäumen über ihnen gab Lexie das Gefühl, als würden sie durch eine Märchenwelt fahren. Die Atmosphäre war anders als auf den offenen Landstraßen des TransAm, und sie war genauso verzaubert von der Route wie von den Geschichten, die Tom – nach einiger Überredungsarbeit ihrerseits – von seinen Abenteuern mit schwarzen Bären, haarsträubenden Abfahrten über schmale, einspurige Wege und Notreparaturen mitten im Nirgendwo erzählte.

Sie legte ihre Hemmungen, von der Strecke abzuweichen, fast genauso leicht ab, wie sie ihre Hemmungen in der Dusche hatte fallen lassen, mit gleichermaßen fantastischen Resultaten. Es stellte sich heraus, dass es ihr gefiel, nicht genau zu wissen, wohin die Straße sie als Nächstes führte, nicht mehr exakt nachzuverfolgen, wie viele Kilometer sie schafften oder wie schnell sie fuhren, und das genaue Tagesziel nicht vorher festgelegt zu haben. Wenn man auf Toms Art tourte, war es völlig okay, mitten am Vormittag anzuhalten und sich im Schatten einer Weide an einem Bach zu lieben, denn ein plötzlicher Stopp war keine Verzögerung auf dem Weg zum Ziel, sondern der Sinn der Sache. Es war okay, am Fuße des Passes eine Milchshake-Pause einzulegen, einfach weil ein Heidelbeer-Milchshake in dem Moment echt lecker klang.

Und es war okay zuzugeben, dass man allmählich etwas für seinen Tourenpartner empfand, das vielleicht ein bisschen mehr war als Schwärmerei. Beängstigend, aber trotzdem okay. Vor allem wenn dein Tourenpartner entspannter und offener war (und sogar – Überraschung! – mit dir flirtete), als du ihn im Laufe der vielen gemeinsamen Kilometer zuvor erlebt hattest.

Das erklärte vermutlich auch, dass sie sich nach fast zwei Monaten in Shorts und Outdoor-Sandalen in einem schwarzen Rüschenrock, einer kurzärmligen Bluse und besagten hochhackigen Schuhen wiederfand, und von einem attraktiven Fremden in schwarzen Hosen und einem grauen Hemd mit Nadelstreifen zum Abendessen in Silverthornes feinstes Restaurant ausgeführt wurde. Sie war so an Tom mit ausgeleierten Shorts und T-Shirt gewöhnt, dass sie in Gegenwart dieses charmanten, kultivierten Typen ganz nervös wurde. Er wählte mit lässiger Selbstverständlichkeit eine Flasche Wein von der Karte und sah sie über den Tisch hinweg an, als wollte er sie zum Dessert vernaschen.

»Ich will mehr über den Anzugtypen Tom wissen«, sagte sie, als sie schließlich gemütlich bei einem Kaffee saßen. »Bist du viel gereist?« Sie hatte festgestellt, dass sie ihn dazu bringen konnte, ihr von dieser Zeit zu erzählen, solange sie keine zu direkten Fragen stellte.

Er nickte und trank einen Schluck Wein. »Ziemlich viel,

ja. Ich durfte das Firmenflugzeug nutzen. Bist du schon mal mit einem Privatjet geflogen?« Sie schüttelte den Kopf. »Es verdirbt dich auf ewig für normale Linienflüge.«

»So komfortabel?«

»Nein, es ist bloß ein Flieger mit Ledersitzen. Toll daran ist, dass du nicht einchecken und durch die Sicherheitskontrolle gehen musst. Und du landest auch nicht neben einer alten Frau, die nach Talkumpuder riecht und dir Bilder von ihren Enkelkindern zeigen will. Und das Essen ist auch ziemlich gut.«

Sie lachte. »Klingt perfekt für einen Geizhals wie dich.«

Er lächelte, doch dann entdeckte er hinter ihr etwas und das Lächeln schwand. Eine halbe Sekunde lang huschten Überraschung, Bestürzung und Bedauern über sein Gesicht. Dann knallte der Stahlkäfig, in dem er seine Gefühle normalerweise einsperrte, so heftig zu, dass sie es praktisch scheppern hörte, und sein Gesicht wurde völlig ausdruckslos.

Lexie drehte sich um und sah eine attraktive blonde Frau, die mit einem heiteren, freundlichen Lachen auf ihren Tisch zustrebte. Als sie vor ihnen stand, war der zornige Tom zurück. Er machte Lexie mit der Frau bekannt, die Beth hieß, wagte sich aber nicht weiter in die Gefilde der höflichen Konversation vor. Obwohl Beth auf Lexie wie eine wirklich nette Frau wirkte, die sich aufrichtig freute, Tom zu sehen, ließ er sie mit brüsken Antworten auf ihre Fragen und einer abweisenden Miene auflaufen, sodass ihr fröhliches Lächeln rasch brüchig wurde, ins Wanken geriet und unter dem Druck zusammenbrach. Als Beth Tom schließlich ermutigte, in Kontakt mit ihr zu bleiben, und zurück an ihren Tisch flüchtete, war Lexie stinksauer.

Es lag noch nicht einmal so sehr daran, dass er unverschämt gewesen war – auch wenn es stimmte, und ihr das peinlich war. Nein, sie war stinksauer, weil sie es satthatte, von Tom immer wieder ausgeschlossen zu werden. Sie war es leid, ihm nachzusehen, dass er sich immer, wenn etwas passierte, das ihm nicht passte, hinter sein Schweigen und seine schlechte Laune zurückzog. Er benahm sich wie ein verwöhnter Teenager, und diesmal würde sie es nicht hinnehmen.

Als Tom schweigend die Rechnung beglichen hatte und sie nach draußen führte, packte sie ihn am Ellbogen und fragte: »Wer war das?«

»Das war Beth«, sagte er schroff, und seine Augen warnten sie, dass er das Thema nicht weiter verfolgen wollte.

»Danach hab ich nicht gefragt, und das weißt du auch«, schoss sie zurück. Sie hatte keine Angst vor Tom, und sie brauchte ihn nicht mit Samthandschuhen anzufassen, nur weil er sich wie ein Arschloch aufführte.

»Das geht dich nichts an«, warnte er sie und trat näher auf sie zu, bis er auf sie herabsah.

»Ich finde schon.« Sie hielt den Kopf oben und sah ihm in die Augen. Sie würde nicht lockerlassen, bis er ihr etwas erzählte, bis er ihr einen Einblick in seine Geheimnisse gab, die ihn so verschlossen machten. Denn warum sollte Tom sich verstecken dürfen, während er sie dazu zwang, sich so verletzlich zu machen? Wie konnte sie ihm vertrauen, wenn er jedes Mal dichtmachte, wenn er sich bedroht fühlte?

Doch als ihre Blicke sich trafen, sah sie nicht die Backsteinmauer, mit der sie gerechnet hatte. Stattdessen ließ er sie, nur eine Sekunde lang, sehen, dass er verängstigt war. Und weil sie eine Schwäche für den Typen hatte, wollte sie ihn einfach nur trösten.

Und natürlich, da er ein emotionaler Eisklotz war, gefror er, sobald sie weich wurde. »Nicht«, bat er.

»Was?«

»Sieh mich nicht so an. Hab mich nicht gern.« Er schleuderte ihr die Worte entgegen, als würde sie mit ihrer Zuneigung Hochverrat begehen.

»Es ist zu spät«, flüsterte sie. Doch sie glaubte nicht, dass er es gehört hatte, denn er wandte sich schon zum Gehen.

Da sie nicht wusste, was sie sonst machen sollte, stakste sie auf ihren siebeneinhalb Zentimeter hohen Hacken zurück in ihr Zimmer und wünschte, sie könnte ihn mit den Schuhen bewerfen. Er war so ein dämlicher, egoistischer, sturer Idiot.

Eine Stunde lang blieb er verschwunden. Bis dahin hatte sie sich ihren Schlafanzug angezogen, eine Weile auf den Fernseher gestarrt, ohne wirklich etwas zu sehen, und schließlich das Licht ausgeschaltet. Mit dem Rücken zur Tür lag sie steif unter der Bettdecke, als sie ihn hereinkommen hörte. Sie beschloss, sich schlafend zu stellen. Er wollte nicht, dass sie ihn gern hatte, warum also sollte sie mit ihm reden? Warum sollte sie ihn weiterhin bei Laune halten? Warum sollte sie sich von ihm berühren lassen? Es war demütigend, so viel für einen Mann zu empfinden, der sie so mühelos beiseiteschieben konnte.

Doch sobald er unter die Laken glitt, beide Hände um ihre Taille legte und sie an sich zog, reagierte sie automatisch, als hätten ihr Körper und seiner im Dunkeln einen Waffenstillstand ausgehandelt, an dem ihr Verstand keinen Anteil hatte. Er küsste sie lange und drückte sie fest an sich. Das sanfte Streicheln seiner Hände auf ihrem Rücken und das zärtliche Spiel seiner Zunge sagten ihr ohne Worte, dass es ihm leidtat, dass er anders sein wollte, dass sie ihn verstehen sollte.

Das reichte ihr nicht, aber sie ließ zu, dass er sie liebte, obwohl sie wusste, dass sie es nicht sollte. Denn es war egal, welcher Tom er gerade war, sie begehrte ihn. Heftig, schnell und intensiv, langsam, träge und unbeschwert, und auf jede erdenkliche Art dazwischen, sie begehrte ihn immer. Lexie wusste wirklich nicht, ob das nun bedeutete, dass sie leicht zu haben oder loyal oder sonst was war. Es spielte im Grunde auch keine Rolle, denn sie schien machtlos dagegen zu sein. Ihr Verstand gehörte zwar ihr, aber ihr Körper gehörte Tom.

Die Waffenruhe hielt nur im Dunkeln. Am Morgen sprach er immer noch nicht viel, und Lexie weigerte sich, es ihm leicht zu machen. Wenn sie freundlich zu ihm sein sollte, würde er sie einweihen müssen.

Er tat es nicht.

Und das blieb so bis Breckenridge und weiter auf den Serpentinenstraßen über den Hoosier Pass, dem mit 3.515 Metern höchsten Punkt des TransAmerica Trail. Weiter durch Cañon City bis Pueblo. Am Arkansas River entlang von Pueblo nach Ordway, von Ordway nach Eads, wo die

Rocky Mountains ausliefen in eine braune, flache und öde Landschaft ohne Bäume.

Von Eads bis nach Scott City.

Und dann waren sie in Kansas und befanden sich immer noch im Kriegszustand.

13

Von Beeler, Kansas, nach Eureka, Kansas
Insgesamt 4.125 gefahrene Kilometer

Tom hatte sich nicht gerade auf Kansas gefreut, aber es war sogar noch schlimmer als erwartet. Heute sollten sie von Scott City bis Ness City fahren, und auf der ganzen Strecke gab es keine einzige Kurve. Sie verlief schnurstracks nach Osten, vorbei an einer nach Jauche stinkenden Farm und einem Silo nach dem anderen, und die Langeweile der ausgedörrten, dürregeplagten Landschaft wurde durch nichts als ab und zu einen unscheinbaren Hügel unterbrochen.

Er würde es ihr erzählen müssen.

Er hasste es, dass sie sauer auf ihn war. Er hasste es, dass sie ihn gern hatte. Doch vor allem hasste er es, dass sein Wunsch, ihr sein Herz auszuschütten, ihr jedes schmutzige Detail seiner Vergangenheit zu offenbaren, so groß war. Denn wozu sollte das gut sein? Was erhoffte er sich von ihr? Absolution? Es gab nichts, was sie tun konnte, um irgendetwas davon zu ändern. Sie könnte nichts davon wieder in Ordnung bringen. Wenn Taryn über die Vergangenheit reden wollte, reagierte er genauso. Wozu darüber reden? Die Vergangenheit wieder auszugraben und zu betrauern würde ihr nur noch mehr Macht über ihn verleihen, als sie sowieso schon hatte.

Was geschehen war, war geschehen. Man konnte nichts tun, außer es hinter sich lassen.

Deshalb ging ihm dieser Impuls, Lexie sein Herz auszuschütten, echt auf die Nerven. Sehr zu seinem Ärger war das Bedürfnis nur noch stärker geworden, seit sie Steamboat verlassen hatten, statt wie erhofft nachzulassen.

Die Wahrheit war, dass er es ihr sagen wollte, weil er wollte, dass sie ihn *kannte*. Aber so sollte ein Mann nicht empfinden bei seiner Tourenpartnerin mit gewissen Vorzügen. Es war die Torheit eines Mannes, der schon viel zu tief im Schlamassel steckte.

Wenn er einen Ausweg gesehen hätte, hätte er ihn genommen. Er wäre heim nach Salem geflogen, nach Mexiko geflüchtet, nach Norden in Richtung Kanada geradelt – alles, um zu vermeiden, den Rest der Strecke quer durchs Land mit dieser Frau zurückzulegen, die in ihm den Wunsch weckte, ein besserer Mensch zu sein. Ein souveräner Mann. Ein Mann, der sie lieben könnte.

Das würde nicht passieren, weil er es nicht zulassen würde. Er war fertig mit der Liebe, fertig mit der Ehe, fertig mit allem. Er war jetzt seit fünf Jahren Einzelgänger, und so sollte es auch bleiben. Wie Thoreau lebte Tom im Wald – jedenfalls im übertragenen Sinne. Selbst Thoreau hatte es im übertragenen Sinne getan. Seine Mutter hatte ihm manchmal das Mittagessen vorbeigebracht. Aber das war nicht entscheidend. Entscheidend war, dass Tom den Entschluss gefasst hatte, sein Leben auf die geringsten Ansprüche zu reduzieren. Er hatte ein Haus, einen Job, ein Fahrrad, eine Schwester. Für die paar Monate jetzt hatte er Lexie in seinem Bett. Das war alles, was er brauchte, und alles, was er sich wünschen würde.

Leider hatte er ihr versprochen, sie nicht wieder allein zu lassen, und das war seine Buße: Kansas, ihre Verärgerung, und seine Erkenntnis, dass er ihr alles erzählen würde, was sie wissen wollte, obwohl ihm klar war, dass es genau das Falsche war.

Er hielt an der Tankstelle von Beeler an, kaufte Limo und Eis-Sandwiches für sie beide und setzte sich auf den Bordstein. Nach ein paar Minuten kam auch Lexie aus dem Laden und hockte sich neben ihn.

»Sie war meine Schwägerin«, sagte er ohne Umschweife. Als ihm klar wurde, dass sie vielleicht nicht wusste, wovon er sprach, fügte er hinzu: »Beth. Im Restaurant. Sie ist die Schwester meiner Exfrau.«

Lexie nahm sich eine der Plastikflaschen zwischen seinen Füßen, drehte sie auf und trank einen großen Schluck. »Jemand hat dich geheiratet?«

Das war nur halb scherzhaft gemeint.

»Ich hab dir doch gesagt, ich war mal charmant.«

Sie saßen eine halbe Minute da, während die Sonne ihnen auf den Rücken knallte. Es roch nach Benzin und Kuhscheiße.

Tom seufzte. »Da gibt's nicht viel zu erzählen. Ihr Name ist Haylie. Wir haben uns kennengelernt, als ich BWL studierte und sie Jura. Wir haben geheiratet, uns ein Haus gekauft, einen Hund aus dem Tierheim geholt, und dann, als ein paar üble Dinge in meinem Leben passierten und ich ihre Unterstützung gebraucht hätte, bekam ich sie nicht von ihr. Später erfuhr ich, dass sie damals schon mit meinem Bruder schlief. Sie sind inzwischen verheiratet.« Er schwieg und überlegte, ob es sonst noch etwas zu sagen gab. »Die beiden haben zwei Kinder«, fügte er hinzu.

Sie packte ihr Eis-Sandwich aus und biss ein großes Stück davon ab, sodass Schokostückchen an ihren Fingerspitzen kleben blieben und ihre Lippen mit Eiscreme verschmiert waren. Selbst jetzt, während er beklommen auf ihre Reaktion wartete, wollte er sie sauber lecken. Verrückt.

»Fährt sie auch Fahrrad?«, fragte sie schließlich.

Die Frage kam so unerwartet, dass Tom fast gelacht hätte. »Nein. Sie war mehr der Pilates-Typ.«

Lexie nickte langsam. »Klingt nach einer Erste-Klasse-Zicke.« Ihr Kommentar hätte auch dem Wetter gelten können.

Diesmal lachte er, hauptsächlich vor Erleichterung. Er hatte ihr von Haylie erzählt, und sie tat so, als wäre es keine große Sache. Haylie war nicht die ganze Geschichte, aber das war okay. Ihr von Haylie zu erzählen, war ein guter Anfang.

»Taryn ist ähnlicher Ansicht.«

»Ich wusste, dass ich deine Schwester mag.« Lexie stand auf, verputzte ihr Eis-Sandwich bis auf den letzten Krümel und leckte sich die Finger. »Und was hat Beth dir getan?«

»Nichts.«

»Dann hättest du nicht so arschig zu ihr sein dürfen.« Sie verschränkte die Hände hinter dem Rücken, um ihre Schultern zu dehnen, und hielt ihm ihre klebrige Hand hin. »Fahren wir. Ich würde dieses Kaff gern so schnell wie möglich hinter mir lassen.«

Er ließ sich von ihr hochziehen, bis sie sich nur Zentimeter voneinander entfernt gegenüberstanden. »Vertragen wir uns wieder?«, fragte er.

Stirnrunzelnd blinzelte sie zu ihm auf, todernst, aber trotzdem süß. »Glaubst du, beim nächsten Mal kriegst du es hin, es mir ein bisschen schneller zu erzählen? Vielleicht eine Stunde oder auch zwei, nachdem ich dich danach frage, und nicht erst eine Woche später?«

In Anbetracht dessen, dass es für ihn relativ schmerzfrei abgelaufen war, glaubte er, das unter Umständen zu schaffen. »Ja.«

»Dann vertragen wir uns.«

Er beugte sich vor und leckte ihren Mundwinkel, wo immer noch ein kleiner Rest Eiscreme und Schokolade hing. »Gut. Denn du hast mir gefehlt.«

Sie umfasste seinen Hinterkopf und drückte ihm rasch einen Kuss auf die Lippen. »Du mir nicht. Jede Menge Sex und keinen deiner üblichen griesgrämigen Vorträge – ich würde sagen, ich hatte das bessere Los gezogen.«

Doch dann küsste sie ihn noch einmal, stürmisch diesmal, und da wusste er, dass sie es nicht ernst meinte.

Auf Toms Vorschlag hin hielten sie im Vogelschutzgebiet in Stafford an und folgten einem Wanderweg durch Wälder und Marschland. Ende Juli war nicht die beste Zeit, um Zugvögel zu beobachten, doch es gelang ihm trotzdem, einen Milan, zwei Turmfalken, einen Fasan und mehrere Habichte zu entdecken, und das alles während eines einstündigen Besuchs.

»Wie machst du das?«, fragte sie ihn schließlich, erstaunt über sein umfangreiches Wissen.

»Was denn, Vögel bestimmen?«

»Nein. Ich meine: ja, aber genauer gesagt, wie kommt es, dass du die Namen so gut wie jeder Pflanze, jedes Tieres und jedes geologischen Phänomens kennst, auf die wir während der vergangenen 3.220 Kilometer gestoßen sind?«

Er zuckte mit den Achseln. »Ich hab die Dinge schon immer gern beim Namen genannt.«

»Wenn du die Menschheit nicht hassen würdest, wärst du ein toller Tour-Guide.«

»Wenn wir unser eigenes Touristikunternehmen gründen, überlasse ich dir den Kundenkontakt, und ich bin für die Naturvorträge zuständig. Ich kann auch die Fahrräder in Schuss halten«, antwortete er mit einem Lächeln.

Er machte Witze. Doch ihr törichtes Herz schlug trotzdem schneller, weil es das erste Mal war, dass er auf eine gemeinsame Zukunft anspielte. Das würde nicht passieren. Sie hatten eine Abmachung: In Yorktown würden sie sich trennen. Warum also sagte er so was? Und was bedeutete es, dass die beiläufige Bemerkung ein nervöses Flattern in ihrer Brust auslöste und ihre Handflächen feucht wurden?

Was auch immer es bedeutete, es verhieß nichts Gutes für ihren Seelenzustand, wenn sie allein nach Portland zurückkehrte.

Nachdem sie das Schutzgebiet hinter sich gelassen hatten, fuhren sie nebeneinander, doch irgendwann verengte sich der Seitenstreifen, sodass Tom gezwungen war, vorzufahren.

»Wie kommt es, dass du immer vorfährst?«, beschwerte sie sich halbherzig, obwohl es ihr im Grunde egal war. In Wahrheit gefiel es ihr sogar, wenn Tom vorfuhr. So konnte sie ihn so oft ansehen, wie sie wollte.

Er lächelte ihr über die Schulter zu. »Ich muss vor dir herfahren. Hinter dir zu fahren macht mich wahnsinnig.«

»Warum, fahre ich zu langsam? Oder schalte ich zu oft? Wie lautet meine Sünde, Geiger?«

Das Grinsen wurde breiter. »Nicht das, was du tust, ist sündhaft, Süße, sondern dein Aussehen. Ich kann deinen Arsch nicht in diesen Shorts ansehen, ohne hart zu werden, und mit einem Steifen Rad zu fahren ist verdammt unangenehm.«

Sie brauchte eine Weile, bis sie begriff, dass er keine Witze machte, doch dann legte sie einen Zwischenspurt ein und setzte sich an die Spitze. Herausfordernd warf sie einen Blick zu ihm zurück. »So etwa? Macht dich das verrückt?«

»Tu das nicht. Sonst baue ich einen Unfall.«

Sie drehte sich wieder nach vorn und schaltete ein paar Gänge höher, damit sie sich übertrieben in den Hüften wiegen konnte, während sie sich nach vorne beugte.

Tom stöhnte theatralisch und verfolgte sie. Als er fast mit ihr gleichgezogen hatte, verpasste er ihr einen Klaps auf den Hintern. Lachend schoss sie los, und sie fuhren um die Wette. Lexie wollte unbedingt gewinnen und sprintete so schnell sie nur konnte, aber gleichzeitig in die Pedale zu treten, zu atmen und zu lachen war schwierig, sodass sie schließlich bremsen und die Füße auf den Boden stellen musste, bevor sie noch hinschlug. Tom hielt jäh an, zerrte sie vom Fahrrad und warf sie um, sodass sie der Länge nach auf dem grasbewachsenen Grünstreifen am Straßenrand landeten.

Sie keuchten, schwitzten und grinsten wie Honigkuchenpferde. Als ihre Blicke sich trafen, hob sie die Hand an seine Schläfe und strich mit dem Daumen über seine tiefen Lachfalten. Sie liebte es, wenn er so lächelte.

Er übersäte ihre Nase, ihr Kinn und ihre Wangen mit Schmetterlingsküssen, und sie musste lachen, weil ihre Helme zusammenstießen. Da wurde sie sich seines Gewichts bewusst, das sie zu Boden drückte, des Drucks seiner Hüfte auf ihrem Unterleib, und noch eines anderen Drucks, der sie dazu veranlasste, hin und her zu rutschen, bis sie ihn direkt zwischen den Beinen spürte. Ein Stein piekste sie zwischen den Schulterblättern, doch das kümmerte sie nicht.

Auf ihre Schlängelbewegung hin verblasste Toms Lächeln, und er küsste sie wieder, diesmal mit so viel Zunge, dass sie den Stein völlig vergaß. Ein leises Stöhnen entrang sich ihrer Kehle, und sie schob gerade die Hände unter sein Hemd, als ein Auto vorbeirauschte wie ein Güterzug und sie beide so erschreckte, dass sie sich ruckartig aufsetzten.

Tom sah sich langsam um, als wüsste er nicht so recht, wo sie sich befanden oder wie sie hergekommen waren. »Ein Grund mehr, Kansas nicht zu mögen«, sagte er schließlich. »Es gibt keine guten Stellen, an denen man sich im Freien lieben kann.«

Lexie war gezwungen, ihm zuzustimmen. Es war nirgends ein Baum oder ein Felsbrocken zu sehen. Selbst der Entwässerungskanal war zu flach, um ihnen von Nutzen zu sein.

»Das ist sehr rücksichtslos«, sagte sie. »Das müsste gesetzlich geregelt sein.«

Tom nickte ernst. »Es sollte alle dreißig Kilometer am Straßenrand kleine Hütten geben.«

»Vier Wände, ein Schloss an der Tür, einen Kondomautomaten und eine ebene Fläche«, sagte sie und konnte ein Lächeln nicht mehr unterdrücken.

»Ich sehe da eine echte Marktlücke«, sagte Tom, rieb sich über sein Stoppelkinn und grinste verschmitzt. »Was hältst du von dem Namen ›Toms Sexschuppen‹?«

»Du willst, dass deine Kunden an dich denken, wenn sie es treiben?«

»Wer hat etwas von Kunden gesagt?«, fragte er. »Ich werde sie für dich und mich bauen.«

Sie lehnte sich zufrieden an seine kräftige Brust. »Ach, Tom. Das ist das Romantischste, das mir je jemand gesagt hat.«

»Für dich immer nur das Beste, meine Süße«, antwortete er und drückte ihr einen Kuss in den Nacken.

Für ein paar Minuten saßen sie gemeinsam am Straßenrand im Schotter am Ende der Welt in Kansas, und sie war rundum glücklich.

Abends im Zelt begann er, ihr Fragen zu stellen. Persönliche Fragen.

Hattest du eine Zahnspange? Wie warst du an der Highschool? Bist du gerne Lehrerin?

Das waren keine Fragen, die man seiner Tourenpartnerin stellte, nachdem man gemeinsam ein paar Tausend Meilen zurückgelegt hatte. Das waren Kennenlernfragen, die einem ein neuer Freund etwa zu dem Zeitpunkt stellte, an dem man für ihn interessanter geworden war, nachdem man mit ihm im Bett gelandet war.

Sie fand die Fragen prickelnd und Furcht einflößend zugleich.

Sie fragte sich, ob er überhaupt wusste, was er da tat, ob er sich bewusst war, wie sehr er sich von dem gereizten, zornigen Mann unterschied, den sie in Oregon am Strand kennengelernt hatte. Er war auch völlig anders als der launenhaften Liebhaber, der er in Wyoming und Colorado gewesen war. Ganze Tage vergingen, an denen sich dieser Tom kein einziges Mal blicken ließ. An seine Stelle war ein lächelnder, witziger, aufmerksamer Mann getreten, der sie behandelte wie … nun, wie seine Freundin.

Also hätte es sie vielleicht nicht zu überraschen brauchen, als er ihr die klassischste Neuer-Freund-Frage von allen stellte.

Sie lagen nackt und verschwitzt nebeneinander im Zelt. Bis Sonnenuntergang war es noch mindestens eine Stunde, und die Hitze des Tages hatte noch kein bisschen nachgelassen. Ihr Liebesspiel war raffiniert und heiß gewesen und hatte ihr fast das Hirn weggepustet. Jetzt betete sie nur, dass ein Lüftchen aufkommen und sie abkühlen würde, aber wie immer spielte Kansas da nicht mit.

Auf den Ellbogen gestützt betrachtete Tom ihren Bauch und zog mit dem Finger träge Kreise um ihren Nabel. Das leichte Stirnrunzeln und der nachdenkliche Ausdruck in seinen Augen verrieten ihr, dass gleich eine Frage käme. Er dachte immer lange über seine Fragen nach, bevor er sich dazu durchrang, sie zu stellen. Lexie fragte sich, ob er wusste, dass sie das wusste.

Schließlich spuckte er es aus. »Warum bist du nicht verheiratet?«

Sie konnte nicht anders – sie lachte. Als Tom sich versteifte, wurde ihr klar, dass sie womöglich seinen Stolz verletzt hatte. Deshalb nahm sie sich zusammen und küsste ihn auf den Kiefer, der völlig verspannt war.

»Entspann dich! Tut mir leid, ich hätte nicht über dich lachen dürfen«, entschuldigte sie sich. »Aber das ist eine solche Fangfrage. Es soll nach einem Kompliment klingen wie: ›Warum hat sich noch keiner eine so wunderbare Frau wie dich geschnappt?‹ Doch in Wahrheit stellen Männer sie, weil sie dich über die schmutzigen Details deines früheren Liebeslebens aushorchen wollen.«

Der Kuss hatte ihn ein wenig besänftigt, doch er versteifte sich schnell wieder.

»Ich will dich nicht aushorchen«, beharrte er. »Ich hab dir eine simple Frage gestellt.«

»Klar.«

Sie wartete und zählte im Geiste bis sechsundvierzig, bevor er weitersprach.

»Gibst du mir nun eine Antwort oder nicht?«

Innerlich lächelnd ließ Lexie sich wieder auf den Rücken

fallen. »Warum ich nicht verheiratet bin? Vermutlich, weil ich einen schrecklichen Männergeschmack habe.«

»Anwesende ausgenommen«, sagte er mit einem leisen Lächeln.

»Das hast du gesagt, nicht ich.«

»Erzähl mir was von deinen schrecklichen Männern.«

»Du horchst mich doch aus.«

Er nickte und gab es endlich zu. »Ja.«

Obwohl sie sich des Gefühls nicht erwehren konnte, eine Drittes-Date-Unterhaltung mit einem Typen zu führen, mit dem sie schon öfter geschlafen hatte, als sie zählen konnte, tat sie ihm den Gefallen. »Na schön, mal sehen. Alles fing mit Barry Hubbard an. Er war mein erster Freund an der Highschool. Ich hab ihn im Chor kennengelernt. Er war total verträumt, mit großen braunen Augen und kastanienbraunen Haaren, die ihm in die Stirn fielen. Supernett, und auch witzig. Und er hatte das absolute Gehör. Es gab nur ein Problem mit Barry.«

»Schwul?«, riet Tom.

»Stockschwul«, bestätigte sie. »Rückblickend hätte der Chor ein Anhaltspunkt sein müssen. Der arme Barry, er ist jetzt viel glücklicher, seit er sich geoutet hat. Er und sein Partner schicken mir immer noch jedes Jahr eine Weihnachtskarte.«

Sie überlegte, bei wem sie weitermachen sollte, und übersprang ein paar langweilige Highschool-Freunde zugunsten der eindrucksvolleren Herzschmerzgeschichten während ihres Studiums. »Dann kam die Uni, mit den üblichen betrunkenen Affären und Schwärmereien für langhaarige Typen aus meinen Englischkursen. Die große Enttäuschung an der Uni war Richard. Wir wollten nach dem Abschluss heiraten. Er schien der perfekte Mann zu sein – bis er anfing, mit meiner Zimmergenossin zu schlafen. Diese Trennung verlief nicht so freundschaftlich. Er wurde von meiner Weihnachtskartenliste gestrichen, als er all meinen Freunden erzählte, es sei meine Schuld, dass er mich betrogen hätte, weil ich eine so frigide Ziege sei.«

»Was für ein Wichser«, sagte Tom kopfschüttelnd.

»Allerdings.«

»Ich kann nicht glauben, dass er dich frigide genannt hat.«

Er lächelte, und sie schubste ihn spielerisch. Das war in etwa so wirkungsvoll wie einer Backsteinmauer einen Schubs zu geben. »Hör auf damit, sonst erzähle ich dir den Rest nicht.«

»Na schön, ich bin artig. Ich will keins der fesselnden Details deiner romantischen Enttäuschungen verpassen.« Seine Finger zeichneten winzige, zittrige Kreise auf ihre Hüfte.

»Okay, nach dem Kummer mit Richard bin ich mit dem ein oder anderen Mann ausgegangen, aber ich fing gerade als Lehrerin an und hatte nicht viel Freizeit. Erst in meinem vierten Jahr im Job lernte ich Peter kennen. Er war der neue stellvertretende Rektor an meiner Schule, und nach ein paar Wochen machte er mir hartnäckig den Hof. Die Beziehung wurde schnell sehr intensiv. Drei Wochen nach unserem Kennenlernen machte er mir einen Heiratsantrag – wir hatten uns fast jeden Abend getroffen –, und wir legten sogar schon einen Hochzeitstermin fest. Doch dann …

dann wurde es ein bisschen zu intensiv.« Sie schwieg, weil sie keine Möglichkeit sah, die Geschichte zwischen ihr und Peter amüsant darzustellen.

Tom versteifte sich. »Hat er dir wehgetan?«

»Nicht körperlich. Aber er wurde herrschsüchtig und gemein, und wahrscheinlich wäre es nur eine Frage der Zeit gewesen. Ich bin ausgestiegen, bevor es so weit kommen konnte, aber ich musste ein Kontaktverbot erwirken und die Schule wechseln, um ihn loszuwerden.«

Tom legte den Arm um sie, zog sie wieder an sich und küsste sie auf die Schulter. »Es tut mir leid. Du musst nicht darüber reden.«

Sie zuckte mit den Schultern. »Es ist inzwischen okay. Ich meine, er steht nicht mehr auf meiner Weihnachtskartenliste, aber er hat keinen bleibenden Schaden angerichtet. Ich hab eine Beziehungspause von einem Jahr eingelegt, bevor ich meinen Freunden erlaubt habe, ein paar Blind Dates für mich zu arrangieren, aber in letzter Zeit hab ich das auch weitgehend aufgegeben. Es ist einfach nicht der Mühe wert. Ich will Fahrradfahren, weißt du? Ich will die Welt sehen und etwas erleben. Die meisten Typen, die ich treffe, stellen sich unter einem Abenteuer eine Karibik-Kreuzfahrt vor. Was völlig okay ist, wenn man es so möchte, aber …«

Sie blickte nach oben durch das Fliegengitter in der Zeltdecke. Der Himmel war tiefblau und violett, und irgendwo in der Nähe grollte der Donner, doch es regte sich immer noch kein Lüftchen. Während sie hier nackt neben Tom lag und zusah, wie das Unwetter heranzog, fiel es ihr schwer, sich an Portland zu erinnern, oder eine akzeptable Erklärung dafür zu formulieren, warum sie nicht verheiratet war und ein völlig anderes Leben führte. Sie tat es nicht, weil sie genau das hier, diesen Moment, hatte haben wollen. Sie hatte Tom gewollt, bevor sie ihm überhaupt begegnet war.

Aber das war Wunschdenken – man musste es mit der Realität abgleichen. In Wahrheit kam das schmerzliche Ende dessen, was auch immer zwischen ihnen war, mit genauso großer Sicherheit auf sie zu wie das Gewitter. Sie und Tom lebten gerade in der Ruhe vor dem Sturm. Sie mussten es genießen, solange es andauerte.

Deshalb zuckte sie mit den Schultern und wischte die ernste Wendung, die ihr Gespräch genommen hatte, mit einer Geste fort. »Ich hab die Suche nach dem Märchenprinzen aufgegeben und mir einen Vibrator gekauft.«

Bei dem Wort »Vibrator« spitzte Tom die Ohren, und sie musste lächeln. Was hatte es nur auf sich mit Männern und Sexspielzeugen? »Freu dich nicht zu früh. Ich hab ihn nicht dabei.«

»Warum nicht?«, fragte er, und seine Augen funkelten vor Belustigung.

»Zu viel Gewicht«, sagte sie mit ausdrucksloser Miene. »Dick ist riesig.«

»Du nennst deinen Vibrator ›Dick‹?«

»Es schien mir passend.«

Tom öffnete den Mund, als wollte er etwas sagen, und klappte ihn kopfschüttelnd wieder zu.

»Was denn?«

»Ich kann mich nicht entscheiden, ob ich geil oder eifersüchtig sein soll«, sagte er kleinlaut.

Das brachte sie wieder zum Lachen. »Von meinen Exfreunden zu hören macht dir nichts aus, aber du bist eifersüchtig auf meinen Vibrator? Du bist echt krank.«

»Deine Exfreunde klingen alle wie Trottel, und von ihnen zu hören *hat* mir was ausgemacht – wenigstens von dem letzten. Aber warum sollte ich eifersüchtig sein, wenn sie weg vom Fenster sind? Dieser Dick hingegen – mir gefällt nicht, wie du strahlst, wenn du von ihm sprichst.«

Seine Augen hatten jenen Ich-werde-dich-vernaschen-Glanz, den sie so liebte, deshalb provozierte sie ihn noch ein wenig mehr. »Oh ja, er bringt mich wirklich zum Strahlen. Er ist der verlässlichste Freund, den ich in der Beziehung je hatte. Dick beschert mir immer einen Orgasmus, wenn ich ihn darum bitte, und stellt nie selbst Ansprüche.«

Tom zog sie näher an sich, bis sie seinen halb erigierten Penis an ihrem Kreuz spürte. Seine Hand strich über ihren Bauch nach unten, um mit dem gekräuselten Haar zwischen ihren Beinen zu spielen. »Er klingt wirklich unglaublich. Du musst ihn sehr vermissen.«

»Hmhm. Ich denke die ganze Zeit an ihn.«

»Ich vermute, es ist mir nicht gelungen, dich von deinem Kummer abzulenken.« Er begann, sie an all den Stellen zu küssen, von denen er wusste, dass sie es dort am liebsten hatte, strich mit den Lippen über ihren Hals und beugte sich vor, um sanft an ihrem Schlüsselbein zu saugen, während seine Finger ihre Brüste streichelten und leicht über ihre Brustwarzen glitten. Derweil wurde er an ihrem Po härter – ein eindeutiger Beweis dafür, wie sehr es ihm gefiel, ihr Lust zu bereiten.

»Tja, du bringst mich auch ziemlich zuverlässig zum Orgasmus«, räumte sie leicht atemlos ein. Tom hielt inne, bis sie den Hals reckte, um ihn anzusehen. Er verzog missmutig die Lippen und hob eine Augenbraue. »Okay, du bringst mich auch *jedes Mal* zum Orgasmus.« Er rührte sich nicht, bis sie hinzufügte: »Normalerweise mehr als einmal.«

Zum Dank schenkte er ihr ein kleines, überlegenes Lächeln und fuhr fort, sie mit Mund und Fingern verrückt zu machen. »Aber Dick kann etwas, das du nicht kannst«, sagte sie mit genau der richtigen Dosis Bedauern, wie sie hoffte.

»Und das wäre?«, fragte er, und seine Stimme klang gedämpft an ihrer Haut.

»Er kann vibrieren.«

Tom lachte, ein tiefer, erotischer Laut, der sie in Schwingungen versetzte wie eine gezupfte Saite. »Ich kann was viel Besseres.« Seine Finger tauchten tiefer und begannen, ihre Melodie zu spielen.

»Ja?«, fragte sie, jetzt so erregt, dass es ihr schwerfiel, Worte mit mehr als einer Silbe hervorzubringen.

Er rollte sie auf den Rücken und schob sich über sie, wobei seine Brustmuskeln über ihre Nippel rieben und seine Erektion gegen ihren Schenkel presste. »Ja. Dick ist bloß ein Blender aus Silikon, wohingegen ich das Original besitze.«

Das Original war natürlich unschlagbar. »Zeig's mir«, sagte sie, spreizte die Beine und reckte ihm die Hüfte entgegen.

Tom glitt mit einem Stöhnen in sie hinein, und es war keine Frage, er fühlte sich *viel* besser an als Dick. Größer. Härter. Und so unglaublich heiß.

»Außerdem«, fügte er hinzu, zog sich zurück und stieß so langsam wieder in sie hinein, dass sie glaubte, den Verstand zu verlieren, »habe ich zwei Hände. Und eine Zunge. Und all das steht dir zu Diensten.« Mit einem sinnlichen Kuss eroberte er ihren Mund, zog sich ein zweites Mal zurück und bewegte sich langsam wieder in sie hinein, erneut so verhalten, dass sie die Beine um ihn schlang und mit den Fersen zudrückte, um ihn anzutreiben. Auch wenn es nichts brachte. Tom bewegte sich immer nur so schnell, wie er wollte. Der Mann verfügte über eine unglaubliche Selbstbeherrschung.

»Dick würde mich nie so auf die Folter spannen«, keuchte sie.

»Mmm. Dick weiß anscheinend nicht, wie sehr dir das gefällt«, antwortete er. Und dann zeigte er ihr, was zwei Hände und eine Zunge tun konnten, um ihr den Verstand zu rauben.

Als sie kurz vor dem Höhepunkt war, steckte er den Zeigefinger an eine sündhafte Stelle und brachte sie dazu, vor Lust zu explodieren. Sie keuchte immer noch, Tom tief in ihr vergraben, als er ihr ins Ohr flüsterte: »Sag mir, dass ich besser bin als Dick.«

Er war eine Million Mal besser. Aber das würde sie auf keinen Fall zugeben, solange sie so viel Spaß dabei hatte, ihn dazu zu bringen, es ihr zu beweisen.

Sie schüttelte den Kopf. »Ich bin mir noch nicht sicher … Du bist ziemlich … nah dran.« Sie atmete so heftig, dass es ihr schwerfiel, Worte sinnvoll aneinanderzureihen. Sie griff nach oben und tätschelte herablassend seinen Arm.

Wenigstens sollte es herablassend sein. Ihre Hand zitterte noch von dem Orgasmus, was den Effekt ein wenig verdarb. »Du machst das … wirklich toll. Aber er … *vibriert*.«

Tom lachte und biss ihr ins Ohrläppchen. »Das wirst du mir büßen.«

Erst als er sie mit der Zunge fast zum zweiten Höhepunkt gebracht hatte, nur um einmal, zweimal, dreimal mittendrin innezuhalten, sodass sie ganz außer Atem war und sich vor Lust verzehrte, gab sie schließlich nach.

»Ja, okay! Ja.«

»Ja, was?« Er strich ihr eine Haarsträhne aus der verschwitzten Stirn, und die zärtliche Geste gab ihr fast den Rest.

»Ja, du bist besser. Du bist der Beste, okay? Der Beste, den ich je hatte. Und jetzt lass mich bitte kommen, sonst muss ich dich umbringen.«

Da rutschte er nach oben, um sie zu küssen, seine Finger in ihren Haaren, und sie vergaß ihr kleines Spielchen und gab sich ihm vollkommen hin. Denn nur Tom hatte ihr je dieses Gefühl gegeben, nur Tom konnte ihren Körper und ihre Seele zugleich zum Strahlen bringen.

Als er den Kuss unterbrach, flüsterte er ihr ins Ohr: »Du bist für mich auch die Beste. Du bist absolut perfekt.«

Dann schob er sich in sie hinein und brachte sie beide genau dahin, wohin sie wollten.

14

Von Eureka, Kansas, bis Marshfield, Missouri
Insgesamt 4.546 gefahrene Kilometer

Niemand hatte Lexie je gesagt, dass sie von Natur aus unfähig war, mehrere Dinge gleichzeitig zu tun, aber es war die Wahrheit. Sie war ein Mensch, der sich immer nur auf eine Sache konzentrieren konnte. Ihre totale Hingabe machte sie zu einer großartigen Gesprächspartnerin und zu einer Frau, mit der man viel Spaß haben konnte. Aber manchmal bedeutete es auch, dass sie das Abendessen verdarb.

Er beobachtete, wie sie den Deckel vom Topf mit dem spanischen Reis nahm und rührte, während sie ihr Handy mit der Schulter ans Ohr presste. Es war schwierig, den Reis gar zu kochen, ohne ihn anbrennen zu lassen. Der Campingkocher war zwar zuverlässig, funktionierte aber bei geringer Hitze nicht sehr gut. Sie sah sich suchend nach einer Flasche Wasser um, um mehr Flüssigkeit hinzuzugeben, doch ihr Bruder musste etwas Lustiges gesagt haben, denn sie lief lachend mit dem Löffel in der Hand vom Picknicktisch weg und hatte den Reis vergessen.

Tom schnappte sich den Löffel und übernahm. Da das Säubern des Topfes in seinen Verantwortungsbereich fiel, tat er sich nur selbst einen Gefallen.

Lexie lächelte ihn dankbar an und ließ sich auf die Bank sinken, während er Wasser dazugab. Er schnitt ein Stück Cheddar in dünne Scheiben, um sie später mit schwarzen Bohnen als Proteinlieferanten unter den fertigen Reis zu mischen. Das war schon seit Tagen ihre Standardmahlzeit, wenn sie viele Kilometer absolviert hatten und zu müde waren, um essen zu gehen oder etwas zu kochen, wofür man das Gehirn einschalten musste.

»Ich weiß nicht«, sagte Lexie zu ihrem Bruder. »Wir haben überlegt, vielleicht einen Umweg zu machen und uns eine interessantere Strecke zu suchen.«

Sie hatten immer noch ein paar Tage in Kansas vor sich, bevor sie die Grenze zu Missouri erreichten, und über Möglichkeiten nachgedacht, um die Tour interessanter zu gestalten. Obwohl die Straße nach ihrer Ankunft in den Flint Hills leicht hügelig und das reine Ackerland aufgelockert worden war, weil sie in den Bereich der Viehfarmen der Rindermastzone des Landes gelangt waren, gab es immer noch nichts Weltbewegendes zu sehen. Sie wurden dieses alltäglichen Einerlei langsam überdrüssig. Eine Stadt wie Cassoday, Kansas, Präriehuhn-Hauptstadt der Welt, hatte nicht viel zu bieten.

»Ja, ich hatte alle Übernachtungen vorher ausgeklügelt, aber wir richten uns nicht mehr danach«, sagte Lexie. »Es macht mehr Spaß, spontan zu sein.«

Das brachte ihn zum Lächeln. Er hatte wirklich Freude daran, wie Lexie sich in eine spontanere Fahrerin verwandelte. Seit er ihren Computer auf die Weide geschmissen hatte, war alles anders geworden. Sie hatte keinen neuen verlangt und sogar ihr Notizbüchlein in die Untiefen ihrer Tasche rutschen lassen. Jetzt fuhren sie jeden Tag so weit, wie sie wollten, hielten an, wenn sie Lust dazu hatten, und besichtigten alle Sehenswürdigkeiten, die sie interessierten. Ganz zu schweigen davon, dass sie die Kunst perfektionierten, landschaftliche Besonderheiten ausfindig zu machen, hinter denen sich zwei erwachsene Menschen verbergen konnten, die es nicht durch den Tag schafften, ohne einander an die Wäsche zu gehen.

Die spontane Lexie Marshall war ein Knaller.

»Das geht dich nichts an«, rief sie lachend. »Ach, *jetzt* stellst du mir auf einmal Fragen. Ich fahre seit zwei Monaten mit dem Typen, und du hattest null Fragen über ihn …« Sie hielt inne. »Okay, okay, du hast mich gefragt, ob er eine Axt dabei hat, aber ansonsten hast du nicht die geringste Neugier an den Tag gelegt.« Lächelnd hörte sie einen Moment zu und blickte auf zu Tom. »James will wissen, was du mit meinem wahren Ich angestellt hast. Er behauptet, du hast mich einer Gehirnwäsche unterzogen, weil ich noch nie im Leben spontan war.«

Tom ließ sich neben ihr auf die Bank fallen, schlang den Arm um ihre Taille und flüsterte in das handyfreie Ohr: »Soll ich ihm sagen, was ich gemacht habe?« Er schob die Finger unter den Saum ihres Shirts und in ihre Shorts.

Kichernd schlug sie nach seiner Hand. »Nein! Geh und mach den Reis fertig, er brennt sonst an.« Er biss sie ins Ohrläppchen, stand auf, um sich wieder dem Topf zu widmen, und überließ sie ihrem Gespräch.

»Was macht das für einen Unterschied?«, fragte sie nach

einer Weile. »Oh! Im Ernst? Wow, das ist echt super! Aber lass sie nichts Schweres schicken, okay? So sentimental bin ich auch wieder nicht, dass ich zwei Buchstützen bis nach Virginia schleife, nur weil Mom sie für mich gekauft hat.«

Als sie zu Tom herübersah, zog er fragend eine Augenbraue hoch, und sie erklärte: »Meine Familie will mir zum Geburtstag Geschenke schicken. Können wir uns auf einen Ort festlegen, an dem wir in vier Tagen sind?«

»Marshfield«, sagte er. Er hatte sich vorhin die Karte angesehen. Es gab keinen interessanteren Ort in der Gegend.

Als sie aufgelegt hatte, reichte er ihr eine Schüssel mit Reis und ein Bier über den Picknicktisch. »Du hast mir gar nicht gesagt, dass du bald Geburtstag hast.«

Sie zuckte mit den Schultern. »Du scheinst mir nicht der Typ zu sein, dem Geburtstage wichtig sind.«

Das waren sie auch nicht. Lexie war ihm wichtig. Das hatte er sich erst vor Kurzem eingestanden, und auch nur aus dem Grund, weil er beschlossen hatte, das nicht zu einem Problem werden zu lassen. Er konnte Lexie mögen und sie trotzdem verlassen, wenn die Tour vorbei war. Diese Sache zwischen ihnen hatte ein Verfallsdatum, was ihn davor schützte, etwas Dummes zu tun – wie vorzuschlagen, dass sie nach ihrer Rückkehr nach Oregon zusammenkommen sollten. Tom glaubte, dass der TransAm Trail seine eigenen Regeln hatte. Während der Tour konnte er Lexie mögen. Wenn er nach Salem zurückkam, würde er zurück in den Wald gehen, und sie könnte ihr Leben weiterleben. Sie verdiente sowieso etwas Besseres als ihn.

»Machst du Witze? Ich liebe Geburtstage«, log er ungerührt. »Taryn und ich treffen uns immer und zertrümmern zur Feier des Tages im Garten eine Piñata.«

Sie kannte ihn zu gut, um ihm das abzunehmen. »Ja, klar. Ich wette, du kaufst ihr im Internet einen Geschenkgutschein und schickst ihn ihr per E-Mail, und dann muss sie dich zwingen, damit du sie auf einen Drink einlädst.«

Ziemlich nah dran. »Autsch, Marshall.« Kopfschüttelnd deutete er mit der Gabel auf sie. »Du bist bloß empfindlich, weil du langsam alt wirst. Wie alt wirst du dieses Jahr, fünfundvierzig?«

»Sehr lustig. Damit du's weißt, ich werde das reife Alter von dreißig erreichen.«

Er schnitt eine Grimasse und sog Luft durch die Zähne ein. »Oh, sorry, du bist sehr reif für dein Alter.«

»Danke. Glaub nicht, dass ich nicht weiß, dass du mir ein paar Jahre voraus bist, Opa. Ich hab das Nirvana-Konzert-T-Shirt oft genug an dir gesehen, um zu wissen, dass du in Seattle in Moshpits herumgehüpft bist, als ich noch in der Mittelstufe war. Wie alt bist du eigentlich?«

»Fünfunddreißig. Als ich auf diesem Konzert war, konnte ich noch nicht mal Auto fahren. Mein Bruder hat mich hingebracht.« Die Erinnerung versetzte ihm einen Stich, doch er verdrängte sie rasch wieder.

»Muss eine gute Show gewesen sein. Du hast das T-Shirt ja lang genug behalten.«

»Das ist Männersache. Das verstehst du nicht.«

Sie streckte ihm die Zunge heraus und ließ sich das Essen schmecken. Tom machte es sich auf der Bank am Picknicktisch bequemer, betrachtete die Wolken und fragte sich, was für eine Geburtstagsfeier er in Marshfield, Missouri, auf die Beine stellen könnte.

Lexie liebte es, bei Tom zu schlafen, aber sie hasste es, neben ihm aufzuwachen.

Zu Hause drückte sie gern drei- oder viermal die Schlummertaste und kuschelte sich noch für eine Weile im stillen Kokon ihres warmen Bettes ein, bevor sie schließlich im Flanellschlafanzug in die Küche schlenderte. Dann kochte sie sich eine Tasse aromatischen Tees und machte es sich im Wohnzimmer auf dem bequemsten Sessel mit einem Buch gemütlich. Während sie las, wärmte sie das heiße Getränk von innen und weckte sie mit jedem Schluck ein bisschen mehr auf.

Das war keine Gewohnheit, die man aufrechterhalten konnte, wenn man in einem Zelt schlief. Selbst wenn man es sich erlaubte, in seinem gemütlichen Schlafsack langsam aufzuwachen, musste man sich früher oder später aus seinen Klamotten pellen und seine schaudernde Haut der Morgenluft aussetzen. Anschließend bestand die Notwendigkeit, sein Bett abzubauen, während man noch darin lag, indem man den Schlafsack mit Fingern, die sich vom Schlaf geschwollen und steif anfühlten, in den Packsack stopfte. Als Nächstes musste man sich auf die Isomatte setzen, um die Luft herauszupressen, und sie immer wieder zusammenrollen, bis sie endlich so klein war, dass sie in ihre glatte Aufbewahrungstasche passte. Bevor man überhaupt ganz wach war, saß man inmitten seiner gepackten Sachen auf dem nackten Boden des Zeltes und purzelte kopfüber in den Tag.

Tom wusste sehr wohl, dass sie das hasste, doch er machte es nur noch schlimmer. Er war Frühaufsteher, was bedeutete, dass sie normalerweise von den Geräuschen aufwachte, wenn er sich anzog. Sobald er wusste, dass sie bei Besinnung war, ärgerte er sie gern, indem er einen kleinen Wettstreit anzettelte, wer am schnellsten seine Sachen zusammengepackt hatte. Dabei zog er immer wieder ihren Schlafsack aus dem Packsack, in den sie ihn zu stopfen versuchte, und brachte ihren Stapel Klamotten durcheinander, wenn sie nicht hinschaute. Normalerweise gelang es ihm, sie irgendwann zum Lachen zu bringen, doch es war das hilflose Gelächter der Kapitulation.

Ihr wäre eine langsamere, gemächlichere Morgenroutine viel lieber gewesen.

Deshalb war es eine angenehme Überraschung, am Morgen ihres dreißigsten Geburtstags aufzuwachen und Tom neben sich vorzufinden, wach, aber still, im grauen Licht der Morgendämmerung auf den Ellbogen gestützt.

»Guten Morgen«, sagte sie verschlafen.

»Guten Morgen.«

»Du machst gar keine Hektik.«

»Ja, ich dachte, wir versuchen es mal auf deine Art.«

Sie schmiegte sich enger an ihn und legte den Kopf an seine Schulter. »An meinem Geburtstag?«

»An deinem Geburtstag.« Er küsste sie auf die Stirn, und sie schloss die Augen und atmete seinen Duft ein, während sie wieder einschlummerte.

Der Morgen war heiß, die Luft zum Schneiden. Sie war nicht auf die hohe Luftfeuchtigkeit vorbereitet gewesen, da sie nur ein paarmal zuvor so weit nach Osten gereist war, aber das lag Jahre zurück. Missouri verwandelte ihr normalerweise welliges Haar in einen gigantischen, widerspenstigen Busch, der die Belastbarkeit ihres Haargummis auf die Probe stellte.

Aber die Hügel machten Spaß. Das Gelände wechselte zwischen flachem Weideland und Abschnitten von kurzen, steilen Anstiegen durch schattige Wälder. Sie und Tom behandelten die Anstiege wie Achterbahnen und traten auf dem Weg hinab so fest sie konnten in die Pedale, sodass sie die andere Seite hinauffliegen konnten und auf den Pedalen stehend nahezu über die Spitze sprangen. Im Vergleich zur flachen Einöde von Kansas war Missouri ein Erlebnispark.

Als sie am frühen Vormittag in Marshfield ankamen, hatte Lexie weiche Knie, konnte aber nicht aufhören zu lächeln. Tom murmelte etwas von geheimen Geburtstagsbesorgungen, ließ sie am Postamt allein und versprach, in etwa einer Stunde zurück zu sein. Sie holte ihr Paket ab, das sie sich postlagernd hatte herschicken lassen, und öffnete es draußen unter einem Baum. Das Geschenk von ihrer Mutter war eine Kette mit einem silbernen Fahrrad als Schmuckanhänger. James hatte ihr Tom Wolfes *Der Electric Kool-Aid Acid Test* geschickt, den klassischen psychedelischen Bericht über die Reise von Ken Kesey und den Merry Pranksters, mit einem Zettel, auf dem stand, dass ihre Tour hoffentlich genauso aufregend sei, auch ohne das LSD. Sie lehnte sich zufrieden an den Baum, las ihr neues Buch und hielt ab und zu inne, um die Leute zu beobachten, die im Postamt ein- und ausgingen.

Schließlich kam Tom angeradelt. Sie sah ihn schon von Weitem, wie er sich nach rechts und links umschaute, bevor er über die Straße schoss und lächelte, als er sie entdeckte. Sie beobachtete ihn für ihr Leben gern, seinen kräftigen Körper, die männliche Anmut seiner Bewegungen. Irgendwo in Kansas, vielleicht sogar schon in Colorado, war ihre ganze Welt unbemerkt aus den Fugen geraten und hatte sich um Tom herum neu orientiert. Sie konnte es noch so oft leugnen, und sie hatte einen guten Monat lang genau das getan, doch dadurch war es nicht weniger wahr. Sie war verliebt in ihn, wahnsinnig und hoffnungslos verliebt in ihren Tourenpartner, und sie besaß nicht mal genug gesunden Menschenverstand, um sich deshalb Sorgen zu machen. Stattdessen tat sie so, als würde es immer so bleiben, Staat für Staat, Meile um Meile, Nacht für Nacht. Keine Liebeserklärungen, kein Aushandeln der Zukunft, keine unschönen Trennungen, keine Streitereien, keine Schuldzuweisungen. Sie würden einfach fahren und zusammen sein.

Sie hatte heute Geburtstag, deshalb brauchte sie sich nicht einzugestehen, was für eine törichte Fantasie das war.

Marshfield lag an der Strecke, die einstmals die U.S. Route 66 gewesen war, die erste staatenübergreifende Durchgangsroute des Landes. Diese Strecke war zu einem Kitschmuseum verkommen, was auch das altmodische Drive-in-Restaurant erklärte, an dem sie früh am Abend aßen. Sie und Tom fuhren auf ihren Rädern in eine Parkbucht, sehr zur Erheiterung der Insassen der benachbarten Fahrzeuge. Nachdem sie ihre Cheeseburger mit Pommes und ihre Milchshakes verputzt hatten, führte Tom sie ins Kit Carson Motel, wo eine ältere Frau namens Ramona mit einer schiefen, aufgebauschten Frisur ihm zuzwinkerte und ihm den Schlüssel für ein Zimmer gab, das sie »das Bordellzimmer« nannte.

Als Tom die Tür aufschloss, konnte Lexie nur dastehen und glotzen. Zwei Doppelbetten mit glänzenden rosa Tagesdecken dominierten den Raum und flankierten einen Beistelltisch, auf dem eine Riesenlampe mit einem roten Seidenlampenschirm mit Quasten stand. Der Bodenbelag war ein walnussbrauner Zottelteppich, wahrscheinlich so alt wie Ramona. An die zwei Dutzend gerahmte Bilder hingen über dem Kopfende eines jeden Bettes, dazu noch etwa fünfzig an den verbleibenden Wänden. Bei genauem Hinsehen entpuppten sie sich als Fotos diverser Sehenswürdigkeiten entlang der Route 66, und jedes Foto war sorgfältig mit einem maschinengeschriebenen Papierstreifen beschriftet, der unter das Glas geschoben war.

Während sie ein Foto des Stacheldrahtmuseums in McLean, Texas, betrachtete, das an der Tür hing, fragte Tom: »Was denkst du?«

»Das ist das schrecklichste Zimmer, das ich je gesehen habe.«

»Ich weiß nicht, wovon du sprichst«, erwiderte er ernst. »Das hier ist ein klassisches amerikanisches Motel. Ich bin mir ziemlich sicher, es steht im nationalen Verzeichnis historischer Stätten.«

»Der Teppich vielleicht. Ich hab Angst, meine Schuhe auszuziehen.«

»Ach, komm schon. Es ist kitschig, aber sauber ist es. Vielleicht mache ich das nicht richtig – es soll eigentlich romantisch sein. Warte, ich bringe uns in Stimmung.« Er trat an den Nachttisch und knipste die Lampe an, dann zog er die Jalousien zu und tauchte den Raum damit in rotes Licht.

»Oh, das ist schon viel besser. Jetzt spür ich die Bordellatmosphäre wirklich.«

»Der dreißigste ist der Bordellgeburtstag. Wusstest du das nicht?« Er trat wieder zu ihr und schlang die Arme um ihre Taille, und sie kuschelte sich an seine Brust.

»Ich bin beklagenswert unwissend.«

»Willst du deine Geschenke jetzt gleich?«

»Ich weiß nicht. Und wenn sie dem Standard des Zimmers nicht entsprechen?«

Er zog ein paar Päckchen und eine Papiertüte aus seinen Radtaschen und stapelte sie auf einem der Betten. Die Geschenke kippten auf der glatten Fläche sofort um, und Tom musste sie neu stapeln, bevor er Lexie an der Hand zum Bett führte. Er hatte die Präsente in ein Papier eingewickelt, das verdächtig nach den braunen Papiertüchern aus einem öffentlichen Klo aussah.

»Ich hab das Geschenkpapier vergessen, als ich im Laden war«, erklärte er. »Und Klebeband hatte ich auch keins, deshalb wird die Verpackung abfallen, sobald du die Geschenke in die Hand nimmst.«

»Okay.«

Sie zogen ihre Schuhe aus und hockten sich im Schneidersitz einander gegenüber aufs Bett. Ihre Gesichter leuchteten orange in dem roten Licht. Sie war auf einmal nervös und unsicher, welches soziale Verhalten angebracht war. Sie machten seit neun Wochen gemeinsam eine Fahrradtour, teilten seit mehr als einem Monat das Bett, aber dass Tom ihr Geschenke kaufte, ergab noch immer keinen rechten Sinn. »Welches soll ich zuerst aufmachen?«

»Das hier.« Als er ihr ein unebenes Bündel reichte, rutschte das kratzige Papiertuch weg, und eine kleine Flasche Tabascosoße kam zum Vorschein. Er lächelte sie verlegen an. »Das hier ist wegen Corvallis. Zur Erinnerung an deinen Sieg.«

»Tabascosoße ist aber nicht sehr scharf«, zog sie ihn gerührt auf.

»Sei nicht so streng mit mir. Ich musste bei Walmart einkaufen.«

Als Nächstes bekam sie einen Bit-o-Honey-Riegel, weil er wusste, dass sie die gern aß, und dann ein viel größeres Bündel, das einen weißen Heringshammer aus Plastik enthielt. Das brachte sie zum Lachen. »Den hast du für dich selbst gekauft«, warf sie ihm vor. »Ich schlage doch nie die Pflöcke ein.«

»Schon, aber wenn du ihn mir jetzt leihst, musst du dir nicht mehr anhören, wie ich fluche und mich über meine kaputten Fingerknöchel beschwere.«

»Das ist echt ein ziemlich gutes Geschenk«, räumte sie ein. »Okay, und jetzt das Letzte«, sagte sie und streckte die Hand nach der Papiertüte aus.

»Warte, das braucht ein wenig Vorbereitung.« Er wandte

ihr den Rücken zu und raschelte mit der Tüte. Lexie hörte, wie Papier zerriss, das leise Klicken eines Feuerzeugs, und dann überreichte er ihr einen Schoko-Cupcake mit angezündeter Kerze und allem Drum und Dran. »Herzlichen Glückwunsch«, sagte er, sein Gesichtsausdruck belustigt, gutmütig, vielleicht ein bisschen nervös. »Aber singen werde ich nicht. Alles Gute zum Geburtstag.«

Ihr stiegen die Tränen in die Augen, und sie zwinkerte sie weg.

»Wünsch dir was«, forderte er sie auf.

Lexie schloss die Augen und wünschte sich Tom.

15

Sie stopften sich die Satinkissen in den Rücken und teilten sich den Cupcake, krümelten alles voll und kümmerten sich nicht darum. Wie Tom ganz richtig sagte, konnten sie jederzeit ins andere Bett wechseln, wenn dieses zu schmutzig wurde. Als sie ihre Hälfte aufgegessen hatte und sich die Glasur von den Fingern leckte, ertappte sie ihn dabei, wie er sie mit dem dunklen Raubtierblick beobachtete, mit dem er sie immer ansah, wenn sie ihn scharf machte.

»Was denn, gefällt dir das?«, fragte sie und steckte sich den Daumen wieder in den Mund, um noch ein klitzekleines bisschen Zuckerguss abzulutschen, das ihr entgangen war.

Er aß den Rest seines Cupcakes und leckte sich ebenfalls die Finger ab, ohne sie dabei aus den Augen zu lassen. Als sie zusah, wie sich seine Lippen feucht und so intim um seine Fingerspitzen schlossen, hätte sie beinahe vor Lust geseufzt. Sie musste zugeben, dass er recht hatte: Das Zuckerguss-Lecken war sexy.

»Komm her«, sagte er, schlang den Arm um sie und zog sie auf die glatte Tagesdecke. »Ich hab noch ein Geschenk für dich.« Mit einem trägen Strich seiner Zunge leckte er ihr den Zucker von den Lippen, steckte sie ihr in den Mund und küsste sie nach allen Regeln der Kunst.

»Was ist das für ein Geschenk?«, fragte sie, als sie endlich wieder zum Luftholen kamen.

»Ich sorge für deine Kicks auf der Route 66.«

Lachend wackelte sie auf der Überdecke mit den Hüften. »Das klingt vielversprechend. Was gehört alles dazu?«

Er sah ihr in die Augen. »Was soll denn dazugehören?« Er schob die Hand unter ihr Shirt und umfasste ihre Taille. Seine Finger waren warm und vertraut und hatten es nicht eilig.

»Ich darf mir was wünschen?«

»Heute ist dein Geburtstag. Wir sind im Bordellzimmer. Lass deine Fantasie spielen.« Er stemmte sich mit der Hand am Kopfteil ab und glitt mühelos auf dem Bett nach unten, bis sein Kopf auf Höhe ihrer Taille war. Er schob ihr Shirt hoch und malte mit der Zunge einen Kreis um ihren Nabel. Sie erschauerte lustvoll.

Die implizite Herausforderung faszinierte sie. Tom lud sie ein, ihre Fantasien zu erforschen, sich ihre sexuellen Wünsche von ihm erfüllen zu lassen, egal, was es war. Das Angebot war gut, um es auszuschlagen. Aber was wünschte sie sich von ihm außer mehr von dem, was er ihr bereits gab? Als ihr Blick auf die Lampe fiel, hatte sie eine Idee. Lexie hätte Sex in einem unbeleuchteten Zelt nie beanstandet, nicht nach den vielen Wahnsinnsnächten, die sie mit Tom gehabt hatte, doch was die visuellen Aspekte des Liebesspiels anbelangte, ließ ein dunkles Zelt doch einige Wünsche offen.

Toms Zunge tauchte in ihren Nabel, und ihr Becken schmolz vor Lust dahin. »Mmm. Okay, Geburtstagssklave, zieh dich aus.«

Er kniete sich aufs Bett und griff mit beiden Händen nach hinten, um sich das T-Shirt über den Kopf zu ziehen.

»Das hab ich nicht gemeint.«

»Du hast gesagt: ›Zieh dich aus.‹« Er ließ die Arme, wo sie waren, die Ellbogen über dem Kopf, die Brust drückte in einer nicht beabsichtigten Muskelprotzpose gegen sein Shirt. Solche Dinge tat er jeden Tag ein Dutzend Mal, und er hatte nicht die geringste Ahnung, dass sie der Anblick jedes Mal feucht machte, weil er so verdammt sexy war. Er dachte, er würde nur sein T-Shirt ausziehen.

»Ich will, dass du für mich eine Show abziehst. Stell dich da drüben hin«, befahl sie und zeigte auf die Lücke zwischen den Betten. Tom zog einen Schmollmund, rutschte aber an die Bettkante und stellte sich lässig an die vorgegebene Stelle.

»*Jetzt* zieh dich aus. Aber langsam. Ich hab nie die Gelegenheit, dich richtig in Ruhe anzusehen.«

»Ich soll vor der Bordelllampe einen Striptease für dich hinlegen?« Jetzt lächelte er.

»Ja. Leg los.«

Sie wusste, dass sie von Tom keine erotische Tanzdarbietung erwarten konnte, doch es gefiel ihr, dass er ihren Wunsch ernst nahm und sich das T-Shirt so langsam über den Kopf zog, dass er damit ein wenig Spannung erzeugte und ein überwältigendes Kribbeln in ihr auslöste. Dann drehte er sich um und gönnte ihr einen Blick auf seinen Rücken, während er den Reißverschluss seiner Shorts aufzog und sie mit seinen engen Boxershorts zu Boden fallen ließ. Obwohl sie ihn schon Dutzende Male nackt gesehen hatte, raste ihr Herz, und ihre Brustwarzen schmerzten. Auf *diese* Art hatte sie ihn bisher noch nie nackt gesehen.

»Dreh dich um.«

Den Blick zu Boden gesenkt, drehte er sich um, die Handflächen an den Seiten, und seine langen Wimpern verbargen den Ausdruck in seinen Augen. Das rote Licht ließ seine dunkle Haut leuchten, und er strotzte nur so vor Leben, war so großartig und gehörte, für den Moment, ganz ihr.

»Gefällt's dir?«, fragte er, und ein freches kleines Lächeln umspielte seine Mundwinkel.

»Das weißt du ganz genau.«

»Machst du auch mit?« Seine Stimme blieb ungezwungen, doch es lag auch ein Anflug von Unbehagen darin. Tom stand nicht gern einfach ruhig da. Er war ein Mann der Tat.

»Ja. Jetzt sei still.« Sie rutschte an die Bettkante und entledigte sich ohne Umschweife ihres Shirts, ihres Sport-BHs und ihrer Shorts. Er beobachtete sie schweigend, und sein prüfender Blick verursachte ihr eine Gänsehaut. Dann trat sie zu ihm und schlang die Arme um seinen Hals, sodass ihre nackten Körper nur noch wenige Zentimeter trennten. Als er die Hände auf ihre Taille legte, nahm sie sie weg.

»Nicht anfassen. Das darf nur ich. Du wirst nur dastehen und es hinnehmen.«

Er lächelte geduldig. »Sonst noch irgendwelche Regeln, von denen ich etwas wissen sollte?«

»Jetzt noch nicht, aber ich erfinde noch ein paar mehr, wenn es sein muss.«

Sie kniete sich zu seinen Füßen und begann dort, strich mit den Händen über seine Waden nach oben. Die drahtige Behaarung seiner Beine kitzelte an ihren Handflächen, während ihre Finger die Vertiefungen zwischen seinen Oberschenkelmuskeln fanden und ihnen bis zum Hüftgelenk folgten. Sie hatte noch nie einen so gut gebauten Mann gesehen und wollte ihn sich einprägen, wie er aussah, wie er roch und schmeckte, damit sie ihn sich ins Gedächtnis zurückrufen konnte, wenn er weg war. Das würde sich noch als grausames Geschenk entpuppen, ein Wissen, mit dem sie sich eines Tages quälen würde. Für sie würde es nie wieder einen Mann wie Tom geben.

Sie presste die Nase an die Stelle zwischen seinem Oberschenkel und seiner Hüfte und ließ die Finger über seinen Hintern gleiten. Sie küsste ihn auf den Hüftknochen. Dann arbeitete sie sich langsam weiter an seinem Körper nach oben, strich mit den Lippen über die empfindliche Haut seitlich an seinem Oberkörper und fuhr mit den Fingerspitzen über seine Brustmuskeln. Sie leckte seinen Nippel und sah zu, wie er sich zusammenzog, zeichnete sein Schlüsselbein nach, die glatte Rundung seiner Schulter, die Umrisse seines Tattoos, die Senkung zwischen Bizeps und Ellbogen, die Kontur seines Unterarms. Sie nahm seine linke Hand in ihre, betrachtete seine Handfläche und fuhr mit der Fingerspitze ihre Linien nach. Sie kannte diese Hände, hatte sie auf jedem Zentimeter ihrer Haut gespürt. Sie drückte einen Kuss in seine flache Hand, ließ seinen Arm sinken und fuhr mit ihrer Erkundung fort.

Die Hand in seinen Nacken gelegt, schmeckte sie die Haut an seinem Halsansatz und verharrte mit der Zunge an seinem Puls. Sie waren jetzt Haut an Haut, sein harter

Schenkel drückte zwischen ihre, und Tom schnappte nach Luft, als seine Erektion ihre Hüfte streifte. Sie war so sehr darauf konzentriert, ihn sich einzuprägen, dass sie seine Reaktion gar nicht beachtet hatte. Jetzt stellte sie fest, dass er unter Hochspannung stand, um sich unter Kontrolle zu halten. Er sah aus wie in Corvallis, als er versucht hatte, sich nicht anmerken zu lassen, wie sehr die scharfe Soße ihm zusetzte, und ihr Körper reagierte mit demselben starken pulsierenden Begehren.

Sie reckte sich auf die Zehenspitzen, legte die Handflächen an seine Brust und küsste seinen Kiefer, seine Wangenknochen und seine Nasenspitze. Als er die Augen schloss, küsste sie ihn zwischen den Augenbrauen, wo er eine Zornesfalte hatte, die so tief war, dass sie nicht einmal verschwand, wenn er lächelte. Dann umfasste sie mit einer Hand seinen Nacken und küsste ihn auf den Mund. Seine Lippen waren weich und einladend. Er überließ ihr die Führung und öffnete die Lippen, um sie einzulassen, schlang seine Zunge in träger Akzeptanz um ihre. Unter ihrer Hand konnte sie seinen regelmäßigen und schnellen Herzschlag spüren. Ihre Körper berührten sich nur an zwei Stellen, waren aber so vollständig miteinander verbunden, dass sie sich nicht vorstellen konnte, wie sie sich je wieder von ihm lösen könnte. Als sie auf den Zehenspitzen schwankte, legte er die Hand an ihre Taille, damit sie die Balance wiederfand, und sie schnappte nach Luft, so schockiert war sie, dass seine leichte Berührung so erregend sein konnte.

»Lex?«, murmelte er an ihren Lippen. »Ich bring dich jetzt zum Bett.«

Sie nickte in der Erwartung, dass er sie rückwärts zur Matratze schieben würde. Doch stattdessen hob er sie an den Hüften hoch und schlang ihre Beine um sich. Als seine Erektion zwischen ihren Schenkeln landete, presste sie sich stöhnend dagegen und wölbte lustvoll den Rücken. Fluchend drängte Tom sie geradewegs an die nächste Wand und küsste sie heftig, dass sie keine Sekunde daran zweifelte, wie verrückt sie ihn machte. Durch den Aufprall fielen einige Bilder herunter, aber es war ihr egal. Nichts war wichtig, außer der Hitze von Toms hartem Körper, seine Hände auf ihrem nackten Po und seine Zunge in ihrem Mund. Sie war bereit, ihn an Ort und Stelle zu nehmen.

Mit einem neuerlichen Fluch gab er ihren Mund frei.

»Was ist?«

»Du hast Geburtstag«, sagte er mit rauer Stimme.

»Na und?«

»An deinem Geburtstag kann ich dich nicht einfach an einer Wand ficken.«

Sie lachte, und er grinste absolut hinreißend zurück. Es haute sie völlig um. Nichts war schöner, als Tom glücklich zu sehen.

»Gut zu wissen, dass Ritterlichkeit noch nicht ganz ausgestorben ist«, witzelte sie, und er verlagerte ihr Gewicht an die Wand, damit er eine Hand freibekam, um ihr einen Klaps auf den Hintern zu geben.

»Genug von deinen Unverschämtheiten. Jetzt übernehme ich das Kommando.« Er fuhr herum und ließ sie auf das nächstbeste Bett fallen – das ohne Kuchenkrümel –, stieg über sie und zog sie auf der Matratze nach oben. Eins musste man der Satinbettwäsche lassen: Sie erleichterte einige Bewegungen ungemein.

Tom küsste sie auf den Hals und umfasste sanft ihre Brüste. Er übernahm bereits das Kommando. Sie erinnerte sich an ihren Vorsatz, seine Aufforderung, ihre Fantasie spielen zu lassen, voll auszukosten. »Du darfst das Kommando nur unter einer Bedingung übernehmen.«

»Und die wäre?« Er fuhr mit der Zunge um ihren Nippel, und ein Lächeln umspielte seine Mundwinkel.

»Du musst mit mir sprechen, während du … Du weißt schon.« Sie liebte es, wenn er ihr beim Sex ins Ohr flüsterte, hatte ihm das aber noch nie gesagt. Und bisher war sie noch nicht so mutig gewesen, ihn darum zu bitten.

Das Lächeln wurde zu einem breiten Grinsen. »Ich soll dir versaute Sachen sagen, Marshall?«

Ihre Wangen glühten, und sie fragte sich, wie ihr vor Tom überhaupt noch irgendetwas peinlich sein konnte, nach allem, was sie bereits zusammen getan hatten. »Ich will hören, woran du dabei denkst. Wenn das zufällig versaut ist, umso besser.«

Tom lachte. »Nur du kriegst es hin, prüde wie eine Lehrerin zu klingen, während du im Bordellzimmer splitternackt auf dem Bett liegst und diese Bitte äußerst.«

»Ich *bin* schließlich Lehrerin.«

»Als ob ich das nicht wüsste. Du bist sogar eine äußerst scharfe Lehrerin, die mich schon so hart gemacht hat, dass es ein Wunder wäre, wenn ich länger als zwei Minuten durchhielte.«

Sie fasste zwischen seine Beine, nahm seinen Schwanz in

die Hand und drückte ihn prüfend. »Mann, du bist wirklich hart. Vielleicht sollten wir dich nicht länger auf die Folter spannen und später noch einen Versuch starten.«

Sie streichelte ihn. Es gefiel ihr, wie seine Erektion anschwoll und sich ihr entgegenreckte, doch er stieß die Hand weg und hielt ihre Handgelenke über ihrem Kopf fest.

»Du bist verrucht.«

»Das war ich vorher nicht. Das muss deine Schuld sein. Ich scheine mit jeder Minute verruchter zu werden.«

Er kniete sich hin und betrachtete sie lange, von oben bis unten und wieder zurück. »Verrucht gefällst du mir. Wenn sich deine Haare so auf dem Kissen ausbreiten und deine Lippen so geschwollen sind, siehst du schamlos aus.« Er steckte einen Finger zwischen ihre Beine und atmete aus, ein Laut unverfälschter männlicher Befriedigung. »Und du fühlst dich auch schamlos an.«

Sie lächelte träge und schloss die Augen, während er mit dem Finger um ihre Schamlippen fuhr und ihre Nässe verteilte, bis sie überall glitschig und geschwollen war. Sie fühlte sich auch schamlos. Die statische Elektrizität des Satinstoffes lud ihr Haar zu einem gewaltigen Heiligenschein auf, der am Kopfkissen klebte. Wenn sie sich bewegte, flogen einzelne Haare davon empor und hefteten sich an ihren Hals und ihre Wangen. Wahrscheinlich hätten ihre Fingerspitzen Funken sprühen können, wenn sie gewollt hätte. »Mich hat noch nie jemand als schamlos bezeichnet.«

»Dass du mit den falschen Männern zusammen warst, haben wir ja schon festgestellt.«

Lexie versuchte, diese Feststellung nicht so richtig an

sich heranzulassen. Sie wollte nicht darüber nachdenken, ob Tom ein weiterer falscher Kandidat war, oder endlich der Richtige, oder irgendwie beides. Jedenfalls nicht jetzt, nicht während er sie so ansah und die Hände langsam von ihren Schultern zu ihren Brüsten gleiten ließ. Er streichelt sanft über ihre Nippel, wanderte weiter bis zu ihrem Bauch und umfasste ihre Hüften. »Du bist die schönste Frau, die ich je gesehen habe«, sagte er.

Wieder glühten ihre Wangen, und sie lächelte unsicher. »Wir wollen mal nicht übertreiben.«

Er sah ihr tief in die Augen. »Wenn du wissen willst, was ich denke, sage ich es dir. Aber wenn du Widerworte gibst, finde ich bestimmt irgendwas, womit ich dich knebeln kann.«

Das schien kein Witz zu sein. »Na schön. Ich denke, ich kann den Mund halten.«

»Dann noch mal von vorn.« Er beugte sich herab und drückte einen Kuss auf ihren Brustansatz. »Du bist die schönste Frau, die ich je gesehen habe.« Er stützte sich auf die Ellbogen und streckte die Beine aus, bis er der Länge nach auf ihr lag. Dann schob er die Hände unter ihren Schulterblättern hindurch und umfasste ihre Schultern. Er trug immer noch den Großteil seines Eigengewichts, rahmte sie jedoch mit seinem Körper ein. Und als sie den Blick hob, sah sie sein Gesicht nur Zentimeter von ihrem entfernt, mit Augen, die vor Erregung funkelten.

»Hinten auf der rechten Wade hast du seit gestern einen Schmierfettabdruck von einem Radzahn«, sagte er. »Er ist beim Duschen nicht ganz abgegangen, und er fällt mir jedes

Mal auf, wenn du vor mir fährst. Ich bin hin und her gerissen, ob ich ihn für dich wegwischen oder die Schmiere noch tiefer in deine Haut reinreiben will wie ein Tattoo.«

Er senkte den Mund und küsste sie hinters Ohr. »Ich liebe es, mit dir ins Bett zu gehen, wenn du von der Fahrt noch ganz schmutzig bist. Unterwegs denke ich manchmal darüber nach, wie du später *hier* schmecken wirst« – er fuhr mit der Zunge unter ihrem Kiefer entlang – »oder hier unten« – er presste seine Erektion an ihren Bauch – »und dann werde ich so geil auf dich, dass ich zur Ablenkung Telefonmasten zählen muss. Aber es funktioniert nicht, und ich ertappe mich dabei, wie ich an deine braun gebrannten Beine denke. Ich sehe die Stelle vor mir, wo die Farbe deiner Haut auf dem Oberschenkel von Braun zu Weiß übergeht, und wenn ich die Kontur mit meiner Zunge nachziehen wollte, müsste ich dein Bein über meine Schulter legen, um einmal rum zu kommen. Wenn ich die Innenseite deines Schenkels erreichen würde, würdest du die Luft einziehen, wie immer, wenn ich etwas Unanständiges tue« – er steckte ihr die Zunge ins Ohr, und sie schnappte nach Luft – »genau wie jetzt, und dann wüsste ich, dass du feucht wirst für mich.«

Er schwieg und küsste sie auf die Lippen und aufs Kinn. »Also komme ich wieder zur Besinnung und muss erneut an etwas anderes denken, und schließlich lächle ich bei dem Gedanken an die vielen Sommersprossen auf deinen Armen und deiner Nase und an all den anderen Stellen, die ich küssen will.«

Lexie wurde beinahe schwindelig. Als sie ihn gebeten hatte, mit ihr zu sprechen, hatte sie mit ein paar versauten

Worten gerechnet, während er sie zum Orgasmus brachte, und nicht mit diesem tiefen Einblick in seine Gedanken. Es war fast schon *zu* intim, um nicht zu sagen, unerträglich erregend. Sie schloss die Augen und krallte die Fingernägel in seinen Rücken, um ihm zu zeigen, was er mit ihr anstellte.

Tom strich mit seiner stoppeligen Wange über die empfindliche Haut an ihrer Kehle, und sie bekam eine Gänsehaut. »Und ich spreche gerade von einem stinknormalen Tag, musst du wissen. Ich könnte ein ganzes Buch über die Fantasien schreiben, die du allein in Missouri in mir erweckt hast.« Er ließ ihre Schulter los, griff in ihre Kniekehle und zog das Bein hoch, bis ihr Fuß auf dem Bett stand. Dann tat er dasselbe auf der anderen Seite und spreizte ihre Beine weit. Die Hände schob er wieder unter ihre Schultern und stieß mit flachen, aufreizenden Stößen langsam in sie hinein.

»Himmel, du fühlst dich fantastisch an«, sagte er, und seine Stimme klang jetzt noch tiefer. »Ganz geschwollen, nass und schlüpfrig. Wenn ich spüre, wie sehr du mich begehrst, ist es wie das schönste Weihnachtsfest, das ich je erlebt habe.« Stöhnend stieß er ein wenig tiefer und senkte die Stirn auf ihre Schulter, während er sich in ihr bewegte, hinein und hinaus, wieder und wieder. Doch er gab ihr immer noch nicht so viel, wie sie brauchte. Sie umschlang ihn mit den Beinen, drückte die Hüften beim nächsten Stoß heftig nach oben und nahm ihn mit einem spitzen, triumphierenden Schrei bis zum Anschlag in sich auf.

»Nicht bewegen, Süße«, raunte er ihr ins Ohr. »Das gefällt mir immer am besten. Wie du dich in meinen Armen anfühlst, wenn ich endlich in dir bin, wenn du zitterst und so tief Luft holst, als könntest du nicht genug Sauerstoff bekommen, um das Feuer zu nähren.« Sie wimmerte, und er biss ihr ins Ohrläppchen. »Wenn du nicht diese Laute von dir geben würdest, könnte ich es wahrscheinlich länger aushalten. Soll ich dir sagen, was diese Laute mit mir machen?«

Sie war längst nicht mehr in der Lage, die Frage zu beantworten. Statt es ihr zu sagen, küsste er sie lange und innig und bewegte sich weiter, zog sich zurück und stieß langsam wieder zu. Während seine Zunge in ihren Mund glitt und sein Schwanz sich immer wieder in ihre enge Scheide presste und köstlich stimulierend über ihre Klitoris rieb, sprach er einfach weiter, und seine Worte klangen in ihr nach. Tom war überall, umfing und überwältigte sie, und sie hatte keine Wahl, als ihm zuzuhören und ihm zu glauben, was er ihr erzählte, ihm zu geben, was er wollte. Sie hatte ihr betörtes Herz sorgsam in einer Kiste verstaut gehabt, doch jetzt hatte er sie mit dem Stemmeisen aufgebrochen, und sie war entblößter als je zuvor – auch wenn er sie bedeckte, sie mit seiner Stimme einhüllte, sie mit seinem Mund beruhigte, sie mit seinem Körper erregte. Es war das Schrecklichste, Wunderbarste, das je ein Mann mit ihr gemacht hatte.

»Du wirst gleich kommen«, sagte er und strich mit den Lippen über ihren Wangenknochen, während er sich immer noch mit übernatürlicher Beherrschung in ihr bewegte, während ihr Bauch sich in Erwartung des Orgasmus, den er heraufbeschwor, anspannte. Wieder küsste er sie, diesmal härter. »Ich hab es mir anders überlegt. Dich zum Höhepunkt zu bringen gefällt mir am allerbesten – wie du stöhnst und mich anflehst und wie du dich um mich herum anspannst, bis du es schließlich nicht mehr erträgst.«

Seine Stimme klang jetzt rau, ein Zeichen dafür, dass selbst Tom sich nicht ewig beherrschen konnte. »Wenn du kommst, will ich, dass du meinen Namen sagst und mich so fest packst, dass du Abdrücke hinterlässt.« Sie bewegten sich jetzt schneller, die verschwitzte Haut ihrer Leiber traf jedes Mal mit einem vernehmbaren Klatschen aufeinander. Lustvoll warf sie den Kopf hin und her, unfähig, noch viel mehr von dem kribbelnden Brennen zwischen ihren Beinen oder seinen Worten zu ertragen. Er schlich sich in ihre Seele ein und beanspruchte dort Raum für sich.

»Tom?«

»Was ist, Süße?«

»Halt die Klappe.«

»Erst wenn du für mich kommst.« Er legte die Hand auf ihre Brust und rollte den Nippel zwischen seinen Fingern, dass sie sich unter ihm aufbäumte. »Ich kenne dich, Lex.« Er atmete jetzt schwer, und jeder Satz kam kurz und energisch heraus, während er kräftig in sie stieß. »Ich kenne deinen Körper. Ich kenne deinen Verstand. Ich weiß, was du willst, und ich weiß, was du brauchst. Und jetzt …« Er stöhnte, strich ihr eine Haarsträhne aus dem Gesicht und nahm ihren Kopf in die Hände. »… jetzt musst du loslassen, Süße. Öffne die Augen und lass los. Ich passe auf dich auf.«

Er zwang sie, ihn anzusehen. Als sie kam, fixierte er sie mit Augen, die groß, schwarz und unsagbar zärtlich waren, und er erlaubte ihr nicht, vor dem Tsunami aus Empfindungen zurückzuweichen, der durch sie hindurchfegte. Er hielt sie fest und sorgte dafür, dass sie es bis zur letzten unglaublichen Sekunde auskostete, und dann schloss er die Augen und kam selbst mit einem hilflosen Laut, der fast ein Schrei war. Sie beobachtete ihn und hielt ihn fest, bis es vorbei war.

Immer noch zitternd, ihre heiße Wange an seine Schulter gepresst, schloss Lexie die Augen und verfluchte ihn. Denn jetzt war es unmöglich, sich noch länger etwas vorzumachen.

Tom würde ihr das Herz brechen, und sie würde es zulassen.

16

In der Nähe von Elizabethtown, Illinois
Insgesamt 5.130 gefahrene Kilometer

»Ich wollte Death Valley schon immer mal sehen. Wie ist es da?«

»Flach«, sagte Tom und lächelte den jungen Restaurantleiter an. Er deutete auf den freien Platz neben Lexie. »Setzen Sie sich doch, dann erzähle ich Ihnen davon.«

Sie waren in Südillinois und saßen gemütlich in einer Pizzeria, während es draußen wie aus Kübeln goss. Es war erst zehn Uhr morgens, und das Restaurant hatte noch nicht geöffnet, doch Tom hatte an die Glastür geklopft und den Restaurantleiter beschwatzt, sie reinzulassen. Jetzt saß Lexie in einer Nische und wärmte sich die Hände an dem Becher Kaffee, den Jason spendiert hatte, und wunderte sich, dass Tom den jungen Mann aus freien Stücken mit Geschichten von seinen Reisen unterhielt.

Jason war spindeldürr, hatte sich den Kopf kahl rasiert und trug diese schrecklichen Ringe, die die Ohrläppchen dehnten. Er wollte Furcht einflößend wirken, doch seine freundlichen braunen Augen erinnerten sie an den Golden Retriever, der ihr und Tom gestern fast vier Kilometer gefolgt war, bis Tom ihn mit einem gebieterischen »Ab!« nach

Hause geschickt hatte. Jason schien gleichermaßen geneigt zu sein, Tom bis ans Ende der Welt zu folgen, und ihr sonst so zugeknöpfter Tourenpartner tat ihm den Gefallen und beantwortete geduldig all seine Fragen, die sie schon tausendmal gehört hatten. Normalerweise überließ er es Lexie, diese Fragen zu beantworten, weil er nicht gern mit Fremden redete.

Aber eigentlich stimmte das nicht mehr. Neulich war er in Carbondale in den Fahrradladen geschlendert, hatte sich dem Typen hinter dem Tresen vorgestellt und ihn in weniger als zwei Minuten dazu überredet, ihm einen Reparaturständer und Werkzeug zu leihen. Während Tom Lexies Hinterreifen gewechselt und ihre Ketten und Zahnkranzpakete erneuert hatte – normale Instandsetzung aufgrund des Verschleißes während der Tour –, hatte er sich freundlich mit den beiden Fahrradmechanikern über das Touren unterhalten. Er hatte seinen Outback-Trip entlang der Canning Stock Route erwähnt, und die Mechaniker hatten alle Einzelheiten über die dreißigtägige Fahrt durch die Wüste wissen wollen.

Lexie kannte den Großteil davon schon: Die Strecke war so abgelegen und strapaziös gewesen, dass Tom einen GPS-Handempfänger gebraucht hatte, um Quellen zu orten, damit er sich mit frischem Wasser versorgen konnte, und die Mittagszeit hatte er immer in seinem Zelt verbringen müssen, um von der glühenden Sonne verschont zu bleiben. Er berichtete, dass er sich danach in Sydney seine Tattoos hatte stechen lassen, und dass das von den Maori inspirierte Design seine Ablehnung alles Kommerziellen und seine Verbundenheit mit der rauen Wüstenlandschaft des Outback symbolisierte.

Aber er hatte den Mechanikern auch Dinge über die Outback-Tour erzählt, die Lexie neu waren, unter anderem, dass er fast achtzehn Kilo verloren hatte, weil er nicht annähernd genügend Verpflegung hatte mitschleppen können, und dass es entlang der fast zweitausend Kilometer langen Strecke nur eine einzige abgelegene Siedlung gegeben hatte.

Zum ersten Mal hatte es Lexie gedämmert, dass Tom aufgrund seiner früheren Touren nicht nur der Kategorie »mehr Erfahrung« angehörte, sondern einer völlig anderen Stratosphäre als sie. Sie hatte sich fast ihr ganzes Erwachsenenleben auf die TransAm vorbereitet, doch für Tom war die Tour ein Kinderspiel.

Als sie den Laden verlassen hatten, hatten die Mechaniker Tom die Hand geschüttelt wie einem Star. Vielleicht war er das ja auch. Danach hatte sie einen verbitterten Kommentar von ihm darüber erwartet, dass man ihn in dem Laden in Verlegenheit gebracht hatte, aber er hatte nichts gesagt, sondern war den ganzen Nachmittag bei bester Laune gewesen.

Und gestern, in einem Gemischtwarenladen, hatte er einen Geldschein in eine von diesen Kaffeedosen auf dem Tresen gesteckt, an denen ein Schild mit der Bitte klebte, einer fremden Familie bei der Finanzierung einer medizinischen Behandlung zu helfen. Als die Kassiererin sich bedankt und ihm erklärt hatte, dass das kranke Kind ihre Nichte war, hatte Tom sich fünf Minuten mit ihr unterhalten, bevor er zurück zu Lexie nach draußen geschlendert kam. Die Frau hatte ihm mit dem tranceartigen Blick einer Verliebten nachgesehen, aber Tom hatte sich nur von seiner freundlichen Seite gezeigt.

Er hatte jetzt eine freundliche Seite.

Sie blickte durchs Fenster in den Regen und ließ sich von Toms Stimme berieseln, ohne ihm richtig zuzuhören. Er veränderte sich, entdeckte aufs Neue, wie es sich anfühlte, unter Menschen zu sein. Es tat ihm gut. Je länger sie Tom liebte, desto deutlicher konnte sie sehen, wie viel es an ihm zu lieben gab: seine Intelligenz, seinen Mut, seine Herzensgüte. Er war ein einfühlsamer, fürsorglicher Mann. Natürlich war er das die ganze Zeit schon gewesen, doch als sie ihn kennenlernte, hatte er sich sehr bemüht, es zu verbergen. Aber jetzt nicht mehr.

Je mehr sich Tom anderen Menschen öffnete, desto weniger verspürte sie selbst Lust, sich zu unterhalten. In der Woche nach ihrem Geburtstag hatte sie sich mit aller Kraft darum bemüht, im Augenblick zu leben, den Rest ihrer gemeinsamen Zeit zu genießen. Sie wollte nicht, dass ihre Gefühle für ihn jeden Kilometer, der ihnen noch blieb, überschatteten.

Das passierte sowieso. Nachts im Zelt lag sie wach, lauschte seinem Atem und fragte sich, ob er je darauf käme, dass sie ihn liebte, und was er tun würde, wenn er es wüsste. Sie hatte schon hundertmal überlegt, es ihm einfach zu sagen, aber was würde das bringen?

Sie hatten vereinbart, Tourenpartner zu sein, und sonst nichts. Sie wäre die Erste, die zugäbe, dass es eine hirnrissige Vereinbarung war, aber sie hatten ihre Gründe dafür gehabt. Der Ehebruch seiner Frau – und was ihm auch sonst noch widerfahren war – hatte Tom dazu veranlasst, mächtige Schutzwälle um sein Herz zu errichten. Wenn er herausfand, dass es ihr gelungen war, sie zu erklimmen, würde er sie zurückstoßen und seine Abwehr verstärken. Tom würde sich nicht erlauben, sie zu lieben. Es würde sein ganzes eigenbrötlerisches Fahrradmechanikerdasein ruinieren und ihn zu dem Eingeständnis zwingen, dass er ein echter Mensch mit echten Gefühlen war und in der Welt eine Aufgabe zu erfüllen hatte. Sie hatte keine Ahnung, was ihm widerfahren war, das ihn zu dem gemacht hatte, der er war, doch wenn er ein paar Tage nett zu Fremden war, änderte das nichts an der Tatsache, dass er Angst hatte. Der Mann konnte nicht gleichzeitig weglaufen und sie lieben.

Aber das spielte keine Rolle. Selbst wenn Tom auf wundersame Weise ihre Gefühle erwidern würde, selbst wenn er sich wirklich dazu entschloss, sich der Menschheit wieder anzuschließen, konnte sie nicht bei ihm bleiben. Sie hatte sich wieder den Falschen ausgesucht. Tom musste immer das Sagen haben. Er forderte sie ständig heraus, sich zu ändern, zu wachsen, ihm zu vertrauen, blieb selbst jedoch ein geschlossenes System, ohne jede Bereitschaft, ihr die Geheimnisse anzuvertrauen, die er mit sich herumschleppte. Er sah sie als jemanden, für den er Verantwortung trug, nicht als seine Partnerin. Sie könnte ihr Leben nie mit einem Mann verbringen, der ihr nicht auf halbem Weg entgegenkäme. Vertrauen gegen Vertrauen, Risiko gegen Risiko.

Und wie könnte eine gemeinsame Zukunft überhaupt aussehen? Sollte Tom zu ihr nach Portland ziehen, sich dort einen Job in einem Fahrradladen suchen und abends mit ihr kochen, wenn sie nach einem langen Schultag nach Hause kam? Das war unmöglich. Sie konnte sich diesen Mann nur auf Tour vorstellen. Wenn sie sich Tom in ihrem geordneten Lehrerinnenleben ausmalte, war das noch schlimmer als das Bild von sich mit der Küchenschürze. Denn in dieser Version war zumindest der Mann zufrieden, während in der Tom-Fantasie sie beide kreuzunglücklich waren.

Es war besser, in Fantasien von ihnen gemeinsam auf dem Trail zu schwelgen. Sie würden Yorktown erreichen und einfach weiterfahren, die ganze Welt mit dem Fahrrad bereisen. Tom könnte ihr Südamerika zeigen, und dann würden sie nach und nach auch alle anderen Kontinente besuchen. Bis ihnen das Geld ausging.

Sehr erwachsen. Das würde die unausweichliche Trennung nur weiter hinauszögern, bis sie sich nicht mehr aufschieben ließ. Nein, sie würden sich an ihre Vereinbarung halten. Sie würden in Yorktown das Pflaster rasch von der Wunde reißen und es hinter sich bringen.

Seufzend nippte sie an ihrem schnell abkühlenden Kaffee. Er schmeckte so, wie sie sich fühlte: bitter und trübe. Schrecklich. Der Regen ließ jetzt langsam nach. Gegenüber am Tisch ermutigte Tom Jason gerade dazu, sich ein ordentliches Fahrrad anzuschaffen und einfach loszufahren, sich endlich die Welt anzusehen. Lexie hätte dem Jungen am liebsten geraten, zu Hause zu bleiben, wo er in Sicherheit war. Abenteuer waren nichts für Zwanzigjährige mit Motorradstiefeln und Welpenaugen. Das Abenteuer würde Hackfleisch aus ihm machen. Abenteuer waren echt Scheiße.

Als der Regen aufgehört hatte, wurde es so schnell heiß, dass sie sehen konnte, wie die Nässe auf dem Asphalt verdampfte. Angesichts der Hitze, der Feuchtigkeit und der hoffnungslosen Resignation, die sie nun überallhin begleitete, war Lexie nicht in der Stimmung für eine weitere von Toms Lektionen in Spontaneität.

Leider bat er sie nicht um Erlaubnis. Er entdeckte ein braun-weißes Schild mit der Aufschrift »RIESENBAUM – 3,2 Kilometer« und bog mit nichts als einem Augenzwinkern und einem listigen Lächeln in ihre Richtung von der Straße ab.

Zehn Minuten später erklommen sie einen steilen Hügel, gefolgt von einer schnellen, kurvenreichen Abfahrt. Tom warf einen Blick über die Schulter, um nach ihr zu sehen, und geriet dabei in den Gegenverkehr. Sie hatte ihn schon mehrfach gebeten, das zu lassen. Sie konnte auf sich selbst aufpassen, und es machte sie wahnsinnig, dabei zuzusehen, wie er sich selbst ohne Not in Gefahr brachte, weil er sich vergewissern wollte, dass es ihr gut ging. Als sie die Talsohle erreichten und den nächsten Hügel hinauffuhren, legte sie einen Zwischenspurt ein, um ihn einzuholen.

»Wenn du nicht aufhörst, dich nach mir umzusehen, fahre ich vor.« Ihre Stimme klang selbst in ihren eigenen Ohren quengelig, doch sie fühlte sich machtlos dagegen.

»Wie du willst.« Er fuhr langsamer, um sie vorbeizulassen. »Hab ich was falsch gemacht?«

»Du bringst dich noch um.«

»Das meinte ich nicht. Willst du den Riesenbaum nicht sehen, Marshall? Denn meiner Erfahrung nach lohnt es sich immer, sich einen anzuschauen.« Er lächelte charmant, um sie aufzumuntern, doch sie konnte sich nicht überwinden, sein Lächeln zu erwidern.

Sie erklommen den Hügel, und da stand er: ein Riesenbaum auf einer kleinen eingezäunten Rasenfläche. Daneben befand sich ein leerer Kiesparkplatz, auf dem zwei oder drei Autos Platz hatten. Ein Schild informierte sie, dass sie vor der größten Sumpfeiche in Illinois standen, die eine Höhe von knapp 23 Metern und einen Umfang von sechs Metern hatte.

Tom stieg ab, verschränkte die Arme vor der Brust und taxierte den Baum. Er pfiff anerkennend. »Das ist echt ein Riesenbaum.«

»Er ist abgestorben«, antwortete sie. Das war er auch zum Großteil. Nur etwa ein Viertel der Äste hatte ausgeschlagen.

»Ach, nein. Aber zugegeben, er hat schon bessere Zeiten gesehen. Vielleicht erholt er sich wieder.«

Tom trat an den Zaun und setzte sich mit dem Rücken dagegen ins Gras. »Gibst du mir was zu trinken ab?«, fragte er. »Mir ist das Wasser schon vor einer halben Stunde ausgegangen.«

In der feuchten Hitze des Mittleren Westens ging Tom ständig das Wasser aus. Man hätte meinen können, dass er keinen Sinn und Verstand hätte, aber das war der gleiche Typ, der sein eigenes Filterungssystem und spezielle Vierzig-Liter-Wassersäcke durch die Wüsten Westaustraliens geschleppt hatte. In Illinois machte er sich nicht die Mühe, sich um sein Wasser zu sorgen, denn was war daran schon so schlimm? Das Wasser ging einem aus, man hatte eine Weile Durst, man besorgte sich neues Wasser. Es war ja nicht so, als wäre es gefährlich. In einem Monat achtzehn Kilo zu verlieren, während man einen der entlegensten Orte der Welt durchquerte – das war gefährlich. Das war die Tat eines Leichtsinnigen. So ein Idiot.

Sie setzte sich neben ihn. »Vielleicht solltest du dir eine weitere Flasche besorgen«, sagte sie und reichte ihm den Schlauch ihres Wasserbeutels.

»Wozu brauche ich eine neue Flasche, wenn ich dich hab.«

Sie runzelte die Stirn. Es gefiel ihr nicht, wenn er die Tour nicht ernst nahm. Dann kam es ihr so vor, als nähme er sie nicht ernst. Er hatte die Augen jetzt geschlossen, den Kopf an den Zaun gelehnt und hielt das Gesicht in die Sonne, daher konnte er ihren Gesichtsausdruck nicht sehen. Doch er musste ihre Stimmung gespürt haben, denn sein Lächeln verblasste, und er sah zu ihr herüber.

»Willst du mir nicht sagen, was los ist?«

»Nichts ist los.« Was heißen sollte, dass sie es ihm sicher nicht erzählen würde.

»Irgendwas stimmt doch nicht. Du siehst mich an, als wolltest du mir den Kopf abreißen.«

»Es ist heiß, und ich bin schlecht drauf, okay?« Sie wünschte, er würde das Thema fallen lassen. Ihr fehlte die Energie, ihn davon zu überzeugen, dass alles prima war, nicht bei dieser Hitze und wenn es nicht so war.

Er schüttelte den Kopf. »Glaubst du, ich weiß es nicht besser? Du bist schon seit einer Woche unglücklich. Ich wünschte, du würdest mir sagen, warum.«

»Das willst du gar nicht wissen.«

Er seufzte. »Und ob. Deshalb frage ich dich ja.«

Lexie nahm einen Stock in die Hand – zweifellos ein abgeworfener Ast des angeschlagenen Riesenbaums – und stocherte damit in einem Stück blankem Boden herum. Die Erde war vom Regen noch aufgeweicht, und sie schob die Spitze des Stockes so weit sie konnte hinein und stemmte sie wieder heraus, wobei sie ein Stück Rasen in die Luft schleuderte. Ein sinnloser Akt der Zerstörung. Danach fühlte sie sich zwar nicht besser, machte aber trotzdem weiter.

»Ich dachte, wir wären Partner, Marshall«, sagte Tom leise.

Partner. Himmel. Warum riss er ihr nicht einfach das Herz heraus und trampelte darauf herum? »Vielleicht will ich nicht mehr dein Partner sein, *Geiger*«, sagte sie und schleuderte einen neuen Erdklumpen durch die Luft. »Warum fährst du überhaupt mit mir durch Illinois? Warum riskierst du nicht bei der Durchquerung der Mongolei oder von Sibirien Kopf und Kragen?«

Er riss ihr den Stock aus der Hand und warf ihn über den Zaun. Dann drehte er ihr Gesicht zu sich und zwang sie, ihm in die Augen zu sehen. »Warum bist du sauer auf mich?«

Weil ich dich liebe. Weil du mir nichts erzählst, was wichtig für dich ist. Weil du mich verlassen wirst. Such dir was aus.

»Warum hast du diese hirnverbrannte Outback-Tour gemacht?«

Wenn ihn die Frage überraschte, ließ er es sich nicht anmerken. Das war interessant, wenn man bedachte, wie sehr sie sie selbst überraschte. Erst als sie die Frage ausgesprochen hatte, wurde ihr klar, wie dringend sie die Antwort wissen wollte – die Antwort auf diese und alle anderen Fragen, die sie in letzter Zeit für sich behalten hatte. Sie wünschte sich verzweifelt, dass er sich ihr öffnete. Sie konnte so nicht mehr weitermachen.

Tom ließ sie los und lehnte sich wieder an den Zaun. »Ich könnte dir ein Dutzend Gründe aufzählen«, sagte er nach kurzem Schweigen. »Aber eigentlich ist nur einer von Bedeutung.« Er schloss die Augen und atmete tief durch. Als er die Augen wieder aufschlug, hatte er sich gewappnet, ihr die Wahrheit zu sagen.

»Hast du je von Vargas Industries gehört?«, fragte er.

»Klar.« Alle in Oregon, die die Nachrichten verfolgten, hatten von Vargas Industries gehört. Es war einst das größte Privatunternehmen im Land gewesen, mit Tausenden Angestellten, die Nutzholz und vorgefertigte Holzbauteile gefertigt hatten, sowie einem halben Dutzend Niederlassungen. Vor einigen Jahren war die Firma in Schwierigkeiten geraten, weil sie gegen eine Menge Umweltauflagen verstoßen hatte, und nach einem Prozess, dessen Einzelheiten fast ein ganzes Jahr auf den Titelseiten aller Zeitungen geprangt hatten, hatte Tomás Vargas, der Geschäftsführer, einen Vergleich ausgehandelt, in dessen Rahmen die Firma eine stattliche Entschädigung an die Regierung zahlen musste. Im Anschluss daran war Vargas Industries langsam und qualvoll untergegangen, wodurch Dutzende Städte in Oregon in eine wirtschaftliche Schieflage geraten waren.

Tom beobachtete sie mit zusammengekniffenen Augen, und sie hatte den Eindruck, dass er sehen konnte, was ihr durch den Kopf ging. »Ich habe dort gearbeitet«, erklärte er. »Als ich noch einen Bürojob hatte.«

»Du warst als Nächster an der Reihe, Vargas Industries zu leiten?« Sie versuchte, die Bruchstücke an Informationen, die er in den vergangenen Wochen preisgegeben hatte, mit dem zusammenzubringen, was er ihr jetzt erzählte, aber sie wusste, dass sie immer noch nicht das Gesamtbild sah. »Ich dachte, es wäre ein Familienunternehmen gewesen.«

»Das war es auch. Bevor ich nach Australien ging, hab ich meinen Namen geändert. Geiger ist der Mädchenname meiner Mutter. Ich kam als Tomás Enrique Vargas junior auf die Welt. Benannt nach meinem Vater. Thronanwärter von Vargas Industries.«

Das war das Puzzleteil, das ihr noch gefehlt hatte. Jetzt verstand sie, wovor Tom bis nach Australien geflüchtet war.

»Oh Scheiße«, sagte sie.

17

»Du weißt von dem Prozess?«, fragte er.

Sie wusste von dem Prozess. Der junge Tomás Vargas – ihr Tom – war der Kronzeuge für den Staat gewesen. Seine Aussagen hatten die Verteidigungsstrategie des Unternehmens vollkommen zunichtegemacht. Er selbst hatte keinerlei Kenntnis von den Umweltverstößen gehabt, sondern von einem Informanten, den sein Vater entlassen hatte, davon erfahren. Daraufhin hatte er Berge von belastenden Dokumenten aus dem Archiv seines Vaters sichergestellt und der Staatsanwaltschaft übergeben.

Lexie hatte mehr als einmal beim Abendessen mit ihrer Familie über den Prozess diskutiert, weil es eine so dramatische Geschichte über die Verantwortungslosigkeit von Unternehmen und die Reaktion des Staates darauf war. Dieser Fall konnte einen ernstlich am Rechtssystem und seinen Auswirkungen zweifeln lassen. Wer waren die Guten und wer waren die Bösen, wenn eine vom Staat verhängte Geldstrafe bei der verurteilten Firma zu verheerenden Arbeitsplatzverlusten führte und nachhaltige Schäden in der Wirtschaft des Landes hinterließ? Wie sollte man den Wert einer unversehrten Umwelt gegen den Wert eines gesicherten Einkommens für die Menschen aufwiegen?

Diese Fragen schienen so abstrakt zu sein.

In der Presse und am Abendbrottisch der Marshalls war Tomás Vargas junior stets der Held der Geschichte gewesen. Bis jetzt war es Lexie nie in den Sinn gekommen, dass Tom Vargas selbst es vielleicht nicht so sah.

Sie ging im Kopf sechs Jahre Presseberichterstattung durch und sagte: »Du warst nie in den Zeitungen. Ich hätte mich an dich erinnert.«

Er nickte. »Ich habe versucht, mich der Presse zu entziehen. Es gab ein paar Gerichtssaalskizzen, aber ich ließ mich nicht fotografieren, wenn es sich vermeiden ließ.«

Lexie fiel noch etwas anderes aus der Medienberichterstattung ein, und ihr wurde ganz elend. »Oh Gott. Deine Frau.«

»Ja. Haylie war die Leiterin der Rechtsabteilung. Sie saß während des gesamten Prozesses am Anwaltstisch der Verteidigung.« Er lachte, doch es klang hohl. »Wenigstens hat sie mich nicht ins Kreuzverhör genommen.«

»Sie hat Partei für deinen Vater ergriffen?«

»Sie wollte nicht, dass ich irgendwas mit Schram zu tun hatte.« Lexie musste verwirrt ausgesehen haben, denn Tom lieferte eine Erklärung nach. »Der Informant. Sie sagte, es sei Verrat an meinem Vater, seine Anschuldigungen auch nur zu prüfen. Als ich das Beweismaterial dem Staat übergab, ist sie ausgezogen. Später hab ich herausgefunden, dass sie zu dem Zeitpunkt schon mit Craig ins Bett ging.«

»Und nach dem Prozess?«

»Mein Vater hat mich sofort enterbt, als er erfuhr, dass ich mich auf Schrams Seite schlug. Mom unterstützte ihn, auch wenn es ihr missfiel. Nur Taryn weigerte sich, Partei zu ergreifen. Sie ist jetzt wie ein Sonderbeauftragter, der zwischen ihnen und mir hin und her pendelt und immer hofft, dass wir uns eines Tages in die Arme fallen und wieder versöhnen.« Er runzelte die Stirn. »Das kann ich mir nicht vorstellen. Arme Taryn. Sie findet immer noch, dass ich das Richtige getan habe, und es bringt sie um, dass das sonst keiner aus meiner Familie so sieht.«

Lexie war ganz beklommen zumute, während er sprach, und musste die Tränen zurückhalten. Es war eine schreckliche Geschichte. Er hatte seine Arbeit verloren, seine Frau, seine Familie, seine Identität – alles für seine Überzeugungen. Und irgendwann hatte er auch noch seine Überzeugungen verloren.

Doch obwohl sie mit ihm mitfühlte, fiel es ihr nicht leicht, ihre aufsteigende Empörung zu unterdrücken. Sie waren jetzt bald fünftausend Kilometer zusammen gefahren, und er hatte kein Wort gesagt. Toms Leben war in aller Öffentlichkeit in die Binsen gegangen. Was sagte es über ihre Beziehung aus, dass er sich entschieden hatte, es vor ihr geheim zu halten?

Sie schob ihre selbstsüchtige Reaktion beiseite und sagte: »Ich stimme deiner Schwester zu.«

»Danke. Jedenfalls bin ich deshalb nach Australien gegangen. Ich musste raus, um über das nachzudenken, was ich getan hatte. Haylie warf mir vor, dass ich Stellung gegen das Unternehmen beziehe, um es meinem Vater heimzuzahlen, und ich hatte Angst, dass sie damit recht hatte. Ich war stinkwütend auf ihn, als ich rausfand, was er getrieben hatte. Du musst wissen, in meiner Position war ich für das Image des Unternehmens verantwortlich. All die grünfärberischen Anzeigen in landesweiten Zeitschriften, in denen sich Vargas mit seinen tollen Umweltprogrammen brüstete, und die Programme selbst stammten aus meinem Büro. Und ich glaubte an sie. Ich glaubte, mein Beitrag würde dazu führen, dass unser Unternehmen eine neue Richtung einschlagen würde, dass wir eine ökologische Vorreiterrolle in der Branche einnehmen würden. Er hat mich zum Lügner gemacht, und das konnte ich nicht ertragen.«

»Also bist du in den Wald gegangen, um bewusst zu leben?«, fragte sie und dachte an *Walden* und an Tom ganz allein im Outback, wie er herauszufinden versuchte, wie sein Handeln ins kosmische Gleichgewicht passte.

»Mir gefiel die Wüste schon immer besser als die Wälder. Aber ja.« Er schwieg und sah so lange in die Ferne, dass sie schon Angst hatte, er würde gar nichts mehr sagen. Dann fröstelte er und sagte: »Ich hatte sechs Jahre Zeit, darüber nachzudenken. Fünf, seit der Prozess vorbei ist. Ich habe beschlossen, dass es beides war. Ich meine, ich habe ausgesagt, weil ich sauer auf meinen Vater war, aber ich habe es auch getan, weil ich es für das Richtige hielt. Wenn ich das nicht geglaubt hätte, hätte ich es nicht durchgezogen, egal, wie wütend er mich gemacht hat.«

»Aber die Erkenntnis hat dir keinen Frieden gebracht.« Es war eine rhetorische Frage. Sie wusste genau, dass die Vergangenheit Tom noch immer fest in ihren Klauen hatte.

»Nein, denn damals habe ich es nicht bis zum Ende durchdacht. Hätte ich es getan, hätte ich nicht ausgesagt.

Nicht um meiner selbst willen, aber ich hätte wissen müssen, dass mein Vater die Kontrolle über die Firma verlieren würde, für deren Aufbau er sein ganzes Leben gearbeitet hatte, und dass sie Craig zum Chef ernennen würden, wenn mein Vater und ich weg wären. Und Craig … Tja, es gibt einen Grund, warum ich als Erbe der Firma auserkoren wurde, noch bevor ich die Mittelstufe abgeschlossen hatte. Als ich hörte, dass sie Craig ans Steuer lassen, gab ich ihm drei Jahre, um das, was von der Firma noch übrig war, gegen die Wand zu fahren. Er brauchte nur zwei.«

»Und du machst dir Vorwürfe, das alles nicht bedacht zu haben?«

»Nicht nur das. Ich habe nicht bedacht, was es bedeuten würde, wenn die Firma auseinanderfiele. Mehr als fünfzehntausend Menschen haben ihre Arbeit verloren, die meisten von ihnen in Oregon. All diese Familien … all die Städte, in denen die Vargas-Fabrik der größte Arbeitgeber gewesen war. Jetzt gibt es dort nichts mehr, womit sie sich über Wasser halten können. Was mein Vater der Umwelt angetan hat, war schlecht, daran besteht kein Zweifel. Aber nachdem ich es herausgefunden hatte, hatte ich auch andere Optionen. Selbst wenn ich nicht gegen ihn ausgesagt hätte, hätte er damit aufhören müssen. Er stand sowieso kurz davor, sich zur Ruhe zu setzen. Früher oder später hätte ich die Firma geleitet, und unter meiner Führung wäre nichts Unethisches mehr passiert.« Er sah sie mit ernster Miene und flehendem Blick an. »Ich habe die falsche Entscheidung getroffen. Und jetzt muss ich damit leben.«

Sie versetzte sich in seine Lage und spürte, wie schwer seine Last wog, eine Entscheidung getroffen zu haben, die für so viele Menschen schreckliche Konsequenzen gehabt hatte. Es war unerträglich. Kein Wunder, dass er sich in den Wald zurückziehen und ein untadeliges Leben führen wollte. Wenn er wirklich recht hatte, was könnte er anderes tun? Dafür gab es keine Absolution.

Aber er hatte unrecht. Er trug die Last einer Verantwortung auf seinen Schultern, die nicht seine war. Das war typisch Tom. Der Mann konnte solche Dinge nicht im richtigen Verhältnis sehen.

»Du kannst nicht die ganze Schuld auf dich nehmen«, sagte sie, so sanft sie nur konnte. »Du bist nur für dein eigenes Handeln verantwortlich.«

Er schüttelte den Kopf. »Ich war mittendrin. Wenn ich nicht so verbissen darauf aus gewesen wäre, meinen Vater bloßzustellen, hätte ich ihn aufhalten können. Ich hätte ihn zwingen müssen, sich zur Ruhe zu setzen, dann hätte ich die Firma übernehmen und so die Arbeitsplätze der vielen Menschen erhalten können … Es wäre alles anders gekommen, wenn ich nicht gewesen wäre.«

»Alles wäre anders gekommen, wenn eine Menge Leute nicht gewesen wären. Du bist auch nur ein Mensch. Du hast getan, was du konntest.« Sie legte ihm tröstend die Hand auf den Arm.

Er schüttelte sie ab, stand auf und trat mit verschlossenem Gesicht ein paar Schritte von ihr weg. Ihr war nur allzu klar, was das bedeutete. Tom hatte sich ihr anvertraut, aber jetzt war er fertig damit und wollte, dass sie sich da raushielt. »Nichts für ungut, aber ich hatte viel Zeit, um darüber nachzudenken. Ich brauche keine neue Sichtweise darauf. Ich muss die Sache begraben.«

Sie würde sich nicht zurückweisen lassen von ihm. Hier ging es um etwas Wichtiges. Im Grund ging es hier um *alles*. Sie sah sie fast vor sich, diese Last der Vergangenheit, die zwischen ihnen stand, und hätte sie am liebsten in Stücke geschlagen. Worte waren der einzige Hammer, den sie zur Verfügung hatte.

»Nichts für ungut, aber du versuchst schon seit Jahren, die Sache zu begraben, und sie kommt immer wieder hoch. Ich glaube, eine neue Sichtweise darauf ist genau das, was du brauchst.« Sie war aufgesprungen, während sie sprach, und stand nun herausfordernd vor ihm.

Tom legte die Hände auf ihre Schultern und strich über ihre Arme. Er wollte Frieden schließen, das sah sie in seinen Augen. Aber noch mehr wünschte er sich, dass sie sich raushielt.

»Lass es gut sein«, bat er leise, so angespannt, dass seine Hände zitterten.

Das konnte sie nicht.

»Wie viel daran war deine Schuld?«, fragte sie und legte den Kopf in den Nacken, um ihm in die Augen zu sehen. »War es deine Schuld, dass dein Vater so gierig wurde, dass er beschloss, diese lästigen Umweltschutzauflagen zu ignorieren? War es deine Schuld, dass er den Typen gefeuert hat, der ihm auf die Schliche gekommen war, und dann versucht hat, die Sache zu vertuschen? Und als der Staat die Entscheidung traf, ihn strafrechtlich zu verfolgen, warst du daran auch beteiligt? Ach ja, und du hast bestimmt auf Knien darum gebeten, in den Zeugenstand zu treten, nachdem du die Beweise übergeben hattest, stimmt's?«

Er gab keine Antwort. Er sah sie nicht einmal an. Aber sie ging ihm unter die Haut, das merkte sie. Sie bohrte weiter. »Und natürlich war es auch deine Schuld, dass deine Frau was mit deinem Bruder angefangen hat. Du musst sie dazu getrieben haben. Es kann ja nicht sein, dass sie eine Mitverantwortung trug. Oder dein Bruder? War es deine Schuld, dass er deine Frau genagelt und deine Firma zugrunde gerichtet hat? Hast du ihn dazu angestiftet? Hast du ihn zum Chef ernannt? Und dann warst du auch noch verantwortlich dafür, dass alle Fabrikanlagen dichtgemacht und sämtliche Mitarbeiter entlassen wurden. Zugegeben, du hast damals in einem Fahrradladen gearbeitet, aber trotzdem war es deine Schuld, stimmt's? Für all das trägt allein Tom Geiger die Verantwortung. Oder Tom Vargas. Ein und derselbe Mann. Der Mann, um den sich die ganze Welt dreht.«

Je länger sie sprach, desto wütender wurde seine Miene, und seine Wut machte sie unbesonnen. Sie wollte weiter bohren, bis sie einen Punkt erwischte, der ihn so sehr schmerzte, dass er zugeben musste, dass sein Ego ihn davon abhielt, die Vergangenheit in die richtige Perspektive zu rücken. Es hielt ihn davon ab, sie zu lieben. Es ging sie persönlich an, also würde sie noch persönlicher werden.

»Was ist mit mir, Tom? Bist du für mich auch verantwortlich? Deshalb bist du doch überhaupt mit mir losgefahren, stimmt's? Du konntest die Vorstellung nicht ertragen, dass es deine Schuld wäre, wenn ich in Seaside am Strand gesessen und enttäuscht gewesen wäre, weil du nicht aufkreuzt. Obwohl du mich nie zuvor gesehen hattest und deine Schwester diejenige war, die das alles eingefädelt hat, hast du es hingekriegt, mich zu deinem Problem zu machen. Und hier sind wir nun, Tausende von Kilometern später, und du hältst mich immer noch für eine Art Projekt. Lexie braucht einen Beschützer. Lexie muss sich mal entspannen und lernen, wie man richtig tourt. Lexie muss sich mal wieder flachlegen lassen. Aber keine Sorge, Lexie, Tom wird dich retten.«

Seine Augen funkelten, und sie wusste, dass er kurz davorstand zu explodieren. Gut so!

»Hör auf«, warnte er sie.

»Nein. Ich hab Neuigkeiten für dich: Du bist nicht für mich verantwortlich. Wenn ich mal einen schlechten Tag habe, ist das nicht dein Problem. Wenn ich nass und frierend in meinem Zelt sitze – nicht dein Problem. Wenn ich den Rest der Strecke nach Virginia mit gesenktem Kopf fahren und meine Pedaltritte zählen will, ist es nicht deine Aufgabe, mich davon abzuhalten. Und dass ich in dich verliebt bin, und dass ich kreuzunglücklich bin, und dass ich es nicht ertragen kann, dass du mich verlässt, wenn wir nach Yorktown kommen? Weißt du was? Auch das ist nicht deine Schuld, und du kannst überhaupt nichts tun, um es wiedergutzumachen. Manchmal passieren schlimme Dinge aus keinem besonderen Grund, Tom. Manchmal entzieht sich das Leben völlig unserer Kontrolle. Das ist scheiße, aber so ist es nun mal.«

Schließlich verstummte sie. Heftig atmend starrte sie den Mann an, den sie in Stein verwandelt hatte. So viel zu dem Versuch, ihn zu provozieren, damit er seine Meinung änderte. Ihr Geständnis hatte ihn schneller zum Verstummen gebracht, als sie zwinkern konnte. Jetzt starrte er mit hartem Blick und zusammengebissenen Zähnen an ihr vorbei. Der zornige Tom.

Lexie wandte sich ab. Sie stellte sich an den Zaun und betrachtete den Riesenbaum, der am Straßenrand langsam starb. Ohne darüber nachzudenken kletterte sie über die Einzäunung und legte die Stirn und die flachen Hände an den Stamm. Doch der Riesenbaum spendete ihr keinen Trost. Sie gaben ein merkwürdiges Trio ab: der kranke Baum, die untröstliche Frau, und Atlas dort drüben, der die Last der Welt auf seinen Schultern trug.

Nach einer Weile sprang Tom über den Zaun und kam zu ihr. Aus den Augenwinkeln sah sie die Hände in seinen Taschen, seine Waden und seine Füße. Er setzte sich mit dem Rücken an den Baum, und sie sah seine Knie in die Luft ragen. Als er zu sprechen begann, war seine Stimme bemerkenswert ruhig.

»Weißt du, wie oft ich dich die Geschichte deiner Eltern habe erzählen hören? Vielleicht denkst du, dass ich dir nicht zuhöre, aber das stimmt nicht. Ich muss dir einfach zuhören.« Er verstummte und strich sich mit der Hand übers Knie. »Wir sind nicht deine Eltern, Lexie«, sagte er schließlich. »Diese Tour ist nicht unsere Liebesgeschichte. Dafür hast du dir den falschen Mann ausgesucht.«

Sie stieß sich vom Baum ab und sah ihn entgeistert an.

»Glaubst du etwa, dass ich hier irgendeine kindische romantische Fantasie auslebe, in der du die Hauptrolle spielst?« Der Gedanke war so absurd, dass sie am liebsten gelacht hätte, doch sie hatte noch so viel Wut im Bauch, dass sie es nicht schaffte. »Meinst du vielleicht, ich habe dem Weihnachtsmann einen Brief geschrieben und ihn gebeten, mir einen großen, melancholischen Einzelgänger zu schicken, in den ich mich verlieben kann? Also ehrlich, Tom, welche Frau, die noch ganz bei Trost ist, würde sich ausgerechnet dich dafür aussuchen?«

Er sah sie nicht an. Sie war gemein, das wusste sie, aber er war herablassend. Wie konnte er es wagen, anzudeuten, dass sie die Geschichte ihrer Eltern mit ihrer eigenen verwechselte? So naiv war selbst sie nicht. Sie war nicht auf der Suche nach der Liebe gewesen. Die Liebe war einfach aufgekreuzt und hatte ihr eins über die Rübe gezogen.

»Ich sag dir, was es für ein Gefühl ist, in dich verliebt zu sein«, sagte sie. Ein Schluchzer stieg in ihrer Kehle auf, aber sie schluckte ihn herunter. »Ich fühle mich wie eins von diesen doofen, hilflosen kleinen Gänschen, die auf die falsche Mutter geprägt sind. Bis eben war ich noch sicher in meiner Eierschale, und jetzt laufe ich dir überallhin nach, anhänglich und hingebungsvoll, zu blöd, um zu kapieren, dass ich gefressen werde.«

Tom sah stirnrunzelnd zu ihr auf. »Sekunde, und was bin ich in dem Szenario?«

»Keine Ahnung, eine Pythonschlange oder so«, sagte sie gereizt. »Was spielt das für eine Rolle? Das Wichtige daran ist, dass ich die Gans bin.«

»Okay.« Er raufte sich die Haare, verschränkte die Finger hinterm Kopf und beugte sich vor, um die Ellbogen auf die Knie zu stützen. Er sah nicht aus wie eine Python. Er sah so niedergeschlagen aus, wie sie sich fühlte. Ihre Wut legte sich, und zurück blieb ein zittriges Schwindelgefühl. Sie wollte nicht mit Tom streiten, und er ganz offensichtlich auch nicht mit ihr.

Sie sank neben ihm zusammen, und sie saßen dort im Schatten und sagten kein Wort. Ihr Herz schlug zu schnell, ihre Hände schwitzten, ihre Nerven waren überreizt. Wenn sie ihr Leben doch nur zum ersten Juni zurückspulen könnte! Dann würde sie zu Hause bleiben. Kein Abenteuer war es wert, sich so elend zu fühlen.

Ihr Blick wanderte nach oben, und sie betrachtete die Konturen der Äste über ihr. Es war wirklich ein beeindruckender Baum. Vielleicht hatte Tom recht. Vielleicht würde er sich wieder erholen.

Sie hatten noch rund tausendsechshundert Kilometer vor sich.

»Geiger?«, fragte sie.

»Ja?« Er hob nicht mal den Kopf.

»Es tut mir echt leid.« Sie meinte es ernst. Es tat ihr leid, dass sie ihn angeschrien hatte, dass sie ihm ihre Liebe gestanden hatte und dass sie alles zwischen ihnen noch viel schwieriger gemacht hatte.

»Mir auch, Marshall.« Er klang weit weg.

»Danke, dass du es mir erzählt hast«, fügte sie hinzu.

»Kein Problem.« Er nahm die Hände vom Kopf, legte die Unterarme über die Knie und legte die Wange darauf.

»Wenn ich gewusst hätte, dass du so nachsichtig mit mir bist, hätte ich es dir schon vor einem Monat erzählt.« Er verzog den Mund zu einem traurigen Lächeln, das nicht mal annähernd seine Augen erreichte.

Sie erwiderte das Lächeln. Es fühlte sich ein bisschen merkwürdig an, aber besser als die Alternative. »Es ist wohl besser, dass ich keine Vertrauenslehrerin geworden bin, wie meine Mutter es mir vorgeschlagen hat, hm?«

»Wahrscheinlich ja.«

Sie sahen einander an, und keiner von ihnen wusste so recht, wie sie die Situation retten sollten. »Können wir das trotzdem noch durchziehen?«, fragte sie. »Können wir immer noch zusammen fahren?«

»Das müssen wir«, sagte Tom. »Ich hab kein Wasser.«

»Ich meinte, bis nach Virginia.«

»Ich weiß, was du meintest.«

Während sie die ernsten Falten in seinem Gesicht und seine verletzliche Haltung registrierte, fiel ihr wieder jene erste gemeinsame Nacht in seinem Zelt in Yellowstone ein, als ihr klar geworden war, dass Tom auch nicht mehr Kontrolle über das hatte, was zwischen ihnen geschah, als sie. Irgendetwas Elementares zog sie zueinander hin, auch wenn Toms Vergangenheit und ihre Vorbehalte sie immer wieder auseinanderrissen. Er wollte sie nicht verlassen. Sie wollte ihn nicht verlassen. Sie hatten einander am Hals. Sie waren Partner, die nicht wussten, wie sie mehr füreinander sein konnten, und es nicht ertrugen, weniger zu sein.

Ihnen blieb nichts anderes übrig als weiterzufahren.

Lexie stand auf und hielt ihm die Hand hin, und er nahm

sie und ließ sich von ihr hochziehen, wobei sie fast hinfiel. Schließlich umarmten sie sich unbeholfen und hielten einander lange fest, bis sie ihn schweren Herzens losließ.

Es war eine gute Übung. Bis sie den Atlantik erreichten, wäre sie vielleicht ein Profi darin.

18

Von Berea, Kentucky, nach Hindman, Kentucky
Insgesamt 5.649 gefahrene Kilometer

Sie war ausgezogen. Tom redete sich ständig ein, dass sie nicht richtig »ausgezogen« war, weil sie gar nicht zusammengelebt hatten. Sich ein Zelt zu teilen, war schließlich nicht dasselbe wie zusammenzuleben. Aus einer Konstruktion, die man jeden Tag aufs Neue auseinandernehmen und wieder zusammensetzen konnte, konnte man nicht ausziehen. Man konnte sich nur entscheiden, nicht mehr darin zu schlafen.

Aber es nutzte nichts. Lexie war ausgezogen, und es war schlimmer als damals, als Haylie ihn verlassen hatte. Viel schlimmer.

Es war nicht der angenehmste Weg herauszufinden, dass man verliebt war, aber vermutlich hatte er es nicht besser verdient.

Lexies Pferdeschwanz glänzte im hellen Mittagslicht wie ein Kupferpenny. Sie erreichte vor ihm den Gipfel und verschwand aus seinem Sichtfeld. Er war ihr den ganzen Morgen halbherzig gefolgt, doch neuerdings fuhr sie gern weit vor ihm. Es wäre ihm zwar lieber gewesen, sie im Auge behalten zu können, aber sie hatte ihm unmissverständlich klargemacht, was sie von seinen beschützerischen Anwandlungen hielt.

Am Tag ihres Streits hatten sie die Grenze nach Kentucky überquert und die Appalachen erreicht. Kentucky stand für steile bewaldete Bergkämme, tiefe, von Bächen durchflossene Täler, Trailer Homes und zu viele bellende Hunde. Es stand für frische, feuchte Bergluft und dichten Nebel, der sie morgens davon abhielt, früh aufzubrechen, und Spinnenweben an Stacheldrahtzäunen in taunasse Kunstwerke verwandelte. Es bestand aus langen, steilen Straßen, die aus felsigen Berghängen gesprengt worden waren, und Abfahrten um Haarnadelkurven, in denen man mit Bedacht bremsen musste, um nicht über den Felsvorsprung zu stürzen.

Es stand für Lexie, die in ihrem eigenen Zelt schlief.

Nach dem Riesenbaum-Gespräch waren sie fast bis zur Dämmerung gefahren, weil keiner von ihnen anhalten und dem anderen ins Gesicht sehen wollte. Als sie sich am Abend endlich schlafen legten, fasste er sich ein Herz, zog sie an sich und küsste sie, weil er hoffte, dass sie ihm erlauben würde, noch weiter zu gehen. Sein Körper war das Einzige, das er ihr schenken konnte, und er hatte sich nach ihr gesehnt. Er brauchte die Gewissheit, dass sie auf ihn reagieren würde, wie sie es immer tat, und er suchte das Vergessen, das er fand, wenn er tief in ihr war. Kuss um Kuss, Liebkosung für Liebkosung war sie bei ihm. So lange es dauerte, war zwischen ihnen alles in Ordnung. Doch danach, als sie mit roten Wangen zu ihm aufblickte – so schön, dass es schmerzte –, standen Tränen in ihren Augen.

»Ich kann das nicht«, hatte sie gesagt. Und dann hatte sie sich angezogen, ihre Sachen gepackt und war gegangen.

Seitdem stellte sie jeden Nachmittag ihr kleines Zelt neben seinem auf, und jeden Nachmittag widerstand er dem Bedürfnis, es zusammenzutreten. Das einzige Mal, als er versucht hatte, sie bei Tageslicht zu umarmen, war sie steif geworden und hatte ihn von sich gestoßen. Sie machte ausgedehnte Spaziergänge um die Campingplätze, unterhielt sich lange mit Fremden, saß auf einer Bank am Seeufer und sah mit leerem Blick in die Ferne. Sie sprach nicht mit ihm. Sie schaute ihn kaum richtig an.

Er hatte sich stets darauf verlassen, dass ihre Augen ihm ihre Gefühle verrieten. Sie hatten ihm gesagt, dass sie ihn liebte, noch bevor Lexie es ausgesprochen hatte. Er hatte es nicht sehen wollen, aber es war dort gewesen, hinter dem bernsteinfarbenen Spiegel ihrer Iris, und hatte ihn jedes Mal willkommen geheißen, wenn er in ihren Körper glitt, jedes Mal, wenn er sie zum Höhepunkt brachte, jedes Mal, wenn er sie beim Abendbrot neckte oder sie am Straßenrand spielerisch in den Po kniff. Er hätte geschworen, dass Lexie nichts vor ihm verbergen konnte, selbst wenn sie es wollte. Doch jetzt hatte sie sich tief in sich zurückgezogen, und ihre Augen waren leer geworden. Er hatte ihr das angetan. Ihm wurde schlecht, wenn er daran dachte.

Ohne sie an seiner Seite schlief er nachts kaum. Er dachte an die Zeit zurück, als Haylie ihn verlassen hatte, kurz bevor der Prozess alles in den Hintergrund gedrängt hatte. Er war zornig über ihren Verrat gewesen, und sein Ego hatte einen gewaltigen Knacks bekommen. Damals hatte er geglaubt, sein Herz wäre verletzt, wenn nicht gar gebrochen, doch er hatte erkannt, dass dem nicht so war. Seine Familie zu verlieren hatte ihn viel mehr geschmerzt als die Trennung von Haylie. Im ersten Jahr nach Prozessende hatte er viele Nächte wach gelegen. Er hatte Monate gebraucht, bis er die Erinnerungen aus seinem Kopf verbannen konnte, und er hatte gelernt, sich mit Arbeit abzulenken, an nichts zu denken und dem Leben anderer Menschen zuzusehen und zuzuhören, statt sein eigenes weiterzuleben. Es war der einzige Weg, um mit sich selbst klarzukommen, und mit der Zeit war es ihm zur zweiten Natur geworden.

Keine dieser Strategien erwies sich auch nur als annähernd hilfreich bei Lexie. Lexie zu verlieren war jetzt schon das Schlimmste, was er je hatte durchmachen müssen, und dabei war sie noch nicht einmal weg.

In Wahrheit war sie direkt vor ihm, plötzlich wieder in seinem Blickfeld, als er über die Bergkuppe strampelte. Über den Lenker gebeugt, auf einer seltenen geraden Strecke bergab wahrscheinlich schneller als fünfzig Stundenkilometer, beanspruchte sie fast die ganze Breite der schmalen Straße. Ihm grauste bei dem Anblick. Manchmal glaubte er, dass sie das mit Absicht machte, um ihn zu provozieren. Dies war zwar keine Hauptverkehrsstraße, hatte aber doch so viel Verkehr, dass man permanent aufpassen musste.

Wie durch seine Gedanken heraufbeschworen, erkannte ein Wohnmobil, das seit fünf Minuten dicht hinter ihm her fuhr, endlich die erhoffte Gelegenheit zum Überholen, und zog mit gerade mal einem halben Meter Abstand zu seiner Lenkstange an ihm vorbei. Herrgott! Er sah zu, wie sich das

Fahrzeug Lexie langsam näherte. Sie wartete, bis der Gegenverkehr durch war, und winkte es an sich vorbei. Total imstande, die Situation selbst zu regeln.

Er hatte es kapiert. Sie brauchte ihn nicht. Sie hatte recht mit ihrem Vorwurf, dass er sie zu seinem Projekt ernannt hatte. Er war ein Idiot. Sein Beschützerinstinkt war ein Zeichen dafür gewesen, dass er sich in sie verliebte, und kein Symptom seines Helfersyndroms. Er hörte Taryns Stimme in seinem Kopf: *Ach nee.* Endlich hatte auch er das erkannt.

Aber er wollte, dass sie ihn *brauchte*, denn dann hätte er einen Anspruch auf sie, etwas anderes als seine Liebe, um ihrer würdig zu sein. Sie liebte ihn zwar, doch er war nicht gut genug. Das hatte sie selbst gesagt. *Welche Frau, die noch ganz bei Trost ist, würde sich ausgerechnet dich aussuchen?* Er war ein melancholischer Einzelgänger, der sich bewusst von der Welt losgesagt hatte, und sie war die lebhafteste, aufregendste, bezauberndste Frau, der er je begegnet war. Was für eine Zukunft konnte er ihr schon bieten?

Du könntest sie glücklich machen.

Wieder Taryn. Vielleicht könnte er das, wenigstens für eine Weile. Vielleicht auch nicht. Er hatte die schwere Last seiner Vergangenheit bei ihr abgeladen, und jetzt waren sie beide alles andere als glücklich. Er wusste, dass er seine guten Seiten hatte (er war Haylie kein schlechter Ehemann gewesen, sicher nicht), aber Lexie verdiente jemanden, der mit sich im Reinen war. Dafür wäre er nicht der richtige Kandidat.

Sie tat das Richtige, wenn sie sich jetzt von ihm fernhielt. Bis sie die Küste erreichten, wären sie beide so unglücklich, dass sie froh wären, wenn es vorbei war.

Die Straße verengte sich noch mehr an einer Stelle, wo sie aus dem Berghang herausgesprengt worden war. Ein Seitenstreifen war so gut wie nicht vorhanden, nur wenige Zentimeter Asphalt lagen zwischen der weißen Fahrbahnmarkierung und dem zerklüfteten Gestein. Ein Schwerlaster mit einer vollen Ladung Baumstämme rumpelte viel zu schnell an ihm vorbei und hätte ihn beinahe gegen die Felsen gedrängt. Tom musste eine Vollbremsung machen und beide Beine auf den Boden stellen, um das Gleichgewicht wiederzuerlangen. Bei dem jähen Halt hob sich sein Hinterreifen hoch in die Luft und knallte wieder auf den Boden. Tom blickte automatisch auf, um sich zu vergewissern, dass es Lexie gut ging, doch sie war schon hinter einer scharfen Kurve verschwunden. Dann hörte er das Quietschen von Druckluftbremsen und den traurigen Ruf einer Lkw-Hupe, und es zerriss ihn.

Ein Teil von ihm stieg wieder aufs Rad und fuhr so schnell er konnte den Berg hinauf. Gegen die Physik und die Schwerkraft anzukämpfen strengte ihn so sehr an, dass seine Beine schmerzten und er ein Engegefühl in der Brust bekam. Der andere Teil zeigte ihm in schillernden Farben bis ins kleinste Detail, was der Lkw mit Lexie angestellt hatte. Ihr verrenkter Körper. Dunkle Blutflecken in ihrem Haar. Grauenhafte Schreckensbilder. Seine Beine strampelten wild, ihm drehte sich der Magen um, und er verlor sie immer wieder aufs Neue.

Als er um die Ecke bog, sah er zuerst ihr Rad. Der Rückstrahler reflektierte das Sonnenlicht und leuchtete scharlachrot auf, und dann überrollte ihn der Rest in einer niederschmetternden Lawine: Lexies Rad samt Anhänger in einem wirren Haufen neben dem Felsen, und die Frau, die er liebte, mit dem Gesicht nach unten auf dem Asphalt.

Tot, dachte er, und der Asphalt kam auf ihn zu. Schwindlig und unbeholfen verlor er mit dem Fuß den Halt auf der Pedale und ritzte sich sein Schienbein an der scharfen, gezackten Kante tief auf, bevor es ihm gelang, seinen Körper und sein Rad wieder unter Kontrolle zu bringen.

Er spürte es kaum. Es war ihm gleichgültig. Er wehrte sich mit aller Macht gegen das Wort – *tot* – und versuchte, den Gedanken und diese Möglichkeit zu verbannen, während er auf Adrenalin und bisher unbekannte Kraftreserven zurückgriff, um noch härter und schneller den steilen Anstieg hinauf in die Pedale zu treten. Alles Gute in ihm – jedes bisschen Vertrauen, das er noch besaß, jeder geisterhafte Überrest an Hoffnung – war auf Lexie gerichtet und beschwor sie, unversehrt zu sein und so unbezwingbar, so unzerstörbar, wie er es sich von ihr wünschte.

Ein paar Meter weiter hielt er so abrupt an, dass die Metallfelgen seiner Räder kreischend protestierten. Er schmiss das Rad auf den Boden und rannte.

Sie bewegte sich schon, als er sie erreichte, ertastete mit den Händen den Asphalt und stemmte ihren Oberkörper hoch.

Nicht tot.

Seine Knie gaben vor Erleichterung nach, und er sank neben ihr zusammen.

»Herrgott, Lexie, bist du verletzt?« Er suchte nach Blutspuren oder Brüchen, dachte an innere Blutungen, an

Kopf- und Rückenverletzungen. Seine Finger zuckten, als könnte er sie höchstpersönlich heilen, wenn er nur wüsste, welchen Teil er behandeln sollte. Es war lächerlich, weil er nicht die leiseste Ahnung davon hatte. Er hatte ihr nichts zu bieten außer Angst und Wut. »Dieser Laster – dieses rücksichtslose Arschloch … Beweg dich nicht zu schnell, okay?«

Sie ignorierte ihn und schnallte ihren Helm auf, während sie sich aufrappelte. »Mir geht's gut«, sagte sie matt.

»Dir geht's nicht gut! Herrgott, Lex, er hat dich erfasst! Aber wahrscheinlich hat er dich nur gestreift, sonst wärst du …« Er konnte den Gedanken nicht zu Ende denken. »Was ist passiert? Hat er dich mit dem Seitenspiegel berührt? Bist du …?«

Sie hob die Hand, als hielte sie ihm ein Stoppschild direkt vor die Nase, um seinen Fragen Einhalt zu gebieten. »Er hat mich bedrängt. Ich hab die Felsen touchiert und das Gleichgewicht verloren.« Sie machte eine rasche Bestandsaufnahme ihrer Gliedmaßen, berührte mit dem Zeigefinger eine blutende Schürfwunde am Ellbogen, hob ihr Fahrrad auf und durchwühlte dann ihre Lenkertasche auf der Suche nach etwas.

»Am Knie blutest du auch.« Tom trat hinter sie und umfasste ihre Taille, weil er sich rückversichern wollte, dass sie unversehrt und noch am Leben war. Am liebsten hätte er ihr das Trikot abgestreift und sein Ohr an ihren Rücken gelegt, um ihren Herzschlag zu hören. »Du musst dich setzen. Trink einen Schluck Wasser. Wir müssen ein schattiges Plätzchen für dich finden.«

Sie zog ein Halstuch aus der Tasche, entwand sich seinem

Griff und begann mit dem schwierigen Unterfangen, sich mit einer Hand das Tuch um den Ellbogen zu binden. »Mir geht's gut. Es sind nur ein paar Schrammen. Lass mich!«

Ihre Stimme hatte einen warnenden Unterton, den er jedoch ignorierte. »Komm, ich helfe dir wenigstens damit«, bat er und griff nach ihrem Arm.

»*Lass mich*, Geiger«, wiederholte sie und schlug seine Hand weg. »Ich kann das allein. Jede beschissene Sache, bei der du mir helfen willst, kann ich allein.«

Letzten Endes hielt sie das Halstuch mit dem Kinn fest und sah ihn wütend an, während sie trotzig ihre eigenen Wunden versorgte. Er sah keine Spur von Liebe in ihrem Blick – nur Wut. Am liebsten hätte er sie in die Arme genommen und ihre Schrammen gesäubert, und dann wollte er einen Campingplatz suchen, sie zu sich in sein Zelt holen und sie lieben, bis sie nicht mehr daran dachte, ihn zu verlassen.

Aber das war es nicht, was Lexie wollte. Nicht mehr. Sie hatte genommen, was er ihr zu bieten hatte, und ihr Urteil gefällt.

Es reichte nicht. Er war so viel weniger, als sie brauchte.

Sie inspizierte ihr Knie und entschied anscheinend, dass der Kratzer es nicht wert war, sich damit aufzuhalten. Das Klicken, als die Plastikschnalle ihres Helms einrastete, traf ihn wie eine Beleidigung.

Lexie kontrollierte rasch den Antrieb und die Anhängerkupplung, schwang das Bein über den Sattel und fuhr los ohne ihn eines Blickes zu würdigen.

Tom stand regungslos da und sah ihr nach, zu geschockt und geknickt, um irgendetwas zu tun.

Als sie nicht mehr zu sehen war, ging er in die Hocke und stützte sich mit einer Hand an der Felswand ab. Er kniff sich mit den Fingerspitzen in die Nasenwurzel und versuchte, die Bilder loszuwerden, aber sie verschwanden nicht.

Lexie in ihrem Blut. Lexies verrenkter Körper. Lexie tot.

Er könnte sie verlieren, *wirklich* verlieren, und diese Erkenntnis löste seinen elementaren Starrsinn, an dem er sich festgeklammert hatte. Während er dort am Straßenrand hockte, vor Schreck wie gelähmt, erkannte er, dass er sie nicht loslassen konnte. Er konnte es einfach nicht. Wenn er sich in Yorktown von ihr verabschieden würde, könnte er nicht mehr auf sie aufpassen. Er würde nie wissen, wo sie war, was sie gerade tat, oder mit wem sie zusammen war. Sie würde in einem Bett schlafen, das er nie gesehen hatte, mit einem Bruder zu Mittag essen, den er nie kennengelernt hatte, allein Fahrrad fahren, mit einem anderen Mann schlafen. Das könnte er nicht ertragen. Er konnte nicht weiterleben, ohne Lexie jeden Tag um sich zu haben, jede Nacht neben ihr im Bett zu liegen.

Vielleicht brauchte sie ihn nicht, aber er brauchte sie. Ein Leben ohne sie war keine Option mehr.

Jetzt musste er nur noch rausfinden, wie er zu dem Mann wurde, den sie sich wünschte. Zu dem Mann, den sie verdiente.

Tom saß in Hindman, Kentucky, auf einer Holzbank, blätterte lustlos in *Walden* und warf Lexie im Waschsalon alle paar Minuten verstohlene Blicke zu. Sie hatte ihm mehr oder weniger verboten, hereinzukommen. Vielleicht hatte sie Angst davor, auf so engem Raum mit ihm allein zu sein. Wer wusste schon, wozu er fähig wäre.

Seit dem Unfall hatte er ein paarmal versucht, mit ihr zu reden, aber sie hatte ihn nie ausreden lassen. Beim letzten Mal hatte sie, sobald er den Mund aufgemacht hatte, nur gesagt: »Ich kann nicht«, und hatte ihn stehen lassen. Er hätte sie bedrängen können, aber er wusste nicht einmal, was er ihr sagen wollte. Trotzdem war es ihm wichtig, es immer wieder zu versuchen.

Seit ihrem Streit hatten sie rund achthundert Kilometer zurückgelegt und waren jeden Tag schneller und länger gefahren, als es vorher ihre Gewohnheit gewesen war. Vermutlich wollte Lexie die Tour hinter sich bringen.

Er konnte immer noch nicht schlafen. Er hatte keine Ahnung gehabt, dass es möglich war, über einen so langen Zeitraum so überdreht und verzweifelt zugleich zu sein. Irgendwann, das wusste er, würde sein Körper kollabieren. Sie waren jetzt fast in Virginia, aber Virginia war groß. Er fragte sich, ob er es bis Yorktown schaffen würde, bevor er zusammenbrach.

Walden lag beim zweiten Kapitel aufgeschlagen in seinem Schoß, und er ließ den Blick wieder über die Seite gleiten. In diesem Teil des Buches war Lexies Lieblingsstelle, in der Thoreau sagte, dass er tief leben und alles Mark des Lebens aussaugen wolle. Tom las den Absatz noch einmal und war beeindruckt davon, wie anders der Text ihm jetzt erschien.

Ich ging in den Wald, weil ich mir wünschte, ganz bewusst zu leben, mich nur mit den wichtigen Tatsachen des Lebens zu beschäftigen und herauszufinden, ob ich nicht das, was es zu lehren hatte, lernen konnte, um nicht am Ende meines Lebens feststellen zu müssen, dass ich nicht gelebt hatte.

Interessant, wie es seine Sichtweise verändert hatte, dass er von der Liebe in den Arsch getreten worden war. Wie hatte er nur glauben können, dass seine Isolation der Thoreaus ähnlich war? Er hatte fünf Jahre lang versucht, dem Leben zu entfliehen, während Thoreau auf der Suche nach seiner Bedeutung gewesen war. Lexie hatte es richtig verstanden: In dem Buch ging es darum, wie man wahrhaftig leben konnte. Vielleicht hatte er genau das gebraucht.

In der Hoffnung, dass ihm noch mehr Lebensweisheit ins Auge springen würde, las er weiter. *Wir müssen lernen, wieder wach zu werden und uns wach zu halten, nicht durch mechanische Hilfsmittel, sondern durch das ständige Erwarten des Tagesanbruchs, das uns in unserem tiefsten Schlaf nicht verlässt. Ich kenne keine ermutigendere Tatsache als die zweifellose Fähigkeit der Menschen, ihr Leben durch bewusste Bemühungen zu erheben.*

Tja, das war ein hoffnungsvoller Gedanke. Die Worte hallten in seinem Kopf wider. *Das ständige Erwarten des Tagesanbruchs … Die zweifellose Fähigkeit der Menschen, ihr Leben durch bewusste Bemühungen zu erheben.* Die Gewissheit dessen beeindruckte ihn. Wenigstens Thoreau vertraute darauf, dass es möglich war, sich zu einem besseren Leben zu zwingen. Jetzt musste er nur noch herausfinden, *wie* das möglich war.

Er stand abrupt auf und trat in die Eingangstür des Waschsalons. Lexie stopfte gerade ihre nasse Wäsche in den

Trockner, und er sah ihr zu, bis sie ihn bemerkte und sich umdrehte. Sie sah ihm nicht in die Augen.

»Darf ich dich was fragen?« Als sie aussah, als wollte sie Nein sagen, fiel er ihr ins Wort. »Es geht um das Buch, ich versprech's.«

»Du willst über Bücher sprechen?«, fragte sie. Ein Widerhall ihres ersten zivilisierten Gesprächs. Sie lächelte zwar nicht, doch in ihrer Stimme lag die Andeutung eines Lächelns.

Er nickte und prägte sich die Konturen ihres Halses ein, die Haarsträhne, die ihr entwischt war, als sie sich heute Morgen ihren Pferdeschwanz zusammengebunden hatte. Sie hatte dunkle Ringe unter den Augen. Sie hatte in letzter Zeit nicht genug gegessen. Am liebsten wäre er näher getreten, um den sauberen Duft ihrer Haut einzuatmen. Er wollte sie in die Arme nehmen und küssen, bis keiner von ihnen sich erinnern konnte, was diese große Distanz zwischen ihnen verursacht hatte. Aber er hütete sich davor, sie zu bedrängen.

»Wie macht man das?«, frage er und wedelte mit dem Buch.

»Macht man was?«

»Wie lebt man tief und saugt alles Mark des Lebens aus?«

Sie runzelte die Stirn. »Vielleicht bin ich dafür nicht die richtige Ansprechpartnerin.« In ihrem grünen T-Shirt und den Shorts sah sie zierlich und zart aus. Es war komisch: In der ganzen Zeit, die er sie kannte, hatte er sie nicht ein einziges Mal für zierlich gehalten. Dazu hatte sie zu viel Persönlichkeit.

»Komm schon, Marshall, du bist die beste Mark-Aussaugerin, die ich je getroffen habe.« Darüber lächelte sie ein wenig, eindeutig gegen ihren Willen. Einem anzüglichen Witz konnte Lexie nie widerstehen. »Wenn du die Frage nicht beantworten kannst, dann kann es niemand. Versuch es«, schmeichelte er ihr. Sie taute langsam auf. Seit über einer Woche waren sie nicht mehr so nah dran gewesen, ein echtes Gespräch zu führen.

Sie wandte ihm den Rücken zu, warf ein paar Münzen in den Trockner und setzte ihn mit einem Knopfdruck in Gang. Dann stemmte sie sich hoch und setzte sich mit baumelnden Beinen auf eine Waschmaschine. Sie hielt den Blick auf ihre Knie gerichtet. »Weißt du, mein Dad ist derjenige, der meistens die Bikecentennial-Geschichten erzählt. Meine Mom spricht nicht viel darüber. Ich habe sie einmal danach gefragt, und sie antwortete, sie und mein Dad hätten sehr unterschiedliche Definitionen von ›Abenteuer‹.«

Sie verstummte, und er fragte sich, was das mit seiner Frage zu tun hatte. Mit einer Bikecentennial-Antwort auf eine Frage über *Walden* hatte er nicht gerechnet.

»Sie hat mir eine Geschichte erzählt, die ich von Dad noch nie gehört hatte. Sie fuhren von Osten nach Westen und haben sich in Kansas kennengelernt. Aber Dad hat nie erwähnt, dass sie in Wyoming einen Streit hatten und er anfing, sich ein Zelt mit einer Frau namens Jill zu teilen. Mom fuhr mit einer anderen Gruppe weiter und dachte, sie würde ihn nie wiedersehen. Dann hatte sie eines Tages einen Platten und keinen Ersatzschlauch, ich glaube, das war in Idaho. Sie saß am Straßenrand und wartete darauf, dass irgendjemand sie mitnehmen würde, als mein Dad plötzlich angefahren kam, und zwar allein. Er sagte ihr, dass es ihm leidtue. Er habe Angst gehabt, dass sich die Sache zwischen ihnen zu schnell entwickelte, und sei in Panik geraten. Es sei ein dummer Fehler gewesen, und er wünschte, er könne ihn ungeschehen machen.«

Sie hüpfte von der Waschmaschine herunter und trat ans Fenster. Da draußen war nicht viel zu sehen. Kein nennenswerter Verkehr.

»Und was hat deine Mom gemacht?«, fragte er, weil er wusste, dass nun der wichtige Teil kam.

Lexie drehte sich um, sah ihm in die Augen und war wieder da. Misstrauisch, unsicher, aber da. »Sie hat ihm verziehen.«

»Warum?«

Die Hände tief in den Taschen vergraben, hob sie in einem Ganzkörper-Achselzucken die Schultern bis zu den Ohren. »Menschen machen Fehler. Sie war verliebt in ihn und wollte lieber glücklich sein als wütend. Sie hat ihn gezwungen, ihr den ganzen Weg bis Oregon jeden Morgen zum Frühstück ein Stück Kuchen zu kaufen.«

Tom nickte. Er musste noch darüber nachdenken, was sie ihm damit sagen wollte, doch er wusste jetzt schon, dass es die beste Bikecentennial-Geschichte war, die er je von Lexie gehört hatte.

Als er einen Schritt näher trat, verkrampfte sie sich, deshalb hielt er inne. Er wollte sie nicht bedrängen. Noch nicht.

Sie sah ihm wieder in die Augen. »Es gibt einen Mittelweg«, sagte sie leise. »Zwischen zu viel Schuldgefühlen und zu wenig. Wenn du dich nach ihm umsiehst, kannst du ihn finden.«

Tom ging zurück zur Tür. »Danke, Marshall.«

Als er hinaustrat, schickte sie ihm noch eine Bemerkung hinterher. »Manchmal hilft es, Buße zu tun. Mein Dad hatte den Kuchen.«

Als er wieder auf der Bank saß, dachte er über die Geschichte nach. War es wirklich so einfach? Konnte man die Entscheidung treffen: *Ich will lieber glücklich sein, als das mit mir rumzuschleppen?* Lexie schien das zu glauben. Thoreau glaubte das auch, es war ablesbar an seiner Bemerkung, dass man sein Leben durch bewusste Anstrengung auf einen höheren Standpunkt erheben konnte. Vielleicht konnte man tatsächlich die Entscheidung treffen, anders zu sein. Vielleicht war es wirklich so einfach.

In den letzten fünf Jahren hatte er viel darüber nachgedacht, was er falsch gemacht hatte, aber er hatte sich nicht oft gefragt, ob er all das hinter sich lassen konnte, oder was er – wenn überhaupt – wieder in Ordnung bringen konnte. Er hatte nicht nach dem Mittelweg gesucht. Doch jetzt wollte er ihn finden. Er wollte das *unaufhörliche Erwarten des Tagesanbruchs*, und er wollte es mit Lexie teilen. Er würde ihr so viel Kuchen kaufen, wie sie essen konnte.

Ich habe die falsche Entscheidung getroffen. Und jetzt muss ich damit leben. Das hatte er zu Lexie gesagt, und das musste er auch. Die Vergangenheit konnte man nicht einfach auslöschen, aber man brauchte sich von ihr nicht den Rest seines Lebens verderben zu lassen. Taryn hatte immer wieder versucht, ihm klarzumachen, dass er es verdiente, glücklich zu sein. Sie gab ihm nicht die Schuld an dem, was geschehen war. Und Lexie auch nicht.

Verdammt, selbst seine Mom tat es nicht. Eines Tages während des Prozesses, als er gerade in den Zeugenstand hatte treten wollen, hatte ihm ein Anwalt einen Zettel mit einer Nachricht gereicht. Es stand kein Name darunter, doch er erkannte die Handschrift seiner Mutter. Die Nachricht lautete: *Ich bin stolz auf dich.* Als er zu ihr herüberblickte, saß sie wie immer auf ihrem Platz neben seinem Vater, herausgeputzt in einem marineblauen Kostüm. Stets absolut loyal ihrem Mann gegenüber, hatte sie ihren Sohn nicht einmal angesehen. Doch sie hatte es ihm gesagt.

Taryn, Lexie, seine Mutter. Das waren drei sehr kluge Frauen. Vielleicht hatten sie recht, und er war nicht hoffnungslos verloren.

Er wusste nicht, ob es stimmte, wünschte sich aber zum ersten Mal, dass es so wäre.

Er wühlte in seinen Fahrradtaschen nach seinem Handy und rief seine Schwester an.

19

Ashland, Virginia
Insgesamt 6.712 gefahrene Kilometer

Nach mehr oder weniger 6.700 Kilometern im Sattel hatte Lexie den Mittelpunkt des Universums erreicht. Zumindest stand das auf allen Schildern. Tom und sie hatten es bis zu dem idyllischen Universitätsstädtchen Ashland, Virginia, geschafft, das rund 110 Kilometer von Yorktown entfernt lag. Da es keine Campingplätze gab, hatten sie sich in einem heruntergekommenen Motel am Stadtrand ein Zimmer mieten müssen. Zwei Zimmer mit vier Betten für zwei Menschen, die es gewöhnt waren, sich ein Zelt zu teilen, das weniger Platz bot als ein Kleinwagen. Es fühlte sich falsch an.

Sie lag alle viere von sich gestreckt auf dem Bett und starrte auf einen blassen Wasserfleck an der grob verputzten Decke. Durch die Wand hinter sich hörte sie das Rauschen von Wasser, bis es verstummte. Tom war mit Duschen fertig. Sie stellte sich vor, wie er sich nebenan mit dem kratzigen Motelhandtuch abtrocknete und es sich um die Hüften schlang, während er seine Tasche nach sauberen Klamotten durchwühlte. Der Gedanke tat ihr im Herzen weh. Außer an der Tür ihre Fahrradschuhe von sich zu schleudern hatte sie noch nicht mehr geschafft. Sie war zu sehr damit beschäftigt, ihre Gedanken zu ordnen.

Morgen am frühen Nachmittag würde sie ihr Vorderrad in den Atlantik tauchen und ihr Rad zu dem Laden bringen, den sie bereits im Vorfeld mit dem Verpacken und Verschiffen nach Hause beauftragt hatte. Sie würde noch eine letzte einsame Nacht in einem Hotel verbringen und am nächsten Morgen zurück nach Portland fliegen.

Und irgendwo dazwischen musste sie sich von Tom verabschieden.

Obwohl sie schon seit so vielen Kilometern versuchte, sich auf die Trennung vorzubereiten, wurde der Gedanke daran nicht einfacher. Je mehr sie sich dem Ende näherten, desto schwerer fiel es ihr, zu schlafen, zu essen, zu atmen – irgendetwas anderes außer sich nach ihm zu verzehren. Ja, »sich verzehren« war der richtige Ausdruck. Oder vielleicht »schmachten«. Sie hatte sich nie für einen sich verzehrenden, schmachtenden Menschen gehalten, doch offenbar brauchte es dafür nur den richtigen Mann.

Gott, sie vermisste ihn. Sie vermisste es, im dunklen Zelt mit ihm zu reden. Sie vermisste es, wie er sich hinter sie stellte, während sie den Reis rührte, wie er sein stoppeliges Kinn an ihrem Hals rieb und das kribbelnde Brennen wegküsste. Sie vermisste es sogar, wie er sie morgens ärgerte, wenn sie versuchte, ihren Schlafsack zusammenzupacken.

Irgendein sturer Teil von ihr beharrte weiter darauf, dass es noch nicht vorbei war. Im Waschsalon hatte sie ihm die Geschichte von ihren Eltern erzählt und dabei gehofft, dass seine Frage an sie eigentlich lautete, wie er die Vergangenheit hinter sich lassen konnte. Sie wusste nicht, ob sie das Richtige gesagt hatte. Als sie die Wäsche erledigt hatte und sie gegangen waren, hatte er das Thema nicht noch einmal angeschnitten. Doch an jenem Nachmittag hatte er sie eingeholt, als sie von ihm weggefahren war, und noch zweimal Katz und Maus mit ihr gespielt, bevor sie aufgegeben hatte. Heute, gestern und vorgestern war er wenige Meter vor ihr gefahren, wie er es am liebsten tat. Und er wirkte irgendwie anders auf sie. Ausgeglichener.

Er hatte ihr Geschichten erzählt. Als sie den Appalachian Trail überquerten, hatte er die Story zum Besten gegeben, wie er während des Studiums einmal im Sommer mit ein paar Kumpels über ein langes Teilstück davon gewandert war. Den atemberaubenden Blue Ridge Parkway entlang hatte er über die schottischen Hochlandbewohner gesprochen, die sich während der Kolonialzeit in der Gegend angesiedelt hatten. Taryn war von ihnen fasziniert, hatte er ihr erklärt, und in einem Jahr hatte er ihr zum Geburtstag eine Reise zum großen Highland Games Festival auf dem Grandfather Mountain in North Carolina geschenkt. In Monticello, wo sie und Tom angehalten hatten, um Thomas Jeffersons Haus zu besichtigen, hatte Tom eine Begeisterung für den Mitbegründer der Vereinigten Staaten an den Tag gelegt, die fast an Schwärmerei grenzte.

Er hatte mit ihr gesprochen, sie aber seit dem Tag, an dem sie seine Umarmung zurückgewiesen hatte, nicht mehr angefasst. Trotzdem konnte er sie noch aus drei Metern Entfernung mit Blicken ausziehen – und er tat es auch. Manchmal spürte sie seinen Blick auf sich, heiß und hungrig, und auch wenn sie sich weigerte, zu ihm aufzusehen, reagierte ihr Körper mit einer flammenden Erregung, die erst nach Stunden wieder erlosch. Er bat sie nicht, wieder zu ihm ins Bett zu kommen, jedenfalls nicht mit Worten. Doch das brauchte er auch nicht. Die Tür zu seinem Zelt stand buchstäblich offen, und wenn sie sich abends bettfertig machte, sah sie, wie er im Eingang saß und sie beobachtete – wie er sie zu sich einlud.

Sie war nicht zu ihm gegangen, obwohl sie es gewollt hatte.

Lexie wurde jetzt klar, dass sie noch nie zuvor verliebt gewesen war, jedenfalls nicht richtig. Damals an der Uni, als sie Richard in flagranti erwischt hatte, war jeder Schmerz, den sie verspürt hatte, von einem gerechten Zorn überlagert worden, der ihr durch die schmerzlichen Monate nach dem Platzen ihrer Verlobung geholfen hatte. Und dann hatte Psycho Peters Verhalten sie so verängstigt, dass sie nur Erleichterung verspürt hatte, als sie ihm entkommen war.

Da sie noch nie verliebt gewesen war, hatte sie keine Erfahrung damit, wie sich das Ende anfühlte. Nachdem sie zu dem Schluss gekommen war, dass sie und Tom keine Zukunft hatten, hatte sie zwar damit gerechnet, dass ihr Herz brechen würde, aber sie war davon ausgegangen, dass es sich irgendwann in sein Schicksal fügen würde. Es überraschte sie, dass ihr Herz sich weigerte, sich kampflos geschlagen zu geben.

Warum?, wollte ihr Herz wissen. *Warum kann es nicht funktionieren? Warum kannst du ihn nicht haben?* Je näher sie Yorktown kamen, desto mehr beharrte ihr Herz darauf, dass Tom – ungeachtet dessen, was einmal zwischen ihnen gestanden hatte – nicht mehr derselbe Mensch war, und sie war es auch nicht. Er hatte ihr seine Geheimnisse anvertraut. Er hatte sich der Welt geöffnet. Vielleicht war er bereit, seine belastenden Schuldgefühle abzuwerfen und sie zu lieben. Ihr Herz sagte ihr, dass sie es herausfinden musste, denn wenn sie es nicht tat, würde sie es bis an ihr Lebensende bereuen.

Während es also vielleicht so aussah, als läge sie nur schmachtend auf dem Bett, war sie in Wahrheit dabei, sich zu wappnen … irgendwas zu unternehmen. Sie wusste nur noch nicht was.

Und dann klopfte Tom an der Tür.

Als sie aufmachte, lehnte er in seinem vertrauten schwarzen T-Shirt und in seiner Kakishorts am Türrahmen. Er sah so verdammt umwerfend aus, dass sie nicht anders konnte, als ihn von oben bis unten zu mustern. Seine Haare waren noch nass vom Duschen, leicht gewellt und so lang wie nie zuvor. Nach Colorado hatte er sich nicht mehr die Mühe gemacht, sie schneiden zu lassen. Er hatte sich rasiert, was er nachmittags nur selten tat. Sie konnte seine Rasiercreme und seine Seife riechen. Er hatte eine Hand in die Tasche gesteckt und einen dicken FedEx-Dokumentenumschlag unter den anderen Arm geklemmt. Als sie den Blick zu seinem Gesicht hob, lag ein Lächeln auf seinen Lippen, und ihr Puls sprintete vom Startblock los.

»Ich dachte, du hättest dich schon frisch gemacht, Marshall. Du vermasselst mir meinen Plan.«

Sie sah ihn an wie ein Reh, das wie paralysiert im Scheinwerferlicht stand. »Plan?«, war alles, was sie herausbrachte.

»Ich lade dich zum Essen ein. Das ist unser letzter Abend, da kannst du nicht Nein sagen. Aber erst musst du dich salonfähig machen.« Er drängte sich an ihr vorbei, wobei der kurze Körperkontakt ihr Blut in Wallung brachte. Dann streckte er sich, die Hände hinter dem Kopf verschränkt, auf dem nächstbesten Bett aus.

»Ich schlafe nicht mit dir«, platzte sie heraus. Bei seinem Anblick war es ihr unmöglich, an etwas anderes zu denken. Sie wünschte sich so sehr, sich auf ihn zu legen und ihn zu küssen, bis alles wieder so war wie vorher. Warum konnte sie das nicht einfach tun?

Tom lächelte und ließ den Blick langsam über ihren Körper gleiten. »Ich hab dich nicht gefragt, oder?«

»Du fragst mich aber jetzt.« Sie wollte das Lächeln nicht erwidern, aber ihr Mund hatte seinen eigenen Willen.

Er lachte. »Okay, du hast mich ertappt. Aber ich werde brav sein. Ich werde dich nicht anrühren, es sei denn, du machst den ersten Schritt. Geh jetzt duschen, und ich werde versuchen, beim Gedanken daran, dass du da drin nackt bist, nicht zu sterben.« Er schloss die Augen.

Immer noch verwirrt starrte sie ihn an. Er war so fröhlich und flachste herum, als würde nicht bald etwas Schlimmes passieren. »Tom, was ist los?«

Er hielt die Augen geschlossen, lächelte aber wieder. »Wir gehen essen, Süße. Beeil dich. Ich bin am Verhungern.«

Was konnte sie also anderes tun, als saubere Klamotten mit ins Bad zu nehmen und unter die Dusche zu springen? Als das heiße Wasser auf ihren Rücken traf, bekam sie an den Armen eine Gänsehaut. Ihre Haut war so sensibilisiert für Tom, als stünde er nur dreißig Zentimeter entfernt, und ihr Herz klopfte vor Lust in einem wilden Rhythmus. Es war nicht der richtige Zeitpunkt dafür, um die Stimmung mit Sex aufzuladen, doch andererseits war es mit Tom schon immer so gewesen. Selbst in einem Wolkenbruch würden zwischen den beiden die Funken fliegen.

In Kansas waren sie einmal kurz davor gewesen. Sie hatten lachend und küssend im Regen gestanden, bis sie sich einen Heuschober suchen mussten, hinter dem sie sich verstecken konnten. Sie war auf den Knien gewesen, als er in sie eingedrungen war, die Stirn ins Heu gedrückt, der Geruch feuchten Grases überall, und Tom hatte sie so heftig zum Orgasmus gebracht, dass sie geglaubt hatte, ohnmächtig zu werden.

Ihr Atem stockte bei der Erinnerung, und als sie Luft holte, entrang sich ihrer Kehle ein klagendes Seufzen.

»Nicht stöhnen da drin, Marshall.« Toms Stimme war durch die dünne Wand deutlich zu hören. »Ein Mann ist nur begrenzt leidensfähig.«

Und was willst du sonst tun? Reinkommen, oder was? Sie hatte so eine Ahnung, dass er das täte, wenn sie ihn fragen würde, aber dazu war sie nicht bereit. Ihr Herz war voller Hoffnung, ihr Körper kurz vor der Kernschmelze, aber noch hatte ihr Verstand das Sagen. Gerade noch.

Als sie angezogen und ausgehfertig aus dem Bad kam, setzte Tom sich auf. »Tja, das war schmerzhaft«, sagte er. »Was hättest du denn gern?«

Sie starrte ihn verständnislos an. »Hm?«

»Willst du Pizza oder Mexikanisch?«

Wenigstens mit dieser Frage kam sie klar. »Mexikanisch.«

Sie liefen an einer belebten Durchgangsstraße entlang zu dem Restaurant und mussten sich am Straßenrand ihren Weg durch Unkraut und Glasscherben bahnen. Schon zum tausendsten Mal auf dieser Tour fragte sie sich, warum die Amerikaner es zugelassen hatten, dass das Auto den Bürgersteig verdrängt hatte. Ohne einen Gehweg gab es überhaupt keinen richtigen Ortskern mehr, nur ein zusammenhangloses Wirrwarr von riesigen Kaufhäusern und Restaurantketten, zwischen denen sich die Menschen in den sterilen Blasen ihrer Fahrzeuge hin und her bewegten und kaum noch etwas miteinander zu tun hatten.

»Ein Gehweg könnte viel dazu beitragen, dem Mittelpunkt des Universums ein wenig mehr Flair zu verleihen«, murmelte Tom.

Sie lächelte in sich hinein. Seit wann dachte sie seine verdrießlichen Gedanken?

Im Restaurant war es laut und voll. Es war die Art von Lokal, in dem es orangenen Käse und insgesamt zu viel Mist an den Wänden gab. Tom spendierte zur Feier des Tages Margaritas, und sie gaben ihre Bestellung bei einem gelangweilt wirkenden Kellner auf. Dann waren sie allein, und es war an der Zeit, dass sie etwas sagte. Nur wusste sie nicht was.

Er kam ihr wieder zuvor, indem er ihr den Umschlag zuschob, den er mitgebracht hatte.

»Was ist das?«

»Sieh nach.« Er zog die Hülle von seinem Trinkhalm und faltete sie hin und her zu einer Ziehharmonika, während sie das dicke Kuvert öffnete. Toms Version von Herumgezappel. Hinter der fröhlichen Fassade war er nervös – der Gedanke ermutigte sie irgendwie.

Der Umschlag war voller Landkarten, die alle mit dem vertrauten Adventure-Cycling-Logo versehen waren. Sie ging den Stoß rasch durch und sah diverse Abschnitte der Atlantic Coast Route. Außerdem schien das Material für den gesamten Southern Tier dabei zu sein, der das Land von Saint Augustine, Florida, bis San Diego, Kalifornien, durchquerte, und ein paar Karten von der Sierra Cascades Route, die von Norden nach Süden an der Pazifikküste verlief.

»Ich verstehe nicht …« Doch sie tat es – fast. Mit diesen Karten kam man mit dem Rad den ganzen Weg zurück bis nach Oregon.

»Die Atlantikküstenroute kreuzt hier in Ashland den TransAm. Deshalb dachte ich, dass wir überhaupt nicht nach Yorktown fahren müssen. Wir könnten nach Süden abbiegen und über die Southern nach Hause fahren.«

Sie sah ihn entgeistert an und hatte das Gefühl, auf einem Hochseil zu balancieren. Er wollte, dass sie mit ihm weiterfuhr. Das war eine gute Nachricht. Es war eine so gute Nachricht, dass ihr Herz Saltos vollführte. Aber sie durfte nicht vergessen, dass auch das Warum eine Rolle spielte. Sogar eine große Rolle.

»Du willst eine Tourenpartnerin?«, fragte sie.

»Nein.« Er legte viel Nachdruck in das Wort, sprach aber nicht gleich weiter. Sie wartete, und er fuhr sich mit der Hand durchs Haar und brachte die Wellen durcheinander. »Ich habe nicht vor, unseren Kameradschaftsdeal herabzuwürdigen, denn er hat mir Zeit mit dir verschafft«, erklärte er schließlich und sah ihr in die Augen. »Egal, was jetzt passiert, das würde ich für nichts auf der Welt ändern wollen. Aber ich will nicht mehr dein Kamerad sein.«

Und was heißt das jetzt für uns? Er wollte nicht weitermachen wie bisher, aber er wollte, dass sie zusammen weitermachten. Hatte er herausgefunden, dass er sie liebte? Würde es einen Unterschied machen, wenn es so wäre? Sie hätte ihn am liebsten gefragt, hatte aber Angst vor den Antworten – schreckliche Angst sogar –, daher sagte sie stattdessen: »Ich muss in zwei Wochen wieder vor der Klasse stehen.«

»Ich weiß. Aber ich habe nachgedacht. Du hast mir erzählt, dass dich das Unterrichten in letzter Zeit ziemlich anödet. Wärst du bereit, es aufzugeben?«

»Du willst, dass ich meinen Job aufgebe, damit ich mit dir zurück quer durchs Land radeln kann?«

Die Idee klang so verlockend, dass sie sie im Keim ersticken musste. Es war eine Fantasie. Sie erkannte sie sofort, weil es *ihre* Fantasie war. Sie und Tom, wie sie in den Sonnenuntergang radelten. Und für eine Weile wäre es schön. Wem machte sie etwas vor? Es wäre fantastisch! Aber früher oder später würde die Realität sie einholen und ihnen die Beine wegziehen. Sie wollte nicht mit ihm vor dem Leben davonrennen. War es das, worum er sie bat?

Da er ihre Frage immer noch nicht beantwortet hatte, sah sie ihn erwartungsvoll an.

Tom seufzte. »Tut mir leid, ich bin nicht sehr gut in so was. Du musst Nachsicht mit mir haben. Ich habe mein Herz noch nie auf den Hackklotz gelegt. Du bist eine Furcht einflößende Frau mit einem Fleischermesser in der Hand.«

Sein Herz?

Er preschte vor. »Ich habe eine Geschäftsidee, die wir gemeinsam umsetzen könnten. Wir könnten Radtouren durch Oregon organisieren. Wenn wir Einheimische für die Verpflegung, die Betreuung und so weiter einbeziehen würden, würde das ein paar Arbeitsplätze schaffen. Wir könnten sogar Erlebnistouren mit speziellen Themen anbieten, in denen wir einen Einblick in die verschiedenen Aspekte des Landes geben, zum Beispiel eine Mountainbike-Tour mit dem Thema nachhaltige Waldwirtschaft, oder eine Weinguttour, auf der man etwas über ökologische Landwirtschaft lernen kann. Eine Art grüner Betrieb.« Er zog eine Grimasse und wischte sich mit der Hand über den Mund. »Ich weiß nicht, ob es funktionieren wird. Ich hab darüber nachgedacht, was du über Buße gesagt hast. Ich dachte … ich dachte, es könnte ein Weg sein, etwas wiedergutzumachen und gleichzeitig mein Leben weiterzuleben. Aber vielleicht ist es eine schlechte Idee.«

»Die Idee ist gut.« Sie griff nach ihrer Margarita und kippte die Hälfte davon mit einem großen Schluck herunter, weil sie hoffte, ihre zitternden Hände damit in den Griff zu kriegen. Es war wirklich eine gute Idee – und eine verlockende. Sie konnte sich problemlos vorstellen, ihren Lehrerjob aufzugeben und die Tage im Freien zu verbringen, den Menschen die Wunder der Landschaft von Oregon zu zeigen und ihnen etwas über die Schönheit ihrer Umgebung beizubringen. Sie könnte Tom dabei zusehen, wie er die Fahrräder für die Kunden fertig machte, während er ihnen von seinen Reisen erzählte. Sie würde Geschichten hören und erzählen und unzählige Abenteuer erleben. Vielleicht hätten sie irgendwann sogar eine Familie, ein Kind, das auf den Zeltplätzen herumtobte und ihr Pinienzapfen zum Anschauen brachte, und Tom würde ihrem Kind die Namen aller Bäume beibringen.

Es wäre zwar nicht die Zukunft, die sie sich erträumt hatte, als sie zuvor verlobt gewesen war, doch diese Zukunft reizte sie jetzt überhaupt nicht mehr. Dies wäre die Zukunft, von der sie vor Tom nicht einmal gewusst hatte, dass sie sich danach sehnte. Es wäre nicht das Durchschnittsideal, aber ein Happy End, das perfekt zu ihnen beiden passte.

Könnten sie das wirklich miteinander haben? Ihr Herz sagte Ja, wenn er es ebenfalls wollte, wenn er bereit wäre, nicht mehr wegzulaufen und wieder zu leben – wenn er sie liebte.

Aber davon hatte er nichts gesagt.

Als sie den Mut aufbrachte, ihn wieder anzusehen, entdeckte sie Unsicherheit in seinem Blick. Sie wusste, wie er sich fühlte. Auch sie balancierte auf dem Seil, und es war beängstigend dort oben, so völlig ohne Netz. »Willst du damit sagen, ich soll deine Geschäftspartnerin sein?«

Sein Blick hellte sich auf, und er schüttelte jetzt wieder selbstbewusst den Kopf. »Nein. Ich meine, ja, aber nein. Wenn du das Radtourunternehmen nicht willst, machen wir etwas anderes. Mir ist egal, was. Ich liebe dich, Lexie. Vermutlich hätte ich das als Erstes sagen sollen.«

Sie nickte mit großen Augen und hatte Angst zu atmen.

Ja, das hätte er als Erstes sagen sollen. Aber sie war froh, dass er es jetzt sagte. So froh, dass sie sich daran erinnern musste auszuatmen.

»Entschuldige.« Er trank seine Margarita aus und räusperte sich. »Ich fang noch mal ganz von vorne an. Ich liebe dich. Ich begehre dich. Ich kann die Vorstellung nicht ertragen, morgen nach Yorktown zu kommen und mich von dir verabschieden zu müssen. Ich will, dass wir zusammen sind, die ganze Zeit, von jetzt an. War das besser?«

Er lächelte zaghaft, während sie die Tränen wegblinzelte. Tom griff über den Tisch, um zärtlich mit dem Daumen über ihre feuchte Wange zu streichen. Ihr hatte es vor Glück die Sprache verschlagen.

Das war okay, denn Tom war noch nicht fertig. »Ich versuche, den Mittelweg zu finden, Lex. Ich habe mit meiner Mutter gesprochen, neulich, nur ein paar Minuten. Taryn hat das arrangiert. Mom klang … sie klang, als hätte sie seit fünf Jahren darauf gehofft, meine Stimme zu hören. Sie klang überglücklich.« Er lächelte wieder, diesmal breiter. »Sie will dich kennenlernen.«

Lexie fand die Sprache wieder. »Ich soll deine Mutter kennenlernen?« Sie sank zurück auf den Stuhl. »Oh mein Gott.« Und dann, völlig elektrisiert von einem plötzlichen Gedanken, setzte sie sich aufrecht hin. *Ich will, dass wir zusammen sind, die ganze Zeit, von jetzt an.* Das war doch nicht … nein! Kopfschüttelnd sagte sie: »Tut mir leid, ich bin ein bisschen verwirrt. Sag mir, dass du mir nicht gerade einen Heiratsantrag gemacht hast.«

Tom lachte, ein kurzer, leicht verzweifelter Laut. »Nein.

Aber das würde ich, wenn ich die geringste Hoffnung hätte, dass du ihn annehmen würdest. Ich denke, ich werde mindestens bis Texas brauchen, um zu beweisen, dass ich etwas anderes sein kann als ein melancholischer Einsiedler. Wenn wir von der Southern auf die Sierra Cascades Route wechseln, sind wir nicht allzu weit von Vegas entfernt. Wenn du dann möchtest …«

Sie starrte ihn mit offenem Mund an. Tom wollte sie heiraten. Sie waren hintereinander hergefahren und hatten in getrennten Zelten geschlafen, während er Unstimmigkeiten mit seiner Familie ausgeräumt, Geschäftspläne geschmiedet und darüber nachgedacht hatte, sie zu *heiraten*. Dieses selbstherrliche, arrogante …

»Hattest du jemals vor, es mir zu *sagen*?«

»Ich sage es dir jetzt.«

Sie sprang auf, beugte sich über den Tisch und versetzte ihm einen Stoß gegen die Brust. Er war so überrumpelt, dass er rückwärts gegen die Stuhllehne knallte. »Verdammt noch mal, Tom! Hast du eine Vorstellung davon, was ich durchgemacht habe? Warum zum Teufel hast du nicht vor einer Woche was davon gesagt? Sekunde, wie lange planst du das Ganze überhaupt schon?«

In ihren Adern schien plötzlich Säure zu fließen, und es fiel ihr schwer, genug Sauerstoff zu bekommen. Sie musste weg von ihm. Sie musste nachdenken.

»Gib mir einen Moment«, bat sie und floh nach draußen.

Auf dem Parkplatz war es heiß und blendend hell. Lexie lehnte sich an das Gebäude und schloss die Augen. Es war fast September. Sie müsste morgen zurück nach Portland, um in zwei Wochen wieder vor der Klasse zu stehen. Tom liebte sie. Er wollte mit ihr zurück nach Oregon fahren.

Er hatte seine Mutter angerufen.

Und er hatte sich den ganzen Weg durch Virginia all diese Sachen ausgedacht und ihr kein Wort davon gesagt.

Es gab solche und solche Überraschungen. Es hatte ihr nicht gefallen, als er ihren Fahrradcomputer auf eine Weide mit Langhornrindern geworfen hatte, aber es war gut ausgegangen. Er hatte sie mit einem Umweg nach Steamboat Springs nervös gemacht, doch die wenigen Tage auf dem Great Divide Trail gehörten zu ihren liebsten Erinnerungen an diese Tour.

Aber das hier? Tom drängte sie dazu, eine spontane Entscheidung über den Rest ihres Lebens zu treffen. Tom hatte Pläne für sie beide ausgeheckt, während sie kaum miteinander gesprochen hatten. Auf die Art konnte man keine Beziehung beginnen. Er konnte nicht immer das Sagen haben.

Sie hörte, wie sich die Tür des Restaurants öffnete und eine Schar Gäste ausspuckte. Dann näherten sich ihr Schritte. Sie musste nicht einmal die Augen öffnen, denn ihr Körper wusste, dass er es war, und außerdem konnte sie ihn riechen.

Er stützte die Hände rechts und links von ihrem Kopf ab, und als sie die Augen aufschlug, füllte er ihr Blickfeld aus. Sein Gesichtsausdruck überraschte sie. Tom hatte den gehetzten Blick des Kaninchens, das sie in Kansas gesehen hatten, starr vor Angst auf einem offenen Feld, während ein Bussard über ihm kreiste. An Tom war überhaupt nichts Selbstherrliches oder Arrogantes. Er hatte einfach Angst.

»Sei nicht sauer auf mich, Lex«, bat er. »Bitte. Ich hatte viel zu klären, und ich konnte nicht mit dir reden, bevor ich dir etwas anbieten konnte. Ich will jemand sein, mit dem du dir vorstellen kannst, den Rest deines Lebens zu verbringen. Ich brauche einfach etwas Zeit, um dahin zu kommen.«

Dann hatte er eben nicht übertrieben. Tom hatte sein Herz auf den Hackklotz gelegt, und sie hielt das Messer in der Hand. Er hatte wirklich Angst, dass sie ihn nicht wollte. Und das zu Recht. Sie hatte ihm zwar gesagt, dass sie ihn liebte, aber ihn dabei angeschrien. Er konnte nicht wissen, dass er sich einen so großen Platz in ihrem Herzen erkämpft hatte, dass sie ohne ihn nie wieder ganz sein könnte.

Die Panik, die sie aus dem Restaurant getrieben hatte, verflog und hinterließ nichts als völlige Gewissheit. Sie hatten beide Angst. Das war nur natürlich, da sie eine Bindung eingehen wollten, die ihrer beider Leben für immer verändern würde, nachdem sie die letzten zwei Wochen versucht hatten, so zu tun, als wären sie Fremde. Aber die Angst spielte keine Rolle mehr. Tom liebte sie. Sie liebte ihn. Das würde sich nicht ändern. Sie konnten in Vegas oder Oregon heiraten oder gar nicht. Die Details waren nicht wichtig. Sie wären zusammen. Sie würde mit ihm bis ans Ende der Welt fahren, wenn es das war, was er wollte.

»Du weißt wirklich nicht, was ich für dich empfinde?«, fragte sie. »Du bist jetzt schon der Mann, mit dem ich den Rest meines Lebens verbringen will. Für mich wird es nie einen anderen geben als dich, Tom. Ich liebe dich.«

Er atmete auf und lehnte die Stirn an ihre. »Ich dachte, ich wäre eine Python.«

»Das habe ich nur gesagt, weil ich wütend war und mich wie eine Gans gefühlt habe.« Sie schlang die Arme um seine Hüfte und zog ihn näher zu sich heran. Ein wohliger Schauer jagte ihr über den Rücken. Das hatte sie vermisst. Ihre Arme sehnten sich schon seit über tausend Kilometern nach diesem Mann.

»Bist du immer noch wütend?«

»Nein. Mir geht's gut. Besser als gut.«

»Gott sei Dank.« Er nahm ihr Gesicht in beide Hände und küsste sie, heiß und süß, lange und stürmisch. Ein Versprechen für alles, was noch kommen würde.

Als er den Kopf hob, war er wieder ihr Tom. Gelassen. Selbstsicher. Absurd sexy. Er lächelte sie aufreizend an und sagte: »Ich weiß, dass ich das nicht hätte tun sollen, aber du hast zu lange gebraucht, um den ersten Schritt zu machen. Glaubst du, wir könnten gleich zum Versöhnungssex übergehen und den Rest später besprechen?«

Das war die beste Idee, die sie seit Wochen gehört hatte.

Schließlich hatten sie noch achttausend Kilometer Zeit, um die Einzelheiten zu klären.

Danksagung

Für meinen Dad, der mir mein erstes Superfahrrad gekauft und mir, als ich zwölf war, beigebracht hat, dass es keinen Berg gibt, den ich nicht hinaufradeln kann.

Mit Dank an Faye, weil sie meine Freundin ist, und an Serenity Woods, weil sie die beste Kritik-Partnerin ist, die frau sich nur wünschen kann. An Gina Leigh Maxwell, weil sie mir keine Ruhe gelassen hat und mich an ihrer Superkraft Überschall-Kessheit teilhaben ließ. An Isabel Sharpe für das herzliche Willkommen im Dschungel der Liebesromane und die schonungslose Kritik, wenn ich sie am meisten nötig hatte. Und an Meg Maguire, Serena Bell und Christie Craig, weil sie mir geholfen hat, den Anfang dieses Buches zum vierten und letzten Mal umzuschreiben.

Mein Dank geht auch an die Georgia Romance Writers Association, weil sie dieses Buch als Gewinner des Maggie Award of Excellence ausgewählt hat, sowie an Winona Bateman und Jennifer Milyko von der Adventure Cycling Association für ihre Hilfe mit der Landkarte.

Danke auch an meine Agentin, Emily Sylvan Kim, weil sie sich meiner so unbeirrt sicher war (und für die Kulis). An Angela Polidoro von Random House für ihr scharfsichtiges Lektorat und ihre Hilfe. Und schließlich an Sue Grimshaw, meine Herausgeberin, für ihren Entschluss, dass die Geschichte von Tom und Lexie es verdient, erzählt zu werden, und für ihre Hilfe dabei, sie besser zu erzählen.

Über die Autorin

Ruthie Knox fand in der zweiten Klasse heraus, wie man im Gehen lesen kann, und hat seither nicht mehr aufgeschaut. Sie verbrachte ihre prägenden Jahre damit, Liebesromane in ihrem Schrank zu verstecken, um dem gnadenlosen Spott ihrer Brüder zu entkommen, und sich Geschichten auszudenken, in denen jemand, der eine auffällige Ähnlichkeit mit Daniel Day Lewis hatte, ihren verborgenen Sex-Appeal erkannte und sie aus ihrem trüben Mittelklassedasein im Mittleren Westen rettete.

Nachdem sie ihr Studium mit einem doppelten Diplom in Englisch und Geschichte abgeschlossen hatte, entschied sie sich für eine Promotion in Moderner Britischer Geschichte, die ihr bemerkenswert wenig genutzt hat. Heute schreibt sie zeitgenössische Liebesromane, in denen originelle realistische Figuren einander in ihren Schlafanzügen unwiderstehlich finden, obwohl sie offen zugibt, dass ihr das selbst noch nicht passiert ist. Vielleicht braucht sie aufregendere Schlafanzüge. Ruthie hasst Epiloge und besteht darauf, dass ein anständiger Liebesroman mindestens drei gute Sexszenen haben muss. Sie ist unter www.ruthieknox.com zu finden.

Leseprobe

Ruthie Knox

Wie für mich gemacht

Der Taubenmann müsste eigentlich längst da sein. Cath blendete den egozentrischen Monolog ihrer Begleiterin einen Moment lang aus und sah noch einmal auf das LED-Display über dem Bahnsteig. Noch zehn Minuten bis zur Abfahrt des Zuges. In Gesellschaft dieser Frau würden sie sich anfühlen wie ein Jahrhundert.

Schicksalsergeben schlug Cath die Beine übereinander und lehnte sich auf der Bank zurück. Wenigstens konnte sie den ungewöhnlich kühlen Morgen genießen – zum ersten Mal in dieser Woche ließ die furchtbare Hitze etwas nach, unter der London in diesem Juli litt.

»... und sie sagten, das sei die allerbeste Möglichkeit, Protestaktionen ein taktiles Element hinzuzufügen, von der sie je gehört hätten. Ich habe beiläufig erwähnt, dass du das Ding in deiner Ausstellung zeigen willst, aber sie wussten nicht, wer du bist«, sagte Amanda, wobei ihr englischer Privatschulakzent die Aussage wie einen Vorwurf klingen ließ.

Cath plusterte sich auf. »Ich bin beim *V & A*. Das *V & A*

werden sie ja wohl kennen?« Sie war zwar nur ein kleines Zahnrädchen, aber das gehörte zu einer großen Maschine. Ganz bestimmt hatten sogar Amandas Hardcore-Aktivisten-Freunde von der weltberühmten Sammlung des *Victoria & Albert Museums* gehört, auch wenn sie vermutlich nichts von der bevorstehenden Ausstellung zur Geschichte des Strickens wussten, für die Cath als Assistentin eingestellt worden war.

»Ach, was weiß ich«, sagte Amanda abweisend, während Cath sah, wie die Glatze des Taubenmanns die Sonne reflektierte, als er die Treppe heraufkam. Er nahm seinen üblichen Platz vor dem Kiosk ein und richtete den Blick auf den Boden. Heute war er also ruhig. Wenn der Taubenmann schwieg, konnte er als normal durchgehen. Erst wenn er ein angeregtes Gespräch mit einem Fremden begann, fing er an, den Kopf wie ein Vogel nach vorn zu schieben, und seine runden Augen und seine schnabelförmige Nase traten deutlicher hervor.

Er zog einen Schokoladenriegel aus der Tasche, und ihr fiel ein, dass Freitag war. Freitags kam er oft später, sehr wahrscheinlich, weil er dann am Zeitungsstand haltmachte, um sich eine Wochenendschokolade zu kaufen.

Sie erschrak angesichts ihrer Gedanken. Mist, kannte sie die Gewohnheiten der Pendler an diesem Bahnhof wirklich so gut? Sie sah sich schnell auf dem spärlich bevölkerten Bahnsteig um. Emo-Boy trug heute Morgen seine Lieblingsröhrenjeans, und Prinzessin hatte sich den Ansatz nachfärben lassen.

Traurig, aber wahr – ja, sie kannte sie sehr gut.

»Als Nächstes wird eine ältere Dame mit einer Handtasche so groß wie ein Bus und einer Bäckertüte mit einem Croissant darin die Treppe heraufkommen«, sagte Cath.

»Was?«

»Das ist eine Prophezeiung.«

»Kannst du jetzt hellsehen?«, fragte Amanda und streckte ihre spitze Nase in die Luft.

»Klar.« Cath kam eine Idee, wie sie sich ihr erbärmliches Wissen zunutze machen konnte. »Ich weiß, wer gleich die Treppe raufkommt, und ich weiß, dass du das Richtige tun und mir diese Zwangsjacke für die Ausstellung geben wirst.«

Als sie an die Ausstellung dachte, fiel ihr ein, dass sie und ihre Chefin Judith an dem Morgen die Pullis aus dem Fundus durchsehen wollten. Cath durchwühlte ihre Tasche nach den Allergietabletten, drückte zwei aus der Verpackung und schluckte sie mit etwas Wasser. Sie hatte gelernt, dass die Arbeit einer Kuratorin einen zum Niesen reizen konnte. Seither war sie vorbereitet.

Als sie die Wasserflasche wieder einsteckte, kam die Frau mit der Bus-Handtasche in Sicht, perfekt im Zeitplan.

Amanda legte die Stirn in Falten und streckte sich, um einen besseren Blick auf die Treppe zu bekommen. »Du kannst bis runter zur Hauptstraße sehen. Deshalb wusstest du, dass sie kommen würde.«

»Du bist näher dran als ich. Kannst du bis da runter sehen?«

Ihr Blick blieb skeptisch. »Tja, dann benutzt du eben einen Spiegel oder so. Du kannst ja nicht zaubern.«

»Wollen wir wetten?«, antwortete Cath und freute sich auf die Herausforderung.

Zaubern war noch nie ihr Spezialgebiet gewesen, aber sie wollte diese Zwangsjacke. Sie war bei einer viel beachteten Protestaktion zum Einsatz gekommen, die Amanda und ihre Clique vor ein paar Jahren vor dem Haus des Premierministers veranstaltet hatten, und sie würde fantastisch passen, die perfekte visuelle Ergänzung zu der Geschichte, die die Ausstellung des Museums erzählen wollte.

Leider gab Amanda das Ding nicht frei, und Cath kannte sie lange genug, um zu wissen, dass es ihr einen Heidenspaß machte, Leute zappeln zu lassen.

Andererseits liebte sie den Wettstreit und hatte eine narzisstische Ader, sodass sie selten eine Wette ablehnte.

»Ich mach dir einen Vorschlag«, sagte Cath. »Wenn ich die nächsten beiden Leute, die die Treppe raufkommen, korrekt vorhersage, gibst du mir die Jacke.« Es war möglich. Mit etwas Glück. Greenwich lag weit außerhalb in Zone vier des Londoner Verkehrsnetzes, gerade weit genug vom Stadtzentrum entfernt, dass es kein richtiger Pendlervorort mehr war. Der Bahnsteig wurde nie unangenehm voll, selbst zu den Hauptverkehrszeiten nicht. Die meisten Stammfahrgäste für diesen Zug waren bereits eingetroffen. Die Frage war nur: Wer fehlte?

Amandas Augen verengten sich. »Was kriege ich, wenn du falschliegst?«

»Dann höre ich auf, dich wegen der Zwangsjacke zu nerven.«

Das war eine Lüge, aber kein abtrünniger Katholik aus

der South Side von Chicago wäre sich zu fein, für einen guten Zweck zu lügen, und Cath betrachtete ihre Karriere als einen guten Zweck.

Amanda, nun ganz aufgeregt, beugte sich vor und sagte: »Wenn du drei Leute vorhersagst, mach ich mit.«

Der Erste war leicht. Cath hörte das melodische Klingeln des Fahrkartenautomaten, der unten auf der Straße das Wechselgeld ausspuckte, und wusste, dass es der Typ mit dem Hund aus dem Park sein musste, denn er nahm freitags immer den Zug um 7.09 Uhr von Greenwich nach Bank, und er kaufte sein Einzelticket mit Bargeld am Automaten.

»Alter Mann mit Filzhut«, sagte sie.

Er kam die Treppe herauf und steuerte auf die leere Bank neben ihnen zu.

Amanda neigte den Kopf und erkannte den ersten Punkt an.

Der Nächste war schwierig. Normalerweise wäre es das Mädchen mit dem zweifarbigen Haar, aber es war Hochsommer, und viele Leute machten Urlaub. Das Mädchen war schon die ganze Woche nicht da gewesen. Cath vermutete, dass sie irgendwo in Spanien am Strand lag und in einem roten Bikini in der Sonne brutzelte. Und wenn sie schon zurück war?

Bills dröhnendes Lachen am Ticketschalter schallte die Treppe herauf. Also musste es die lustige Witwe sein. Bill war ein freundlicher Mensch, aber bei der Witwe zog er alle Register.

»Rothaarige mit sieben Zentimeter tiefem Dekolleté«, sagte Cath.

Die lustige Witwe kam mit stolz wogendem Busen die Treppe herauf.

Amanda stieß ein leises, anerkennendes Pfeifen aus.

Cath blickte zur Bahnhofsuhr und unterdrückte ein Lächeln. Ihr fehlte nur noch einer, um den Hattrick zu schaffen, und nach dem nächsten Typen konnte man die Uhr stellen.

»Großer, blonder Mann in teurem Anzug, *Financial Times* unterm Arm«, sagte sie und fügte dann hinzu: »Möglicherweise ein Cyborg.«

Dreißig Sekunden vergingen, dann kam City in Sicht, pünktlich wie immer und viel zu gut aussehend, um menschlich zu sein.

Cath hatte eine Schwäche für City. In dem Moment, als sie ihn letzten Winter zum ersten Mal auf den Zug nach Bank warten sah, hatte er ihr Interesse geweckt. Sie hatte ihm den Spitznamen als Anspielung auf seinen Beruf gegeben, denn alles an ihm deutete darauf hin, dass er in dem eine Quadratmeile großen Finanzzentrum arbeitete, das »City of London« genannt wurde: der feine Wollmantel mit dem Schal, den er den ganzen Winter getragen hatte, die polierten Schuhe, die niemals fehlende Zeitung. Er war ein vornehm zurückhaltender Märchenprinz in einem Anzug.

Amanda klatschte Beifall, ob für sie oder für City konnte Cath nicht sagen. Sie unterdrückte ein triumphierendes Grinsen und gestattete sich, ihn einen Moment lang anzusehen, während er vorbeiging. Er nickte ihr steif zu, wie üblich bei ihren beinahe regelmäßigen Begegnungen.

Sie hatte City noch nie reden hören oder lächeln sehen. Er zappelte niemals herum, sondern stand einfach reglos an seinem Platz, bis der Zug einfuhr, und wenn er im Wagen saß, starrte er geradeaus. Die Ruhe selbst und *very, very English*. Zumindest stellte sie ihn sich so vor, wenn sie ihn in ihrem Tagebuch erwähnte. Sie würde ihr nächstes lumpiges Gehalt darauf wetten, dass er einen vornehmen Akzent, eine teure Erziehung und einen langweiligen Job hatte, bei dem er haufenweise Geld hin- und herschob. Das absolute Gegenteil von ihr.

Trotzdem hielt sie immer nach ihm Ausschau. Sie sah City an zwei oder drei Morgen pro Woche, entweder hier oder im Greenwich Park, wo sie beide gerne joggten. In Bewegung war er wunderschön, ein skandinavischer Gott mit geröteten Wangen. Sie liebte das leuchtende Rot in seinem Gesicht – es war ein rührender Gegensatz zu seiner kühlen, perfekten Erscheinung. Wenn sie ihn so sah, bekam sie Lust, ihm durchs Haar zu wuscheln und seine Schnürsenkel zusammenzubinden, wenn er nicht hinschaute, einfach aus Neugier, was passieren würde.

Und jetzt hatte er ihr zum Sieg und damit zu dem Teil verholfen, das sie für die Ausstellung unbedingt haben wollte. Man musste ihn einfach lieben.

»Wann kann ich die Jacke abholen?«, fragte sie und wandte sich wieder zu Amanda.

»Hmm?« Amanda starrte immer noch City an. »Ach so.« Um ihren Mund lag ein harter Zug, und sie musterte Cath prüfend. »Das war ein guter Trick. Wie lange hast du dafür geübt?«

»Das hier war das erste Mal«, antwortete sie aufrichtig. Ihre Fähigkeit vorauszusagen, wer als Nächstes am Bahnsteig ankommen würde, war alles andere als beeindruckend, sondern vielmehr ein Beweis dafür, wie trostlos ihr Leben geworden war. Sie hatte schon immer gern Leute beobachtet, und nun, da ihre Welt in Ordnung war, hatte sie nichts Besseres zu tun, als sich Geschichten über die Fremden auszudenken, die morgens mit ihr zur Arbeit fuhren.

Das Traurigste daran war, dass sie nicht immer diesen Zug nahm. Auch wenn sie Amanda getroffen hätte, während sie auf den Zug um 6.43 Uhr oder 7.43 Uhr statt um 7.09 Uhr wartete, hätten Caths Chancen ebenso gut gestanden, dass ihr der Trick gelungen wäre und sie die Ankunft einer ganz anderen Gruppe von vertrauten Fremden vorausgesagt hätte.

Aber das musste Amanda ja nicht wissen.

»Du willst diese Jacke unbedingt haben«, sagte Amanda. »Sie ist dir wichtig.«

Cath starrte auf Citys breite Schultern unter seinem Jackett und zuckte gespielt gleichgültig die Achseln.

Ich hätte wissen müssen, dass es nicht so leicht werden würde. Das ist es nie.

»Wir sind doch Freundinnen, oder?«, fragte Amanda und legte einen Arm auf die Rückenlehne der Bank.

Sie waren keine Freundinnen. Sie hatten vor ein paar Jahren eine Handvoll gemeinsame Bekannte gehabt. Zurzeit mimte Cath Vertrautheit, wenn sie sich in Greenwich begegneten, damit sie Amanda guten Gewissens wegen der Zwangsjacke belästigen konnte.

Cath hatte keine Freunde. Sie hatte eine Mitbewohnerin,

von der sie nicht gemocht wurde, eine sozial inkompetente Chefin, von der sie gemocht wurde, und ein inhaltsloses Leben, das sich nur um ihren Job drehte.

»Klar«, antwortete sie, denn Amanda erwartete das von ihr.

»Und du willst, dass ich dir einen Gefallen tue.«

Einfach lächeln und nicken, Talarico.

Sie unterdrückte ihren Ärger, verzichtete darauf zu erwähnen, dass sie ihren Gefallen soeben anständig und ehrlich gewonnen hatte, und tat, was die Vernunft ihr gebot.

»Ich schlag dir einen Deal vor.« Amanda grinste, ihr Lächeln verkündete: *Das ist die beste Idee aller Zeiten.* »Eric und ich gehen heute Abend mit seinem Cousin zu einem Konzert in einen Club. Er ist übers Wochenende aus Newcastle zu Besuch. Es wäre super, wenn wir zu viert wären.«

Aus dem Lautsprecher ertönte eine undeutliche Ankündigung für den einfahrenden Zug. Cath bemühte sich um einen neutralen Gesichtsausdruck, als sie aufstand und sich ihre Tasche über die Schulter hängte.

Du lieber Himmel. Jetzt hatte sie ein Blind Date am Hals.

Für jede normale Frau wäre das kein Problem gewesen. Natürlich wollte niemand mit irgendeinem x-beliebigen Typen aus Newcastle verkuppelt werden, aber einen Abend lang angebaggert, ignoriert oder zu Tode gelangweilt zu werden wäre eigentlich ein fairer Tausch dafür gewesen, dass sie bekam, was sie wollte.

Doch für Cath war Amandas Vorschlag mehr als ein Problem. Er war eine tickende Zeitbombe.

Sie hatte seit zwei Jahren kein Date mehr gehabt. Keine

Konzerte, keine Bars, keine Männer. Das waren die Regeln, die die neue Cath von ihrer verantwortungslosen Vorgängerin unterschieden – die Beschränkungen, die sie davon abhielten, die Art von Fehlern zu machen, wegen denen die neue Cath überhaupt erst hatte erschaffen werden müssen.

Cath wollte die Regeln nicht brechen. Sie *brauchte* die Regeln.

Aber noch mehr brauchte sie die Zwangsjacke. Sie wäre ein echter Coup für die Ausstellung, denn sie würde ihr Judiths Dankbarkeit einbringen, und Judiths Dankbarkeit war Caths Ticket zu einer festen Stelle als Kuratorin.

Sie musste es machen.

»Klingt super«, antwortete sie, wobei ihr fröhlicher Tonfall die erste von vielen Schwindeleien war, die der Abend zweifellos erfordern würde.

Sie konnte doch wohl einen Abend mit einem Typen in einem Club verbringen, ohne etwas zu tun, was sie später bereuen würde.

Zu hell. *Viel* zu hell. Stöhnend vergrub Cath ihr Gesicht im Kopfkissen, um sich vor dem Morgenlicht zu verstecken. Sie musste letzte Nacht vergessen haben, die Vorhänge zuzuziehen.

Mit brummendem Schädel streckte sie eine Hand nach dem Glas Wasser aus, das immer auf ihrem Nachttisch stand, doch ihre Finger griffen ins Leere.

Kein Wasser.

Weiteres Umhertasten mit der Hand ergab, dass da auch kein Nachttisch war. Hmm.

Stöhnend öffnete sie die Augen einen Spaltbreit und drehte den Kopf gerade so weit, dass sie das hölzerne Kopfteil des Bettes erkennen konnte. Ein sehr hübsches Kopfteil aus Hartholz. Vielleicht Kirsche. Aus der Zeit Eduards VII., würde sie schätzen.

Nicht ihres.

Shit.

Sie rollte sich auf den Rücken und sah sich im Zimmer um: weiße Wände, wenig Möbel – nur das Bett, ein massiver Kleiderschrank und ein antiker, mit Goldbrokat bezogener Polstersessel. Darüber hing ein riesiges Bild eines lächelnden Mädchens, das einen Arm um einen Hund gelegt hatte. Cath erkannte den Maler nicht, aber das Werk war großartig. Wer auch immer hier wohnte, hatte Geschmack. Und Geld, den Möbeln nach zu schließen.

Sie setzte sich auf und verzog das Gesicht, während sie darauf wartete, dass der Kater sein Urteil verkündete. Kopfschmerzen: vorhanden. Übelkeit: vorhanden. Aber beides hielt sich in Grenzen und würde ihr zweifellos weniger Ärger einbringen als die Tatsache, dass sie keine Ahnung hatte, in wessen Bett sie sich befand.

Als sie sich mit einer Hand durchs Haar fuhr, strich der weiche Baumwollstoff eines übergroßen weißen Männer-T-Shirts über ihre Wange. Sie zog den Kragen von ihrem Hals, warf einen Blick hinein und atmete dann erleichtert auf. Wenigstens trug sie noch ihren BH und ihr Höschen. Vielleicht war alles doch nicht so schlimm, wie es aussah.

Aber schlimm genug, Mary Catherine. Schlimm genug.

Da sie nicht die geringste Lust verspürte, sich eine Standpauke ihrer verstorbenen Mutter anzuhören, und auch noch nicht bereit war, sich der Tatsache zu stellen, was – oder noch wichtiger: wer – sich hinter der geschlossenen Tür befand, ließ Cath sich wieder in die Kissen sinken, kniff die Augen zusammen und richtete eine höfliche Bitte ans Universum, sie aus dieser Situation zu befreien und an einen anderen Ort zu bringen. Egal wohin. Aspen wäre schön.

Nichts geschah.

Verdammt, sie wollte das hier nicht. Das war ihr früher schon passiert, und sie hatte sich geschworen, dass sie nie wieder im falschen Bett aufwachen würde. Als ihre Mutter starb, hatte sie den Entschluss gefasst, ein besserer Mensch zu werden. Sie hatte sich vorgenommen, sich selbst und dem Gespenst oder Geist – oder was auch immer von ihrer Mom übrig war – zu beweisen, dass sie eine anständige Frau sein konnte. Mary Catherine Talarico 2.0 bezahlte pünktlich ihre Rechnungen, trank wenig, schuftete sich krumm und vor allem mied sie Männer wie die Pest.

Und trotzdem war es passiert. Die neue Cath war offensichtlich in einem höchst tragischen Sturz vom Reformwagen gefallen. Die Frage war nur: Wieso?

Ihre Sinne drängten ihr eine Erinnerung an die vergangene Nacht auf: ihre Hand an einem Cocktailglas und die näselnde Stimme ihres Blind Dates, die »Prost« sagte.

Oh Gott, das Blind Date. Das Glas Wein beim Essen, aus dem zwei Gläser geworden waren, weil der Typ sterbenslangweilig war, irgendein Ingenieur, der bei der Stadtverwaltung von Newcastle arbeitete und zwanghaft alles ausrechnete. Er informierte sie darüber, wie viel ihr Essen ihn auf den Penny genau kosten würde, und nannte ihr die exakte Anzahl der Kalorien in ihrem Wein. Das dritte Glas hatte sie nur bestellt, um ihn zu ärgern.

Diese Grenze für den Abend hatte sie sich im Voraus gesetzt: drei Gläser Wein. Aber drei Gläser Wein hätten weder ihr Gedächtnis beeinträchtigt noch sie in dieses Bett befördert. Also was …?

Sie schlug sich mit der flachen Hand gegen die Stirn. Das Konzert. Amanda hatte sie nicht vorgewarnt, dass sie in einen Club am Ende der Northern Line gehen würden, um einen sehr talentierten Transvestiten Songs von Patsy Cline singen zu hören. Wenn sie das gewusst hätte, wäre Cath gegangen – völlig egal, wie sehr sie die Zwangsjacke auch haben wollte –, denn Patsy Cline brachte sie zum Weinen. Immer. Sie war die Lieblingssängerin ihrer Mutter gewesen, und Patsys rauchige Stimme der ewige Soundtrack verregneter Nachmittage in dem rotbraunen Sandsteinhaus in Chicago, in dem Cath aufgewachsen war.

Als der Patsy-Imitator »Crazy« anstimmte, hatte Amanda einen Blick auf Cath geworfen, die sich die nassen Wangen abwischte, und das Blind Date an die Bar geschickt, um Getränke zu holen. Er war mit irgendeinem Cocktail namens K-12 zurückgekommen, von dem Cath noch nie gehört hatte, und sie war zu verstört gewesen, um nach den Zutaten zu fragen, bis es bereits zu spät war und ihre Nasenspitze taub wurde.

Cath drückte das Gesicht ins Kissen, das nach Sommer und sauberer Baumwolle roch. Sie fragte sich, auf wie viele verschiedene Arten eine Frau sich dumm anstellen konnte. Offensichtlich gab es da sehr viele Möglichkeiten, sonst wäre sie nicht hier. Wo auch immer »hier« war.

Gott, sie war doch nicht etwa mit dem Blind Date nach Hause gegangen? Womöglich hatte er sie nach Newcastle mitgenommen und sie war zu betrunken gewesen, um sich an irgendwas zu erinnern?

Bitte, bitte mach, dass das hier Amandas Gästezimmer ist.

Sie zog sich die nach Sommer duftende Steppdecke über den Kopf und zwang ihr vernebeltes Hirn, Informationen darüber herauszugeben, was nach dem Drink der Verdammnis geschehen war.

Ihr Hirn lieferte Schnappschüsse von einem zwielichtigen, einsamen Weg zurück zur U-Bahn. Das hallende Klacken ihrer Absätze, die unterirdische Treppen hinunter- und betonierte Gänge entlanggingen. Das Summen der fluoreszierenden Lichter, das ihr Herz rasen ließ, als sie durch das Labyrinth auf die Northern Line zusteuerte. Das Warten auf den Docklands-Zug in der Bank Station, wobei sie auf ihre Schuhe starrte und versuchte, sich mit regelmäßigem Atmen zu beruhigen. Der heiße Schwall stickiger U-Bahn-Luft in ihrem Gesicht, als der Zug einfuhr. Sie war auf dem Nachhauseweg nach Greenwich gewesen, allein. Also wie …?

Oh. Canary Wharf. Der Abend lief in ihrem Kopf nun schneller weiter. Das schwere Jasminparfüm der Frau neben ihr hatte eine säuerliche, übel schmeckende Flüssigkeit in Caths Mund zusammenlaufen lassen. Sie war aus dem Zug gestürzt, kurz bevor die Türen zugingen. Später musste sie sich an der Kioskwand abstützen und hatte die Fremden am Bahnsteig beobachtet, bis ihr Magen sich beruhigt hatte.

Eine schwarze nagende Einsamkeit hatte sich in ihre Knochen gefressen, ihr das Mark ausgesaugt und einen Schmerz zurückgelassen, mit dem sie nicht umgehen konnte. Eine Million Meilen von Chicago entfernt, von allem, was einem echten Zuhause ähnelte, war sie in Tränen aufgelöst gewesen, verwirrt und müde und durcheinander, als sie Citys vertrautes Gesicht erblickte.

Dann seine Hand auf ihrem Rücken, die sie zum nächsten Zug führte. Sein Schlüssel im Schloss der Wohnung.

Von all den Typen, die in London lebten, war sie ausgerechnet mit City nach Hause gegangen.

Cath entspannte sich, erleichtert, dass sie jetzt wusste, in wessen Bett sie geschlafen hatte – und weil sie nun sicher war, dass sie wirklich nur geschlafen hatte. Selbst betrunken, einsam und völlig durch den Wind hätte sie sich nicht an City herangemacht. Er war überhaupt nicht ihr Typ. Wenn sie schwach wurde, dann bei den faulen Eiern, den dreisten Mistkerlen mit komischen Geschichten, drahtigen Körpern und ramponierten Gitarrenkoffern. Nicht bei Typen wie City. Nicht bei Männern, die *gut* waren.

Und sie hatte City lange genug beobachtet, um zu wissen, dass er definitiv einer der Guten war. Er war einer von denen, die Müttern halfen, ihre Buggys die Treppen im Bahnhof hinunterzutragen, und im Zug stand er für jeden auf, der weiblich, alt oder weniger fit war als er selbst.

Wenn sie so darüber nachdachte, saß er nicht oft.

Sie schlug die Steppdecke zurück, schwang die Beine

über den Rand der Matratze und suchte den Fußboden nach den Klamotten ab, die sie letzte Nacht getragen hatte. Vergeblich. Aber der Anblick des roten Wollteppichs führte ihr plötzlich ein erschreckendes Bild von sich selbst vor Augen, wie sie mit gespreizten Beinen darauf saß und hilflos kicherte, während ihre Arme in ihrem Oberteil gefangen waren. Sie hatte nach City gerufen, und er kam ihr zu Hilfe. Sie spürte noch immer seine großen, warmen Hände an ihrem Brustkorb, als er ihr auf die Beine half, den Reißverschluss ihres Rocks öffnete und ihr sein T-Shirt über die Schultern streifte, so ungerührt, als würde er ein Kind anziehen.

Wie furchtbar demütigend. Wie typisch Cath.